악양루에 오르다 登岳陽樓

가까운 친구들에게서는 편지 한 통 없으되
늙고 병든 내게는 외로운 배 한 척 있을 뿐
관산의 북쪽에는 전쟁이 한창이니
난간에 기대어 눈물 흩뿌린다

親朋無一字, 老病有孤舟.
戎馬關山北, 憑軒涕泗流.

Fantastic Oriental Heroes

中間無敵

중간무적

이후 新무협 판타지 소설

충간무적 6
이후 新무협 판타지 소설

초판 1쇄 찍은 날 § 2006년 7월 26일
초판 1쇄 펴낸 날 § 2006년 8월 5일

지은이 § 이후
펴낸이 § 서경석

편집장 § 문혜영
편집책임 § 유경화
편집 § 심재영

펴낸곳 § 도서출판 청어람
등록번호 § 제1081-1-89호
등록일자 § 1999. 5. 31
어람번호 § 제2-0966호

주소 § 경기도 부천시 원미구 심곡1동 350-1 남성B/D 3F (우) 420-011
전화 § 032-656-4452 팩스 § 032-656-4453
http://www.chungeoram.com
E-mail § eoram99@chollian.net

ⓒ 이후, 2005

ISBN 89-251-0233-1 04810
ISBN 89-5831-817-1 (세트)

Fantastic Oriental Heroes
中間 無敵
중간무적
이후 新무협 판타지 소설
6
완결
도서출판
청어람

목차

第一章

시작이 주는 충격

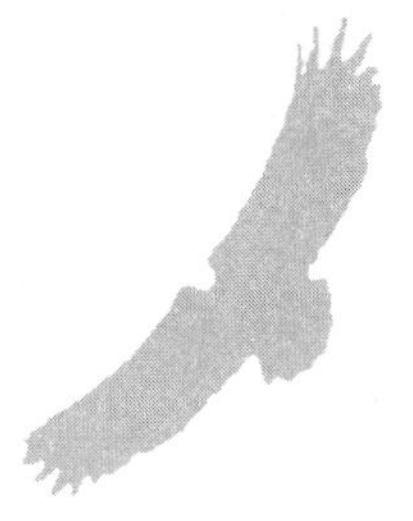

봄비. 그 상쾌한 기운과 달리 제갈진천의 눈가에는 누가 보아도 침통한 기색이 역력했다.

"허— 거참……."

진한 한숨이 제갈진천의 콧잔등에 빼곡히 자리잡은 주름을 한 줄 더 늘어나게 한다.

일각가량 어딘지 모를 정면으로 시선을 고정시키고 있던 그의 귀에 질척한 발걸음 소리가 들렸다.

"모두 모이셨다 합니다."

제갈진천이 서 있는 처마 안으로 들어오지 않고 비를 맞으며 보고하는 지한기였다.

제갈진천의 고개가 끄덕여졌다.

"그럼 가봐야겠지."

본인이 모이라 한 자리다. 내키지는 않지만 가벼운 숨을 한번 들이쉰 뒤 걸음을 옮기는 제갈진천이었다.

철퍽.

발밑으로 전해지는 축축한 기운이 지금의 심경을 대변하는 것 같다. 잠시 걸음을 멈칫한 제갈진천의 한쪽 눈매가 아래쪽으로 일그러졌으나 이내 원위치 함과 동시에 직립보행을 재촉했다.

그렇게 봄비에 젖어가는 제갈진천의 등을 바라보는 지한기의 얼굴에도 침통한 기색이 완연히 드러나 있었다.

장로전에 도착한 제갈진천은 안으로 들어서려다 살풋 고소를 지으며 문 앞에 멈춰 섰다. 비에 젖은 자신의 몰골이 영 아니다 싶은 것이었다.

'비 맞은 똥개도 아니고. 쯧쯧.'

가볍게 혀를 차며 그보다 더 가벼운 내력으로 옷을 말린 뒤 장로전에 들어서는 제갈진천이었다.

그러자 무슨 일로 불렀나 싶은 표정으로 자신을 주목하고 있는 장로들이 그의 눈에 담겨졌다.

가볍게 목례를 하며 자신의 자리에 앉는 제갈진천이었다.

"……."

"……."

자리에 앉고 한동안 말이 없는 제갈진천의 표정에 담긴 무거움 때문일까. 주위의 공기가 어색한 침묵에 감싸였다.

남궁휘가 걸걸한 음성으로 그 침묵을 물려냈다.

"사람을 오라 했으면 그 이유를 빨리 말을 할 것이지, 뭘 그리 뜸을 들이는 건지.”

뜸을 들인다? 순간 제갈진천의 뇌리에 ‘익을 때까지 기다려?’ 하는 엉뚱한 생각이 스쳐 갔다.

‘허! 내가 충격을 먹긴 먹었나 보군. 이 상황에 실없는 생각을 다 하고 말이야.’

그만큼 이제부터 자신의 입에서 나올 사안은 충격적이라는 반증이었다. 그걸 못 들어 안달인 남궁휘의 성화에 그를 힐끗 쳐다본 뒤 좌중을 무심한 시선으로 둘러보며 입을 여는 제갈진천이었다.

“제가 이렇게 모이시라고 한 것은…… 합니다.”

그리 긴말은 아니었다.

하지만 제갈진천의 말이 끝나자 좌중에 모인 이들의 입은 한껏 벌어져 있었다.

말을 하기 위해서가 아니라 당혹, 경악, 황당의 표현사를 남발하기 위해서였다.

하북팽가주인 팽철우는 입 안에 들어간 찻물을 목구멍으로 넘기지도 못하고 뱉어냈다.

“풋! 컥컥!”

“허허!”

“흐으음.”

팽철우가 뱉어낸 찻물이 자기 쪽으로 튄다고 얼굴을 찌푸릴 여유가 없다. 모두들 방금 받은 충격을 해소하기 바쁠 뿐이었다.

제갈진천의 눈매가 자신의 우측으로 몰렸다.

‘듣고 나니 속 시원하냐?’

남궁휘의 안색을 살피자 그의 입술 한쪽이 떨리고 있었다.

상당히 충격을 받은 모습이었고 예상한 장면이다.

'곤륜파의 봉문이라…….'

단순히 한 문파의 봉문(封門)도 아닌 구파일방의 한 축.

비록 도인의 수나 규모 면에서는 여타 중소문파의 문도 수보다도 적으나 그 하나하나가 일당백이요, 절정고수가 아닌 이가 없다.

또한 위치가 위치인지라 지난날 시차의 간격이 짧게는 몇십 년에서 길게는 몇백 년. 그 유구한 세월 동안 마교의 도발이 있을 때면 항시 최전방에서 그 청정 장대한 역사와 경천동지할 무력을 앞세워 악즉참(惡卽斬)을 몸소 뽐내던 그곳. 바로 대륙 도교의 성지라 일컬어지는 곤륜파가 그러했다.

그런 곤륜파의 봉문 소식에 놀라지 않을 수 없고, 정신이 멍해지지 않을 수 없었다.

자신의 옆에 앉아 있는 남궁휘를 비롯한 장로들의 표정에서 본인이 새벽녘에 느꼈던 당혹감과 침통함을 다시 한 번 느끼는 제갈진천이었다.

그의 고개가 힘없이 앞으로 숙여졌다. 이것으로 끝이 아니기 때문이었다.

'곤륜의 일로도 이 정도일진대 다음 참변은 어찌 설명할꼬…….'

속내의 주저함에 잠시 주변의 침묵에 조용히 동참, 눈치를 보는 제갈진천이었다.

단, 그 시간은 오래가지 않았다.

'그래, 이왕 받을 충격 한꺼번에 터뜨리는 것이 좋겠지.'

결정과 동시에 탁자 위로 두 손을 올리는 제갈진천이었다.

"곤륜의 일은 개방에 그 전후 사정을 알아보라 지시했습니다. 그러니 개방의 정보가 취합된 뒤에 따로 논하는 것이 좋을 듯하고. 다음으로……."

막상 얘기를 하려니 다시 주저함이 생긴 걸까.

그건 아닌 듯 제갈진천의 목울대가 한번 움찔하더니 그대로 말을 이었다.

"천검문에서 비보가 전달되었습니다."

"……."

아직 곤륜파의 봉문에 대한 충격에서 헤어 나오지 못한 듯 멍해 보이는 시선으로 제갈진천을 쳐다보는 장로들이었다.

"천의검성께서 생사의 기로에 처해 있다 합니다."

"천의검성이 생사의 뭐요?"

허진 사태가 '뭔 소린가?' 싶은 표정으로 반문을 하자 옅은 한숨을 뱉어내는 제갈진천이었다.

"후—우."

그 한숨이 공중에 날아가기도 전에 갑자기 자리를 박차고 일어서는 자월 도장이었다.

"지금 군사의 그 말씀은 천의검성의 신상에 무슨 변고라도 생겼다는 말입니까?"

"저도 정확히 천의검성의 상태가 어떤지는 아직 모릅니다. 다만 추원경… 아, 다들 아시겠지만 그는 천의검성의 이(二)제자입니다. 그에게서 한 장의 서신이 어제 새벽 본 맹 청해 분타를 거쳐 저에게 전해졌습니다. 그 내용인즉, '정체 모를 어떤 무리들과 천의검성 사이에 생사투라 불릴 만큼 험악한 격전이 있었다. 그 결과 사부의 용태가 생사의 기로에 처했다' 이렇게 적혀 있었습니다. 참고로 현재 개방의 후인걸 당주가 본 맹 백룡단 일 개 조를 대동, 급파된 상태입니다.”

“……!”

갑자기 불어닥친 태풍급의 충격에 다시 벙찐 얼굴들로 멍하니 앉아 있는 장로들이었다.

이럴 때 상황이 이러하니 어찌하겠소? 하고 물어봤자 해결책이 나올 리 없다. 그저 태풍이 쓸고 간 가슴에 냉정이 다시 찾아올 때까지 기다리는 게 순리임을 잘 아는 제갈진천이었다.

그가 자리에서 일어났다.

“저녁에 맹주님의 처소에 다시 모여 본 사안에 대한 해결책을 찾아보려 하니 그때 다시 뵙지요.”

말을 마치자마자 장로전을 나서는 제갈진천이었고 그 뒤로 장로들은 저마다 무언가에 억눌린 표정을 짓고 있었다.

다음날.

“거참. 황당하구만.”

유정의 어이없다는 음성이 방문을 넘어 바깥에 서 있는 남궁소의 귓전을 맴돌았다.

“지금 그 말이, 말이 된다고 생각해?”

“저야… 그저 단주님의 말씀이 그러시니…….”

본인 역시도 믿기 힘든 눈치의 남궁소였다.

유정이 다시 방 안으로 시선을 옮기며 중얼거렸다.

“허, 거참. 황당 그 자체구만.”

왜 아니겠는가. 본의는 아니었을지 몰라도 자신을 무(武)의 새로운 경지로 이끌어줄 정도로 전혀 다른 경지에서 노는 무인이다. 그런 이가 생사의 기로? 그것도 합공 중 가장 적은 두 명에게?

절레절레.

유정의 고개가 좌우로 저어졌고 다시 중심을 잡은 뒤 남는 것은 황당함이요, 뒤이어 생기는 것은 궁금증이었다.

'대체 어떤 놈들이 감히… 아니지? 감히라 불릴 것들이었으면 어르신께서 그렇게 될 리가 없지. 최소…….'

유정의 머리에 자신이 두 명이 되어 한 사람을 마주했다.

'상대가 될까?'

어찌어찌 버틸 것 같긴 하다. 하나 그뿐이다.

방금 전 남궁소에게서 들은 것처럼 천의검성에게 위험스러운 상황을 만들기엔 어려워 보인다.

또다시 유정의 머리로 두 명 대 한 명, 총 세 명의 조합이 그려졌다.

'음, 이 정두면 되지 않을까 싶은데.'

유정의 눈동자가 제갈서린에게 고정되었다.

'그래, 군사님이 둘이라면…….'

본인이 제갈진천의 경지에 못 미친다고 생각하는 유정. 그걸 떠나 지금은 누구누구를 갖다 붙여 비교할 때가 아니었다.

"지금 가봐야 되나?"

"아닙니다. 오시라는 말씀은 없었습니다."

하기야 모여봤자 뾰족한 수가 있을 리 없다. 이럴 때면 위에서 임무가 떨어질 때까지 그냥 기다리는 게 만고 땡이리라.

다만 자신과 연이 닿았던 사람인지라 가만히 있기가 좀 뭐한 유정이었다. 그래 봤자 어쩔 수 없다는 걸 알면서도.

"어르신 외에 다른 피해는 없고?"

“제자들의 피해는 없다 합니다. 상대 역시 한 명 사망에 한 명 중상을 입은 상태라 들었습니다.”

“그래야지!”

둘 다 죽지 않은 게 아쉽지만 제자들의 피해가 없다는 것은 불행 중 다행이다 싶은 유정이었다.

문득 뭔가 생각이 난 듯 유정이 물었다.

“아, 그전에 곤륜의 봉문도 얘기했었지?”

“예.”

“쩝. 그 일도 황당하긴 마찬가지군.”

“그래서 하는 말이지만…….”

“뭐? 할 말 있으면 해.”

“시작되는 걸까요?”

말하라니 되려 물어본다.

유정이 뚱한 표정으로 바라보자 남궁소의 입매가 살짝 비틀어졌다.

‘물어본 내가 바보지.’

상대를 봐가며 물어봐야 했음을 자책하는 남궁소였다.

“전쟁 말입니다.”

“전쟁?”

“예. 본격적으로 시작될 전초로 보기에는 이만한 일이 없다 싶은데요.”

아마 맹의 인사들은 소식을 듣자마자 마교가 전면전을 선포, 그 첫 번째 목표로 곤륜과 천의검성을 건드렸구나 하는 생각을 했을 것이다. 그리 어렵지 않은 연결 수순이기도 했다.

그럼에도 처음 듣는 말처럼 ‘그래? 음. 그럴지도’ 하는 저놈은 뭐란 말인가.

'이놈을 믿고 전쟁터로 나가야 되는 걸까?'

등을 맡길 전우애가 전혀 생기지 않는 상관을 바라보는 부하의 심각한 불신이 고스란히 얼굴에 드러났다.

그리고 이런 건 잘도 눈치 채는 유정이다.

"뭐야, 그 표정? 어째 날 상대로 구기는 것 같은데. 마치 '못 믿겠다' 는 표정이야."

"아, 아닙니다."

황급히 표정을 푸는 남궁소의 고개가 숙여졌다.

그리고 그의 예견대로 휘몰아치기 시작한 전쟁의 혈풍은 봄바람을 타고 대륙의 곳곳을 내닫기 시작했다.

그로부터 한 달 후.

곤륜파의 봉문과 천검문의 비사에 대한 그 내막에 대해 모든 조사가 이루어진 무림맹이었다.

마교가 아닌 천서련의 소행임을 알았고, 그로 인해 하나보다 둘이 어렵다는 진리를 깨닫는 것도 오래 걸리지 않았다.

그나마 먼저 움직인 천서련이 그 이후 아무런 움직임을 보이지 않는 게 불행 중 다행이었다.

그리고 전국 곳곳에서 사파의 준동이 시작된 지도 보름이 지나가고 있었다.

그 보름 동안 각 지역 정도문파들이 소속 지역 사파의 움직임을 힘겹게 막고 있는 지금, 무림맹에서는 이렇다 할 동요를 보이고 있지 않았다.

그러다 보니 연일 무림맹에는 전서가 날아들었고, 그 내용은 대부분 도와달라는 것이었다.

그럼에도 지원군을 파견할 생각이 없는 제갈진천이었다.

"이 상태로 두고 보시기만 하실 겁니까?"

방천욱의 말에 책상 위로 수북이 쌓인 전서들을 바닥으로 밀어젖히는 제갈진천의 표정은 땡감을 씹은 표정 그 자체였다.

"이십, 끽해야 삼십. 그것도 일류무인들은 개중에 한둘."

"예?"

"각 지역에서 들고일어난 사파의 무리들 평균적인 인원수 말일세."

"아, 예."

속으로 그게 뭐? 하는 방천욱이었다.

그러나 말뜻을 좀 더 생각해 보았어야 했다. 제갈진천의 저 한심하다는 눈빛을 마주하지 않으려면 말이다.

"험험."

쓸데없이 헛기침을 하며 고개 숙이는 방천욱. 이에 나직한 한숨과 더불어 창문 쪽으로 시선을 가져가는 제갈진천이었다.

"고작 그 정도의 적들을 상대로 몇십 년간 각 지역을 통괄하던 문파들이 도와달라며 죽는 소리를 해대다니. 쯧쯧."

정마전쟁 이후 사십 년의 평화가 길게 느껴지는 제갈진천이었다.

그사이 검은 녹슬고 몸에는 군살이 덕지덕지 붙은 정파.

한심할 정도다. 그 증거로 요 며칠 날아오는 전서들은 배가 넘는 인원으로도 적에게 앞마당을 내주었다는 소식들이 줄을 잇고 있었다.

오직 도와주러 오기만을 기다린다. 정신력도 나태해졌다는 증거였다. 그렇다고 탓하고만 있을 순 없다.

창문에서 시선을 거둔 제갈진천의 눈에 결정의 빛이 흘렀다.

"우선 극명한 열세를 보이는 곳부터 정의단을 보내도록 하게. 그 인원은 각 단에서 일조씩으로 한계를 정하도록 하고."

일조에 열 명. 그 정도 인원을 보내 어느 코에 붙이나 싶겠지만, 적어도 그 열 명은 검이 녹슬지 않았고 몸에 군살도 없다.

정신력 또한 나태하지 않은 절정고수들이다.

충분히 열세를 극복하기엔 모자람이 없는 전력이라는 말이다.

곧 자리에서 일어나 방문을 여는 방천욱의 등 뒤로 강조의 한마디를 덧붙이는 제갈진천이었다.

"꼭! 극명한 열세를 보이는 곳만을 추려서 보내게."

마교의 전력이 아직 드러나지 않은 현 시점에서 먼저 전력을 내보일 필요는 없다. 최소한의 전력으로 지금의 상황을 타개하고 싶은 제갈진천이었다.

"알겠습니다!"

대답과 동시에 방문을 나서는 방천욱이었다.

"창홍이라……."

광서(廣西) 지역에는 이렇다 할 대문파가 없다. 그래서 네 개의 중소문파가 동서남북 각자의 지역을 정해놓고 하나의 대문파를 대신하고 있었다.

그곳에서 일어난 사파의 준동.

예의 다른 곳에서도 동시 다발적으로 일어나는 준동과는 달리 그 인원수하며 전력이 확연히 다른 곳과 비교되었다.

그 증거로 단 하루 만에 광서 지역 남쪽 서안을 관리(?)하고 있던 오

룡방이 무너졌다. 삼 일 후 서쪽에서 위세를 떨치던 삼합문도 무너졌
다.

이 두 문파의 남은 세력은 서로 간에 조금이라도 더 교류가 많던 다
른 두 곳으로 서둘러 피신을 했다.

북쪽의 호조파로는 삼합문이, 동쪽의 정수방에는 오룡방이 말이다.

그리고 열흘이 지난 현재, 광서의 중심이며 네 개 문파의 수장들이
연례적으로 만나던 창흥 지역의 한 장원에는 그들의 모든 전력이 모여
있었다. 악화일로를 걷는 상황에 일전불퇴를 다짐하고 뭉친 것이었다.
그럼에도 적에게 밀리는 지경이었다.

그에 무림맹에서는 정의단 소속 금의단 일 개 조. 정확히는 당설화
가 속해 있는 팔조와 그들을 총지휘할 인물로 유정을 파견하기로 했다.

출발은 한 시진 후.

당살비를 조심스레 소매 속으로 집어넣는 당설화를 바라보는 유정
의 눈에는 자신들이 갈 곳의 급박함과는 무관한 나른함이 묻어나 있었
다.

"그러다 잘못 움직여서 다치는 경우 없었어? 거기엔 독(毒)이 묻어
있잖아."

충분히 이해가 가는 질문이었지만 듣는 이가 누구인가.

당문의 당설화였다.

그녀가 자신의 소매를 팔꿈치까지 걷어올리며 말했다.

"그럴 경우를 방지하기 위해 단검의 면 부분에 묻은 독을 중화시키
는 용액을 여기 팔뚝 전체에 발랐지. 그리고 이거 보여?"

당설화가 가리키는 부분은 그녀의 손목 부분이었다. 그곳엔 가죽으
로 만들어진 폭 한 뼘 정도의 띠가 두 겹으로 매어져 있었다. 그 틈으

로 당살비의 검끝이 일 촌가량 들어가 있었다.

유정이 심드렁한 표정을 지었다.

"그럴 거면 차라리 가죽으로 된 검집을 만들면 되잖아. 괜히 번거롭게 중화액을 팔뚝에 바를 필요 없이 말이야."

"물론 그래도 되겠지만 이건 단검이잖아. 검집을 만들어 빼는 시간도 아까울 만큼 신속을 장점으로 하는 단검 말이야."

"하긴, 그것도 그런가?"

"네. 그렇습니다. 그러니 토 달지 말고 네 방에 가서 정리나 하고 나와. 모이기로 한 시간 다 돼가니까."

"아, 예."

엉덩이를 툭툭 털며 일어난 유정은 별말없이 자신의 처소로 걸음을 옮겼다.

그 뒷모습을 비리보는 당설화의 고개가 가우뚱거렸다.

"도대체 왜 온 거야?"

어차피 창홍으로 같이 간다. 그러니 걱정이 돼서 왔다고 보기엔 어색했고 그렇다고 차를 마시러 온 것도 아니었다. 아무런 이유 없이 왜 이곳에 와서 잠깐 있을 것 실없는 소리를 하고 가는지 이해가 안 가는 그녀였다.

그렇듯 당설화에게 연유 모를 의구심을 던지고 자신의 처소로 돌아가는 유정의 시선은 저 높은 하늘로 향해 있었다.

"하— 갔을라나?"

이번 창홍행에 본인도 같이 따라가겠다며 쌩—난리를 치던 제갈서린. 유정이 절대로 안 된다고 하자 최후의 수단으로 '아빠'를 불러오겠다며 쌩하니 나간 게 한 시진 전이었다.

그사이 이곳저곳 돌아다니다 당설화의 처소까지 온 유정이었다. 방문의 연유를 설명하기엔 께적지근한 의구심의 정체이기도 했다.

'솔직히 말했다간 그 시퍼런 당살비의 날이 내 몸을 구석구석 이뻐해 줬겠지? 독을 날름날름거리면서 말이야.'

불문곡직, 제갈진천이 왔더라도 바쁘신 몸. 더는 못 기다리고 갈 만하다 싶어지자 당설화의 처소를 나선 그였다. 그리고 도착한 자신의 처소는 예상 그대로 텅 비어 있었다. 아마 자신을 찾으러 무림맹 곳곳을 샅샅이 뒤지고 있을 제갈서린이리라.

"후— 불쌍해도 어쩌리. 이 몸이 불편하기 싫은걸."

냉큼 자신의 묵검을 챙겨 방을 나서는 유정이었다.

이때는 몰랐다, 앞으로 반년 가까이 제갈서린을 만나지 못할 줄은⋯⋯.

第二章
새로운 하늘

창월이라 달도 밝지만 핏빛 달이다.

"크아아악!"

또 누군가 죽어나가는 소리가 이제 지겹다 느낄 정도면 대체 얼마나 많은 사람들이 죽어갔을까.

거기에 또 한 목숨이 더해지려 하고 있었다.

지난날 주색에 빠져 오룡방 소방주로 태어난 특권을 제대로 살리지 못한 오규조의 머리 위로 적의 대도(大刀)가 살기를 번쩍이고 있었다.

반면 그의 머리 위로 대도를 들고 있는 흑의무복 인물의 입에서는 한심하다는 음성이 흘러나왔다.

"이런 애송이에게 나의 참마도를 휘둘러야 되다니."

거창한 도명을 읊어대기에는 너무 방만한 자세이지 싶다. 그 허점을 이용할 생각도 못하고 마냥 공포에 질려 있는 오규조였다. 아무튼 한껏 거드름을 피운 인물의 손아귀에 눈앞의 사시나무를 일도(一刀)에 두 조각 낼 만한 힘이 들어가기 시작했다.

꽈악!

차가운 손잡이의 느낌이 비명을 지르자 앞에 있는 오규조의 눈도 질 끈 감겼다.

쉬익!

휘둘러진 도신에 바람이 갈리며 오규조의 머리로 일직선의 가르마가 만들어졌다.

'죽었다!'

이렇게 생각하면 고통도 없으리라 싶은 오규조였다.

그런데.

"억!"

앞에서 들리는 외마디.

쿵!

이어지는 둔탁한 소리가 거목이 무너지듯 오규조의 귀를 멍멍하게 만들었다.

"……."

떨리는 눈꺼풀을 살며시 뜨는 오규조의 눈에 방금 전까지 자신을 두 조각 낼 듯 흉흉한 기운을 내뿜던 그 무인이 보이지 않았다.

스윽.

무심코 고개를 왼쪽으로 돌리는 오규조였다.

"힉!"

그의 눈에 방금 전 자신에게 도를 휘둘렀던 무인의 쫙 갈라진 머리가 들어왔다.

"대, 대체 이게 무슨……."

"누구지?"

"헉!"

잽싸게 목소리가 들리는 쪽으로 고개를 돌리며 경악성을 터뜨린 오규조였다.

그의 앞에 누군가 서 있다. 그것도 한 명이 아닌 두 명.

그중 달빛의 윤곽으로 보아 여자인 듯한 인물이 다른 한 명을 바라보며 말했다.

"누구면 어때. 구했으면 그게 다지."

"쩝. 것도 그래. 그럼 다른 곳으로 가볼까?"

"응."

휘익.

바람 소리와 동시에 오규조의 눈에서 두 명의 인물이 사라졌다.

"귀… 귀신?"

그럴 리 없다. 그렇다면…….

'원군!'

오규조의 예상에 이후 속속 본인을 지나쳐 가는 무인들이 확신을 주었다. 그 마지막 인물의 가슴에는 '무' 라는 글자가 새겨져 있었다.

'무림맹!'

갑자기 온몸에 알 수 없는 희열이 찾아오는 오규조.

그리고 저편에서 무기의 충돌음과 안 봐도 알 수 있는 적들의 비명성이 들려왔다.

쐐애애액! 채쟁!

"크아아악!"

"뭐, 뭐야! 으… 으아아악!"

그렇듯 죽음에 이르는 비명성이 적의 것이라는 확신 때문일까.

이전의 공포감은 온데간데없어진 오규조의 귓가에 웅혼한 내력으로 가슴을 진동시키는 일갈이 파고들었다.

"금의단은 적들을 하나도 남김없이 주살하라!"

"예!"

밀리던 전황(戰況)이 역전으로 반전되는 일동 외침이었다.

같은 시각, 칠흑 같은 사막의 한편에 은은한 불빛과 함께 분함을 넘어선 통곡이 흘러나왔다.

"제길! 제길! 제길! 술! 술을 가져… 쿨럭!"

붕대로 칭칭 감겨 있는 육체 위로 시뻘건 핏물이 흘러내린다.

뚝뚝 떨어지는 핏물의 주인은 힘겹게 입 주변을 손등으로 닦아내며 다시 소리를 질렀다.

"술! 술을 가져오라니까!"

"그만 하게. 그러다 자네까지 위험하겠어."

이미 위험하다. 그럴진대 술이라니. 말리는 심정은 당연했으나 탓하는 표정은 아니었다.

사왕(四王)이 눈을 부라렸다.

"지금, 내 한 몸을 걱정한다면 난 정말 개자식이요. 개자식!"

서글프기까지 한 그의 격정 어린 목소리에 일왕(一王)은 어쩔 수 없다는 표정으로 막사를 호위하는 부하에게 말했다.

"가져오너라."

그의 목소리에 밖에서 인기척이 들렸고 잠시 후 사왕의 손에 술병이 들려졌다.

"으으. 꿀꺽. 꿀꺽… 컥!"

"천천히 마시게."

말해도 듣지 않을 게 뻔하다.

파삭!

단숨에 내용물이 비워진 술병이 바닥에 산산이 부서졌다.

"허억! 허억!"

숨이 찬지 연신 헐떡이는 사왕의 잔뜩 일그러진 얼굴에 아픔이 가득했다.

본인의 육체에 전해지는 통증 때문이 아니다. 자신이 동료, 말은 안 했지만 좋아하는 것과 사랑하는 것의 중간이었던 그녀의 죽음에 대한 애통의 표현이었다.

그리고 또다시 생각난 적.

이건 강해도 너무 강했고 자신의 오만에 대한 결과는 비참했다.

"사, 살았소. 그 사람의 제자를 인질 삼아… 그에게 간신히 상처를 주고… 비겁하게 도망쳐 나와 이렇게 간신히 살았소."

"그걸로 된 것 아닌가. 상대 역시 운신이 힘들 정도라 하지 않는가."

죽음에 가까운 부상. 그걸로 충분하다.

그러나 그 충분의 요건이 육왕(六王)의 죽음이라는 것이 안타까울 뿐이었다.

"크큭! 나의, 이 사왕의 오만이 그녀를 죽였소."

탓할 이 아무도 없지만 밤이 깊어가는 내내 육왕의 죽음을 자신의 탓으로 돌리고 아파하는 사왕이었다.

일왕이 자리에서 일어났다.

사왕의 자책이 듣기 싫어서가 아니었다.

사왕 역시 자책을 멈추며 막사 밖으로 시선을 돌렸다.

"누군가 오는군."

이런 시각, 이런 넓디넓은 사막에서 누군가가 자신들에게 다가온다. 하나가 아니다. 여럿이었고 거리는 걸어서 반 각 정도 떨어져 있었다.

말이 쉬워 반 각이지 상당한 거리다. 그럼에도 상대의 기운이 느껴질 정도니 막사 안으로 긴장감이 찾아왔다.

사왕과 일왕의 시선이 교차했다.

"앉아 있게."

일어서라 해도 그러지 못할 사왕의 어깨를 툭 치며 막사를 나서는 일왕이었다.

등 뒤로 사왕의 낮은 중얼거림이 이어졌다.

"밤손님이라."

자못 경계성이 깃든 목소리였다.

터벅터벅.

걸음이 무겁다. 불만이 더해져 있으니 천근만근이다.

"쳇! 앞도 안 보이는데 가만히 한곳에서 쉬면 어디가 덧나나."

불만으로 완전히 일그러진 얼굴 표정과는 상당히 대조되는 아주 작은 목소리였다.

옆에 걷던 부하가 그런 마욱의 쪼잔한 행태를 비꼰다.

"나 같으면 아예 말을 안 하겠다."

"뭐! 너 지금 뭐라고 했어!'

지금 목소리는 크다. 전형적인 강약약강의 성격을 보여주는 마욱이었다.

그 큰 목소리에 가장 앞에서 걷던 인물이 걸음을 멈췄다.

"조용."

공옥민의 한마디에 마욱의 어깨가 움찔거렸다. 그걸 또 다른 사람이 봤을까 봐 한쪽 발등을 다른 쪽 발로 툭툭 치며 딴 짓거리를 하는 마욱이었다.

하지만 그 작은 툭툭거림도 신경이 쓰였을까.

공옥민이 고개를 돌려 마욱을 쳐다보자 툭툭거림도 곧 사그라들었다.

공옥민이 다시 정면을 바라보며 말했다.

"누군가 있다."

"……?"

주변은 온통 어둠뿐이다. 물론 보이지 않는다 해서 상대의 기(氣)를 못 느끼는 것은 아니지만 신경을 곤두세워도 아무런 기척이나 느낌이 없었다. 그럼에도 공옥민의 말이기에 믿었고 천마대원들의 몸엔 적절한 긴장감이 찾아왔다.

누가 있어도 상관없다는 흥분이었고 자신들의 실력에 대한 자부심이었다.

그리고 공옥민의 말대로 얼마 안 가 천마대원들의 눈에 옅은 불빛이 일렁이기 시작했다.

"팔십 명 정도군요."

불빛만 간신히 보인다. 그 열기에 감싸인 인원수를 읽어낸 마욱이었다.

공옥민이 긍정을 표했다.

"모두 절정의 수준이군."

이런 전력이 사막 한가운데 포진하고 있다. 호기심이 안 일 수 없는 상황이다. 그러나 예상이 섞인 호기심이기에 의아함은 없었다.

마욱이 턱주가리를 긁으며 말했다.

"천서련 쪽 놈들이겠군요."

자신들이 잠들어 있는 사이 강호상에 벌어진 일들은 대충 공옥민을 통해 모두 들었다. 그 안에는 천서련이 본 교를 도와 중원을 도모한다는 것, 이번에 곤륜의 봉문과 천의검성의 부상이 그들의 소행이라는 것까지 담겨져 있었다.

최대한 무림맹과의 직접적인 충돌로 본 교의 손실이 있는 상황에 쳐들어가야 하는 공옥민에게 이런 상황은 달가울 리 없었다.

뒤에 숨겨진 천서련의 토사구팽도 뻔히 보인다. 그럼에도 그들과 손잡은 음태성. 본인의 뜻은 어떨지 몰라도 오직 자신의 힘만으로 장벽을 부수고 나아가는 공옥민의 입맛에 맞을 리가 없었다. 본인들의 대업을 이루려는 목적에도 어긋난다.

그래서 본의 아니게 정파를 도와주려 한다. 앞으로 무림맹과 본 교의 충돌에 천서련이 나서지 못하도록.

"우선 저들을 몰살시켜 버리면 함부로 나대지 못하겠지."

"오히려 화가 되지는 않을까요?"

"본 교와 손잡는 순간 그들 스스로 그럴 배짱이 없음을 내보인 것이나 마찬가지다."

공옥민의 당당한 눈에 부하들이 들어왔다.

"저들에게 이유는 없다. 죽으면 그뿐. 그것을 알리자."

"예!"

천마대원들의 신형이 모래를 박차기 시작했다.

그 빠르기가 실로 바람이었고 유연함은 훈풍이었다.

마주할 천서련 소속 일왕 휘하 금왕대원들에겐 사막의 용권풍으로 변해 있을 것이다.

훗날 광풍대로 회자되는 전설의 길목에 첫 행보이기도 했다.

그리고 충돌!

천서련 최강의 단일부대라 명명되던 금왕대의 전멸은 불과 반 시진도 채 걸리지 않았다.

아무리 곤륜파와의 싸움에서 전력 이탈과 개인적인 신체 능력의 피로함에 능력 저하를 감안한다 해도 이처럼 허무할 수 있을까 싶은 일왕이었다.

거기다 상대는 말 그대로 하늘에서 뚝 떨어진 절정의 끝에 도달한 서른여덟 명의 고수들. 뭐라 고래고래 소리를 치며 누구냐? 왜 이런 짓을 벌이느냐? 하는 노기를 던졌지만 묵묵히 검을 휘둘러 자신의 부하들을 도륙 내는 살음만이 들려올 뿐이었다.

이제 서 있는 부하들의 수는 풍전등화. 광풍 앞에 얼마 버티지 못할 것이 분명한 이십여 명에 불과했다.

그에 비해 상대의 피해는 전무하다시피 하다.

배가 넘는 인원의 무색함을 뼈저리게 느끼는 일왕이었고 부하들의 죽음에 안타까워할 겨를도 없었다.

"크윽!"

침음성이 흘러나왔다. 자신이 아닌 상대에게서 새어 나왔고 혈선이 내비친다.

섣부른 판단으론 일왕의 득세라 여길 만한 상황. 그러나 일왕의 입에서는 이번 충돌 이전에 핏물이 흘러나와 이미 굳어져 있었다. 또한 그의 붉은 가사는 상대의 검기에 여기저기 잘려 나가 그 사이사이 허연 살 위로 응고된 혈선이 가로지르고 있었다.

결정적으로 상대에 비해 일왕의 안색은 피곤함에 절은, 아니, 내력을 조절하기 힘든 불쾌함이 서려 있었다.

"누구냐?"

몇 번을 물었을까?

듣지 못할 대답이라 여기면서도 또 물어보는 일왕이었다.

그리고 전과 달리 대답이 들려왔다.

"예전 천마대주라면 알까?"

"예전?"

이 상황에 딴생각을 한다는 것은 극히 위험하지만 저절로 하게 되는 일왕이었다.

'아! 음태성이 가장 눈엣가시로 여기던… 그보다 살아 있었나?

본 련의 정보로는 죽었는지 살았는지 결과가 나와 있지는 않았다.

그러나 인지상정이랄까. 어디론가 사라져 행방을 알 수 없기에 죽었으려니 생각했다.

그런데 이렇게 느닷없이 나타나다니.

그것도 엄청난 전력을 가지고.

"천마대의 전력이 이 정도였나?"

이런 전력이라면 굳이 자신들이 나설 필요 뭐 있었나 싶을 정도다. 이들을 제외하고도 아직 마교에는 천마대의 잔여 인원들이 배는 더 있으니 말이다.

더불어 마교의 힘에 새삼 치를 떨었고 공옥민의 말에 어깨가 경직되는 일왕이었다.

"이전의 전력에 비해 적어도 세 배는 강하지 않을까?"

단순한 전력 상승도만이 그러하다. 그에 따른 부가적인 상승도는 논외로 치고 말이다.

순간 경악보다는 기이한 생각이 먼저인 일왕이었다.

"왜 대답을 하지?"

이럴 거면 좀 더 빨리 알려줘도 되지 않느냐는 물음이었다.

그러다 공옥민의 대답을 들을 것도 없이 허탈한 웃음을 짓는 일왕이었다.

'허! 별것도 아닌 것에 미련을 갖는구나.'

알아서 뭐 하랴 싶은 것이다. 대답하는 이유를 알 것도 같고.

'나를 죽일 수 있다는 것에 한 치의 의심도 없는 눈이군.'

련주를 제외하고 최강이라 여겼던 자존심이 산산이 무너지는 일왕이었다. 저 오만함이 존경스럽기까지 하다. 게다가…….

"마욱!"

"예!"

공옥민의 검에 스산한 빛이 어리는 순간 전장을 혈랑처럼 활보하던 마욱이 그의 옆으로 다가왔다.

공옥민이 일왕을 직시하며 말했다.

"길게 끌고 싶지 않군."

"협공을 하겠다는 뜻인가?"

"……."

자신의 질문에 대답이 없는 공옥민이었다. 그를 바라보는 일왕의 눈가에 막연함이 물들었다.

'득보다 실이 많은 밤이로구나.'

이미 서로 간의 공수 교환을 통해 상대의 무위가 자신보다 아래가 아님을 몸소 느낀 일왕이었다.

게다가 상대는 본인의 실력에 자만하지도 않는다.

마욱을 일별한 뒤 일왕을 바라보는 공옥민이었다.

"비열하다 욕해도 좋다."

"음."

그런다고 달라질 건 아무것도 없다는 저 당당한 눈빛에 일왕의 입에서 침음성이 흘러나왔다.

그러나 곧 가슴을 펴며 공옥민을 직시하는 일왕이었다.

"자네의 행동에 비열함을 욕하기엔 이곳이 목숨을 담보로 싸우는 전장이라는 것이 아쉽군. 하지만 나도 이대로 물러날 생각은 없으니 최선을 다해주게. 내가 바라는 것을 그것뿐일세."

"그러지."

공옥민이 단호한 대답에 일왕의 입가로 미미한 웃음이 걸렸다.

'초절정고수 두 명의 합공이라. 이것도 영광이라면 영광이겠군.'

공옥민의 옆에 서 있는 인물. 분명 벽을 넘어선 무인이 흘려내는 무형기의 기운을 내뿜고 있었다.

그걸로 좋다.

'무인에게 이보다 더 좋은 마지막이 어디 있겠는가.'

강자와의 대결, 그것도 두 명의 합공이기에 더욱 목숨 값이 아깝지 않다.

"자, 오라!"

일왕의 두 팔에 굵은 핏줄들이 투기를 발산하며 꿈틀댔다.

그 순간 두 개의 빛이 자신을 향해 쏘아졌다.

일각 후…….

사막에는 팔십여 명의 고혼들이 모래바람에 혈향을 섞었고 오직 한 사람만이 침통한 표정으로 사지(死地)를 둘러보고 있었다.

"크크큭! 고작 이 사왕이 지금의 이런 개 같은 악몽을 전하는 전령으로 살아 있다니… 크큭, 크하하하핫!"

—나의 손에 이제부터 신교는 새로운 강함을 추구할 것이다. 복수를 원하면 언제든 오라! 천 년의 역사는 항상 그 자리에 있을 것이다.

공옥민의 마지막 말이 귓가에 맴돌자 그것을 떨쳐 내려는 듯 울분에 찬 괴성을 질러대는 사왕이었다.

광서의 창홍 지역에서 일어난 정사(正邪) 일전은 무림맹의 가세로 가볍게 일단락이 됐다.

그 중심에 온갖 산해진미를 이것저것 건드리며 쩝쩝대는 유정이 있었다. 그 주위에 앉아 있던 네 개 문파의 수장들이 동시에 입을 열었다.

"많이 드시게."

"부족한 건 뭐든 말만 하고."

"하하, 감사합니다. 그나저나 요, 요게 맛있네요."

육회쯤 되는 것 같다. 달콤 감칠맛 나는 게 입맛에 딱이다.

오룡방주 오태환이 그 즉시 유정이 가리킨 빈 접시를 집어 들었다.

"여봐라, 이것을 더 내오도록 해라!"

그러자 하인이 제각 다가와 고개를 숙이며 접시를 가져갔다.

그렇게 음식이 준비되는 동안 유정의 옆에서 조용히 차를 마시던 당설화가 입술을 꼼지락거렸다.

—간밤에 그렇게 피를 보고도 그게 잘도 넘어가?

자신은 시선을 주기조차 부담스럽다. 그걸 잘도 먹어대는 유정. 담대한 건지 무감각한 건지. 어쨌든 그만 먹길 바라는 당설화였다.

그녀의 전음에 자신의 아랫입술을 훑어가며 여전히 음식 먹기에 여념이 없는 유정이었다.

—니 말대로 간밤에 설쳐 댔더니 우걱우걱, 속이 허한 게 자꾸 뭘 넣어 달라고 아우성이네. 그러니 낸들 쩝쩝쩝, 어쩌냐. 내 몸이 원하는 것을.

이것도 기술이다. 음식을 먹으며 전음을 전하니 말이다.

그 모습에 당설화의 코에서 그래, 너 잘났다를 대신하는 뜨거운 기운이 새어 나왔다.

그리고 나온 육회.

속에서 부대끼는 메스꺼움을 덮어버려? 하는 생각이 들 정도로 정말 맛나게 먹는 유정이었다.

그렇듯 아침을 더부룩할 정도로 든든히 채운 뒤 처소로 돌아간 유정에게 한 장의 서신이 건네졌다.

"뭡니까?"

"사파의 잔당들이 남아 있나 싶어 주변을 순시하던 중 개방의 이결 제자가 전해준 것입니다."

"개방이요?"

"예."

금의단원 팔조장 허윤회의 대답에 유정의 한쪽 눈매가 살짝 치켜 올라갔다.

'갑자기 그놈이 생각나네.'

이름은 까먹었다. 하기야 이제 볼 일도 없다.

부스럭.

서신을 펼친 유정의 눈에 두 줄로 된 내용과 그 밑에 찍힌 무림맹의 인장이 들어왔다.

"…무슨 일입니까?"

허윤회가 묻자 유정이 서신을 접으며 가슴속에 갈무리했다.

"뭔 일이겠습니까. 쉬지 말고 움직이라는 거지."

예상한 일이다. 자신이, 아니, 묵혼신검이 움직였다. 단순히 사파의 준동에 밀리는 한 지역만 해결하기에는 그 무게감이 너무 무거운 이름이었다.

쉽게 말해 뺑뺑이 돌 것을 예상한 유정이었다.

"광동으로 갑니다."

"예."

보름 후.

무림맹 제갈군사의 처소에는 방천욱이 들어서 있었다.

"생각 이상입니다."

"그런 것 같군."

유정의 활약으로 그동안 사파의 갑작스런 준동에 밀리던 정파의 위세가 급격히 올라갔다.

한마디로 분위기 살았고, 그 분위기는 잊고 있던 전쟁 감(感)까지 찾아주었다.

일례로 밀리던 지역에서 하루가 멀다 하고 날아오던 서신들이 지금은 확연히 줄어들었다는 것이 그 증거였다.

멸문을 당했다던가 해서 그런 게 아님은 누구나 알 수 있었다.

"이제야 검에 낀 녹을 벗겨내기 시작한 게지."

고무적인 일임에 분명하다. 그럼에도 제갈진천의 안색은 무거웠다.

방천욱이 조심스런 표정으로 말을 건넸다.

"아직 아무런 움직임이 없습니까?"

"흐음. 그런 호기를 놓칠 정도로 멍청하진 않을 것 같았는데."

곤륜의 봉문과 천의검성의 부상 소식은 이제 강호에 모르는 이들이 없었다. 전력을 다해 밀고 들어오기 이처럼 호기가 없을진대 천산은 고요하기만 하다.

"그래서 더 불안하군요."

방천욱의 걱정이 자신의 마음을 대변하는 듯 고개를 끄덕이는 제갈진천이었다.

"각 지역에 퍼져 있는 개방도들의 눈에 기름기가 배지 않도록 각별히 주의를 주어야겠어."

이럴 때가 더 위험하고 보이진 않지만 분명 움직이고 있을 것이다.

그에 대비 긴장의 끈을 더욱 팽팽히 조일 때가 바로 지금이라고 다짐하는 제갈진천이었다.

다음날 그의 처소로 이른 아침부터 지한기가 황급히 들어섰다.

"기련산?"

"예. 그 주위 협곡 주변으로 대략 백오십 명이 포착되었습니다."

"백오십? 사파의 무리들은 아니고?"

"마기(魔氣)라 합니다."

마공을 익힌 무인들에게서 퍼져 나오는 전형적인 기운. 숨길 수 없는 증거였다.

제갈진천의 손이 탁자를 두드리기 시작했다.

'결국 호랑이와 늑대가 지키는 길목을 비켜나 서서히 밀고 들어오겠다는 뜻이군.'

곤륜파의 봉문. 다시 말해 청해를 건너는 장애물이 없어졌다. 이후 중원으로 남하하는 이동 방향은 셋. 하나는 사천이고 둘은 서안, 셋은 감숙 지역이다. 그중 사천은 당문을 위시한 아미파와 점창, 청성 등이 자리하고 있으니 용담호혈(龍潭虎穴). 미치지 않고서는 그쪽으로 길을 정할 리 없다.

서안 역시 예전의 명성을 이어가진 못하나 모산파가 있고 그 외 중소문파가 난입한 지역이다.

뚜렷한 강자가 없다 보니 오히려 중소문파의 번성이 자연스레 이루어진 곳이기도 하다. 자연, 남하하는 길목에서 거센 저항이 예상되는 사천과 마찬가지란 뜻이다.

결국 감숙 쪽으로 행보를 정한 마교. 더불어 감숙 지역 정파의 터줏대감 노릇을 하는 태청파가 마교의 행보에 놓이게 되었다.

'나라도 그리 정했겠지.'

톡. 톡. 톡. 톡.

"유 부단주는 어디에 있지?"

탁자를 두드리던 손을 멈추는 제갈진천이었다.

"목경, 귀주의 서쪽 지역에 있습니다."

대륙의 이남 지역을 돌고 있는 유정의 현재 위치였고 지한기의 말에 그걸로 결정이지 싶다.

"아~ 뭐다냐? 왜 이런 오지만 골라서 보내는 거야!"

하늘에 성내는 유정이었고 아직 사월 하순, 봄기운에 시원은 접어두고라도 따사롭기는커녕 땀나는 후텁지근함에 하늘을 갈구는 중이었다.

탁!

"이놈의 모기. 대체 사월 중순에 모기라니! 이게 말이 되냐고?"

이젠 손가락까지 쳐든다.

그 뒤로 이십 명. 금의단 소속 팔조 대원들과 이곳 귀주에서 합류한 사조 대원들이 고리눈을 하고 자신들 대장의 뒤통수를 갈구고 있었다.

점심을 조금 전 먹었으니 가장 더울 때다. 거기다 새벽녘에 있었던 사파와의 충돌 이후 패퇴한 그 잔당들을 색출, 뿌리를 뽑겠다는 유정의 의지에 지금은 밀림 같은 곳을 뒤지고 있다.

한마디로 지가 만든 짜증, 괜히 하늘에 화풀이하고 있는 유정을 보고 있자니 어찌나 짜증나는지. 이러다 저 등에…… 푹!

누군가 고개를 도리도리 흔들었고 그 순간 유정이 뒤를 돌아다보았다.

"지금……."

뭔가 말하려니 정리가 안 된다. 하지만 위험스런 기운이 자신의 등을 훑고 지나갔다 싶은 유정. 다른 건 몰라도 이런 건 참 예민한 놈이다.

"흐음. 돌아가자."

더 이상 뒤져 봤자 평생 오지에 숨어살던 사파의 잔당들을 찾아내기란 어려울 것 같다. 회군을 명하는 유정이었고 당설화가 그의 등을 매섭게 꼬집었다.

"윽! 아, 아파!"

"당연히 아프지요. 부.단.주.님. 그나마 다행인 줄 아세요. 이 정도로 끝나는 게."

당설화의 말에 그녀 너머로 시선을 가져가는 유정. 보인다.

너의 개똥 같은 의지 때문에 땡볕에서 한참을 고생했는데 미안한 기색 하나 없이 돌아가자면 다냐? 는 저 불만 가득한 눈빛들이.

그에 고개를 옆으로 틀어 먼 산 바라보는 유정이었다.

"대신 저녁에는 내가 거하게 한잔 살게. 그러니 눈들 풀어."

그러자 불만이 좀 가신다.

비록 얼마 안 가 다시 찡그릴 인상들이었지만······.

"아따. 이거 너무 부려먹는 것 아니야?"

유정의 통통 부운 볼 살을 비집고 잔뜩 꼬인 목소리가 흘러나왔다.

쉴 시간도 없이 이번에는 감숙으로 가라니 그럴 만했다.

당설화 역시 못마땅한 기색이 완연했지만 어쩔 수 없다.

명령에 복종하는 그 체계를 거부할 상황이 아니기 때문이었다.

"움직이자."

둘만 있어서 말을 놓은 당설화였고 그녀 뒤로 금의단원들이 저녁에 어디 가서 한잔 꺾나 하고 두런대고 있었다.

안쓰럽다. 차마 말하기 미안하기도 하고.

"니가 가서 말해."

"내가 왜?"

"대장이잖아."

“이럴 때만?”

“응.”

당설화의 시원스런 일축에 ‘끙’ 소리를 내는 유정이었고 곧……

“쿠아아아아!”

부하들의 통곡성이 푸르디푸른 하늘을 뒤덮었다.

그리고 칠 일이 지나 현재 감숙의 기련산을 지척에 둔 유정 일행의 인원수는 오십여 명으로 불어나 있었다.

이번 임무에 대한 경중을 대변하는 증원 숫자이기도 했다.

“사파가 아닌 마교라고요?”

얼마 전까지는 식당이었으나 지금은 유정 일행의 집합소가 되어버린 만춘객잔. 그 삼층에서 저기 보이는 웅장한 산세를 바라보며 운을 뗀 유정의 질문에 흑룡단 삼조 조장 고기주가 답했다.

“그것도 혈마대라 합니다.”

“혈마대요?”

문득 공옥민이 생각나는 유정이었으나 곧 다시 물었다.

“인원은?”

“백오십 정도입니다. 그중 절정고수가 백(百)에 사대장로 중 하나로 알려진 패천마 장소도 포함되어 있습니다.”

“휴— 아주 작정을 하고 왔나 보네.”

“이미 전쟁은 시작됐습니다. 선발대의 의미가 강하다 보니 전력이 꽉 짜여진 듯합니다.”

유정이 고개를 끄덕였다.

“현재 사정은 어떻습니까?”

“어제 첫 공격이 있었으며 피해는 절반이랍니다.”

“절반이요?”

“예. 뿐만 아니라 마교의 움직임을 미리 읽고 이 지역 중소문파들이 모두 태청파에 모여 있던 상태에서 당한 피해 상황인지라 전의 상실 또한 이만저만이 아니라고 합니다.”

아무리 마교의 삼대전투부대 중 하나라 해도 인해전술 앞에서는 무력하리라 생각했다. 그래서 거의 네 배에 가까운 수적 우세를 가지고 당당히 맞섰다.

그 결과 사망자 백여 명에 부상자는 그 두 배에 이르는 참담한 패배였다. 그로 인해 하루가 지난 벌써부터 자기 지역에 사파의 준동이 일어났다는 변명으로 이탈자들이 속출하고 있었다.

악화일로란 말이 이처럼 가슴 깊이 와 닿을 수 없었다.

“다음 공격을 막긴 힘들어 보이는 상황입니다.”

고기주의 말에 자신의 뒷목을 주무르는 유정이었다.

“하기야, 그래서 우리가 온 거 아닙니까.”

그렇다. 그린데 왜 합류를 안 하고 이곳에 있는가?

유정이 창가에서 시선을 거두며 중얼거렸다.

“그나저나 시킨 지가 언젠데 아직도 안 나오는 거야?”

아닌 말로 밤낮 구분 없이 열나게 달려왔다. 이대로는 배고파서 먼저 죽을 지경이었다.

“뒤에 붙었다고?”

“예. 오십 명 정도 되는 것 같습니다.”

“오십이라……”

위협적이진 않지만 껄끄러운 숫자다.

장소가 말을 흐리자 혈마대주 오세적이 한 발짝 앞으로 나섰다.

"가서 처리할까요?"

따로 몇 명을 추려 자신이 직접 뒤에 붙은 혹을 떼어내겠다는 말이었고 장소가 잠시 고민을 하더니 승낙을 했다.

"한 시진 후에 움직일 것이니 빨리 끝내고 돌아오게."

이미 혹은 떨어져 나가는 게 기정사실인 것처럼 말하는 장소였다. 신교 무력 단체 중 천마대 다음으로 강한 혈마대의 능력에 대한 자부심이었다.

오세적이 대답을 한 뒤 혈마대 이 개 조, 즉 절정고수로만 이루어진 삼십 명을 추려 움직이기 시작했다.

"쩝! 저놈들은 예의란 것도 모르나?"

백주 대낮에 대로를 제집 앞마당인 양 걸어오는 이들의 흉흉한 기세에 일반인들은 가던 길을 멈추고 뒷걸음질친다. 또 이럴 때면 항시 거들먹거리며 길거리 자판을 펼쳐 놓은 민초들에게 껄렁거리던 관부의 인물들이 하나도 보이지 않는다. 무엇보다 밥 먹을 때는 개도 안 건드린다는데 그게 불만인 유정이었다.

밥풀이 묻은 젓가락을 내려놓는 그의 눈에 이채가 흘렀다.

"호오! 한가락 하는 놈이 섞여 있네?"

나이는 삼십 중반에 뿜어져 나오는 기세가 대장이지 싶다.

그가 전각을 십 장가량 사이에 두고 멈춰 선 뒤 삼층 창문으로 얼굴만 빼꼼이 내밀고 있는 유정을 올려다봤다.

"책임자를 불러라."

"책임자?"

자신에게 자신을 부르란다.

유정이 실없는 미소를 지으며 말했다.

"내가 책임잔데, 그러는 댁이 그쪽 책임자인가?"

"……."

"어이, 물어봤으면 대꾸가 있어야지?"

그래야지. 하지만 저 어린 놈이 대장이라는 게 믿기지 않아 대답없이 반문을 하는 오세적이었다.

"누구냐?"

"나?"

"……."

"허, 그 사람 무뚝뚝하긴. 뭐 어쨌든 내가 누구냐고 물었으니, 나로 말할 것 같으면……."

"책임자를 불러라."

유정의 자기소개를 자르며 아까와 같은 질문을 하는 오세적이었다. 음성이 삭막한 게 애들은 가고 어른 모셔오라는 분위기였다.

유정의 눈꺼풀이 살짝 비틀어졌다.

"나라고 내가 말 안 했던가?"

유정의 목소리도 삐딱해지자 그의 뒤로 고기주가 다가왔다.

"누구냐?"

그의 물음에 오세적을 대신해 혈마대 이조 조장 웅검 조비경이 앞으로 나섰다.

"혈마대주이시다."

"혈마대주!"

고기주의 눈에 놀람이 서렸다.

그러거나 말거나 지금 상황이 아니꼬운 유정이었다.

“내가 물어볼 땐 무시하더니 고 조장님께서 물어보니 답하네요?”

유정의 외견상 대장이라 보기엔 무리가 있으니 그럴 만하다. 어쨌건 지금 그의 말로 오세적의 눈에 이채가 서렸다.

‘정말 저 어린것이 책임자란 말인가?’

고기주가 유정의 말에 어색한 웃음을 짓는 것을 보니 그런가 보다.

‘아비의 후광을 입은 건가?’

오대세가네 뭐네 하는 곳들 중 한곳의 소가주쯤 되려나 보다 싶은 오세적이었다.

“출신이 어디지?”

“흑룡단 삼조…….”

“너 말고 그 옆.”

“끙!”

고기주의 목에 시퍼런 힘줄이 돋아나자 유정이 피식 웃으며 오세적을 바라봤다.

“무당. 현재 사는 곳은 무림맹.”

“또?”

“또? 흠, 그렇게 궁금한가? 그래, 이름은 유정. 나이는…….”

“잠깐, 유정?”

“왜? 들어봤어?”

별호만 들으면 모르는 이가 없다.

하지만 이름으론 자신이 누구인지 잘 모르는 강호 인심.

유정이 상황에 어울리지 않게 반색을 하자 오세적의 안면에 잔잔한 파문이 일었다.

“그대가 청룡단 부단주인가?”

웅성웅성.

오세적의 말에 그의 뒤편으로 도열해 있던 부하들에게서 작은 소란이 일었다.

적아를 떠나 강함을 추구하는 마교도들에게 자신들의 우상이었던 천마대주를 꺾은 무인이 눈앞에 나타났으니 당연한 반응이었다.

유정이 그 모습을 흐뭇한 표정으로 바라보며 말했다.

“나에 대해 다들 잘 아는 것 같은데, 그럼 이제부터 어찌해야 되는지도 잘 알고들 있겠지?”

“……?”

“물러나라. 그 녀석의 얼굴을 봐서 이번 한 번만은 봐주지.”

“……?”

오세적의 안면에 ‘누구를 봐서?’ 라는 의구심이 일었다. 유정의 ‘봐주지’ 라는 어찌 보면 치욕스러운 말보다 그게 더 궁금한 그였다.

유정이 목을 거만하게 까닥거렸다.

“천마대주.”

“흠!”

오세적의 침음성에 유정이 가벼운 한숨을 더했다.

“후— 잘 도망 다니고 있나?”

“…어디에 있는지는 본인만이 알겠지.”

오세적의 말에 어깨를 으쓱거리는 유정이었다.

“뭐, 신경 쓰는 건 아니고. 어쨌건 내 말대로 해줬으면 하는데. 아, 무슨 뜻인지 알지? 여기뿐만이 아니라는 거.”

저 뒤에 있을 혈마대의 본진까지 철수를 종용하는 유정이었다.

그러자 오세적이 바로 뒤에 서 있는 부하를 바라보았다.

─장 장로님을 모셔오거라.

묵혼신검은 혹이 아니라 호박이다. 인원의 우세로 잘라내기에는 너무 크고 막상 잘리지도 않을 것이다. 톱이 필요하다는 오세적의 전음에 조비경이 빠르게 뒤로 돌아갔다.

유정이 심드렁한 표정을 지었다.

"뭐야, 물러나는 게 아니라 불러오는 거야?"

"기다려 주겠지?"

약세를 인정하며 대등해질 때까지 기다려 달라는 오세적이었다.

"너무 당당하게 요구하는 것 같은데?"

"대신… 일 대 일 비무로 가부를 결정하도록 하지."

"그 말, 비무에서 이기면 조용히 물러가겠다는 건가?"

유정의 질문에 대답 대신 고개를 끄덕이는 오세적이었다.

유정이 뒤를 돌아다보며 금의단과 흑룡단원들을 둘러봤다.

"혈마대주가 저리 말하는데 어쩌지?"

특별히 누구 하나를 정해서 물어보는 것은 아니었지만 대답은 통일되어 나왔다.

"따르겠습니다!"

"아따, 귀야. 한 명만 말해!"

자신의 귀를 만지작거리는 유정의 얼굴에 쑥스러움이 묻어 나온다. 부하들의 '꼭 보고 싶습니다! 강자들의 대결을!' 하는 열망의 눈빛들 때문이었다.

"하여간 무인들이란……."

투덜대듯 중얼거리며 오세적을 돌아보는 유정이었다.

“남아일언.”

“중천금!”

오세적의 말 받음에 유정이 코웃음 한 방을 날린 뒤 자리에서 일어났다.

“어이, 누구 한 명 나가서 적당한 곳을 찾아봐.”

대로변, 무엇보다 일반인들에게 피해를 줄 생각은 전혀 없다.

금의단원 한 명이 잽싸게 계단을 내려갔다.

그리고 이층에서 위의 상황을 모두 들은 당설화가 삼층으로 올라와 유정에게 다가왔다.

“자신있어?”

“못 믿어?”

도리도리.

아니, 믿어! 라는 눈빛을 전하며 머리를 젓는 당설화였고 그녀의 어깨에 한 손을 올리는 유정이었다.

“걱정 마. 또 잘된 일이야. 괜히 몽땅 부딪쳐서 쓸데없는 피를 흘리는 것보단 낫잖아.”

그걸 알기에 반대를 하지 않는다. 하지만 당설화도 한 남자를 사랑하는 여자. 일말의 불안감에 아랫입술을 깨무는 건 어쩔 수 없었다.

상황은 빠르게 진행되어 반 시진 후 금의단원이 알아본 기련산 주변 공터로 사람들이 몰려들었다.

패천마 장소를 위시한 오세적의 혈마대가 공터의 우측에 자리를 잡았고 유정을 선두로 한 금의단과 흑룡단 일행은 그 맞은편에 섰다. 그 뒤로 태청파 무인들과 그나마 의리가 있어 아직 남아 있던 감숙 일대의 중소문파 무인들이 본진을 비우고 나와 있었다.

"비가 오려나?"

하늘을 보니 거무스름하다. 얼굴 위로 한 손을 펼친 채 공터 중앙으로 걸어가는 유정이었다.

때를 같이해 맞은편에서 오십대 초반의 노인이 걸어나왔다.

물어보지 않아도 마교의 사대장로 중 하나인 패천마 장소였다.

장소가 유정을 보며 말했다.

"굳이 소개는 필요없겠지?"

너무나 유명한 두 명이다. 시간 낭비하지 말자는 뜻이었다.

유정이 고개를 끄덕이자 장소의 만면에 마도인이라고 보기엔 무리가 있어 보일 정도로 푸근한 미소가 어렸다.

'차라리 잘됐군.'

원하지 않던 전쟁이다.

거기다 독자적인 힘이 아닌 다른 손을 빌려가며 벌이는 전쟁이어서 더욱 못마땅하다. 교의 율법상 명령에 따를 수밖에 없는 입장인지라 어쩔 수 없이 나섰다면 비겁할까? 이런 유희도 없다면 정말 아쉬웠을 장소였다.

절로 미소가 그려졌고 편안한 기분이 든다.

"뭐 하나 물어봐도 되겠는가?"

"물어보시지요."

푸근한 미소를 떠나 예의가 되어 있는 장소의 질문에 흡사 정파의 고인을 대한다 싶은 유정이었다.

그러나 기억한다.

회망산에서 벌였던 패천마 장소와 강신영의 경천동지할 격전을.

유정의 몸은 긴장감으로 미세하게 떨리고 있었다.

그걸 아는지 모르는지 뒷짐을 진 채 편안한 자세로 입을 여는 장소였다.

"천마대주, 아니, 지금은 아니니 그냥 이름을 부르지. 공옥민과 자네 사이에 있었던 결투는 익히 들어 알고 있네. 물론 자네가 이겼다는 것도."

"결과를 논하기엔 좀 애매한 부분이 있었지요."

"흠, 젊은 사람이 겸양까지 갖추고 있군."

"그리 봐주시니 저도 한말씀 드리겠습니다."

"그러시게."

유정이 잠시 시차를 두고 말했다.

"회망산에 저도 있었습니다."

"그래?"

"예. 그때 보여주신 어르신의 무위는 저에게 충격 그 이상이었지요. 아, 물론 강 당주님의 무위 역시 마찬가지였고 그때 처음 느꼈습니다. 초인들이란 이런 무인들을 가리키는구나 하고 말입니다."

유정의 말에 잔잔한 미소를 유지하며 턱을 주억거리는 장소였다.

"살아온 세월이 있으니 놀랄 정도는 아니지. 그보다는 자네 나이에 그 정도 경지에 오른 것이 정말 놀랄 일일세. 그런데… 정말 있었나?"

의심을 하는 것은 아니다. 그렇지만 회망산 전투가 있은 지 아직 일 년이 지나지 않았다. 잊어먹기엔 시간이 그리 길지 않았고 그때 저런 강자가 있었는데 왜 몰랐을까 하는 본인에 대한 의구심이었다.

하나, 그 의구심을 풀어주기엔 얘기가 너무 길어진다 생각했을까? 말없이 미소를 짓는 유정이었다.

장소가 잠시 생각을 더 이어나가다가 두 손을 털어내기 시작했다.

"쯧쯧. 늙은이가 괜히 시간을 끌었나 보군. 그럼 사람들이 기다리니 시작해 볼까?"

"그 말씀 따르겠습니다."

결전 돌입.

서로를 바라보는 눈에 호의적인 감정이 사라지며 보이지 않는 기파의 충돌이 순식간에 공터 주변을 잠식하기 시작했다.

"흡!"

누군가의 입에서 숨넘어가는 소리가 흘러나오자 고기주가 외쳤다.

"모두 물러나라!"

유정과 장소의 기력 충돌에 보이지 않는 미증유의 힘이 무위가 낮은 이들에게 뒤로 물러나기를 종용한 것이었다.

툭. 투툭.

유정의 말대로 빗방울이 떨어지기 시작했다.

"으아아아압!"

선수 필승.

유정이 가슴속에서 모든 것을 끌어올리듯 통렬한 기합성을 지르며 먼저 움직였다. 그동안 익힌 권각에 가미된 보법과 제운종을 섞어 서로 간의 삼 장 거리를 순식간에 좁혀 버리는 유정이었다.

"좋아!"

짓쳐 오는 유정의 신형을 마주하는 장소의 입에서도 호기로운 일갈이 터져 나왔다.

퍼벙! 퍼버벙!

눈 깜짝할 새에 벌어진 두 합의 충돌과 바로 느낀 열세!

‘역시 장법으론 내가 손해야.’

장법만으론 천하제일을 다투는 장소다.

그의 절기인 패천마장이 가감없이 통렬한 힘을 발휘하자 그 충돌의 여파로 어깨가 찌르르한 유정이었다. 내력이 충만한 초반이어서 이 정도지 격한 상황에 몰렸을 때는 버티기 힘들 것……!

생각을 이어나갈 겨를도 없이 다가오는 이상 기운에 유정의 눈동자가 가늘어졌다.

파팟! 퍼어어엉!

방금 전까지 유정이 서 있던 자리에 반경 이 장의 구덩이가 패었다.

암혼마장.

그 음유하고 소리없는 장소의 독문장법이 펼쳐진 것이었다.

동시에 패천마 장소의 신형이 사라졌다.

“헛!”

“사라졌다!”

주위에서 터져 나온 경악성. 연기처럼 갑자기 사라졌으니 놀랄 만도 했다.

스르륵.

그에 뒤질세라 유정의 신형도 사라졌다.

그로 인해 둘이 아니고선 서로의 위치를 남들은 절대 모를 정도로 쾌속의 신법을 펼치며 벌이는 대결. 흡사 강신영과 장소의 대결을 그대로 옮겨놓은 듯한 비무의 모양새가 되었다.

초절정의 벽 앞에 서 있는 오세적의 눈에도 희뿌연 잔영만이 언뜻언뜻 보일 뿐이었다.

쾌속을 넘는 순속.

오세적의 눈동자가 떨리는 것도 무리는 아니었다.

'그 녀석. 이런 놈과 잘도 싸웠군.'

공옥민을 말함이었고.

'부딪치지 않길 잘했다.'

일호를 말함이었다. 혹은 본인이기도 했고.

금의단원과 흑룡단원들은 인간의 한계를 초월한 무력의 충돌 앞에 벌린 입을 다물 줄 몰랐다.

"어, 어디야?"

"……."

물어본들 알 리가 있나. 간간이 들리는 서로 간의 충돌음 쪽으로 획! 소리나게 고개를 돌리는 게 전부인 그들이었다.

그건 당설화 역시 마찬가지였지만 그녀의 눈에는 다른 감정이 하나 더 있었다.

'왜 안 뽑는 거야?'

모습은 보이지 않으나 충돌음을 보아하니 유정은 장소를 상대로 검을 사용하고 있지 않았다.

여유? 그러면 다행이지만 아니라면…….

파팟! 퍼퍼퍼펑!

또다시 들려오는 엄청난 굉음에 주변의 공기가 부르르 떨린다.

일장의 겨룸 뒤에 재빨리 장소의 뒤로 돌아가는 유정의 얼굴은 잔뜩 일그러져 있었다.

'제길! 따가워 죽겠네!'

몰랐다. 빠르게 움직일 때마다 부딪쳐 오는 빗방울이 이렇게 따가울 줄은. 속도에 비례했고 새삼 줄기차게 비 오는 날 장소와 이런 대결을 벌였던 강신영이 대단하다 싶은 유정이었다. 두 번씩이나 이런 경험을 하고 있는 장소는 말해 무엇 하리.

패천마 장소의 신형이 황급히 반대편으로 돌아갔다.

'빠르군!'

고절하다 느낄 정도로 유정의 신법은 빨랐다.

그렇다고 못 따라갈 속도도 아니다.

"흐아아압!"

나이를 무색케 하는 우렁찬 일성을 동반한 장소의 쌍장이 공간을 우그러뜨렸다.

퍼퍼퍼퍼펑!

"크읍!"

유정의 입에서 억지로 무언가를 삼키는 소리가 새어 나왔다.

'오, 오 연발이냐!'

일장 같지만 뒤에 이어지는 장법의 가중치가 연속 네 번. 총 다섯 번의 장력이 밀물처럼 일타에 이루어진 것이다.

기세 좋게 일장을 막아갔다가 적잖이 손해를 본 유정의 인상이 잔뜩 일그러졌다.

쑤우욱—

그의 신형이 몸에 밧줄을 묶어 뒤에서 끌어당기듯 쭈욱 하고 오 장 뒤로 물러났다.

'역시 이대로는 안 되는가 보네.'

많이 늘었다지만 역시나 전문 분야가 아닌 재주로 상대하기엔 패천마 장소는 너무 강하다. 그걸 몸으로 부딪쳐 보고 이제 알아버린 유정이었다. 저번 밀림 부하 불만(?) 사건도 그러더니 정말이지 누가 알까

무서운 한심함이다.

"뽑는 것이 좋겠군."

장소의 말에 유정의 안면으로 일순 붉은 기가 감돌았다.

"미천한 실력을 내보였습니다."

장소가 호탕한 웃음을 터뜨렸다.

"하하하하! 그 정도로 미천하다면 과연 그 묵검의 위력은 실로 어떨지 기대가 되는군."

자못 여유가 넘치는 모습이다.

유정으로선 절대 따라갈 수 없는 세월의 힘. 연륜이란 것이다.

그게 없는 유정. 게다가 딱히 검집이 있는 것이 아니다 보니 검을 뽑는 자세도 영 아니지 싶다.

그래도 신중한 자세로 발도에 이은 중단의 자세를 잡아가는 유정이었다.

그의 눈이 번뜩였다.

"기대에 보답해 드리지요."

퓨슉!

빛살이 이렇게 쏘아질까. 검끝에 검기가 모이는 시간은 촌각. 그것이 장소를 향해 발사되는 건 섬광이었다.

"흐압!"

날아오는 검기를 장력으로 간단히 와해시키는 장소. 그의 신형이 다시 사라지며 어느새 유정의 우측에 나타났다.

"옆구리."

'……?!'

화들짝 놀라며 옆구리를 기괴하게 비트는 유정이었다. 동시에 그의 신형이 반 회전의 동선을 그리며 장소의 우장에 검을 들이댔다.

"뭡니까!"

"조심하란 소리였네."

터텅!

검과 손의 교접이 쇠막대기의 결합성을 낸다. 놀라기보단 자신을 우습게봤다 싶었는지 이마를 좁힌 유정의 다음 일검에 실린 경력이 심상치 않았다.

"헛!"

쉬이 받아넘길 기운이 아니다 싶었는지 어깨를 뒤로 뺐다가 빠르게 반동을 살려 장력을 날리는 장소였다.

터텅! 휙! 파팍!

"……!"

유정의 검을 막고 반격을 준비하던 장소의 눈동자가 일순 움찔했다. 검공만을 신경 쓰다 보니 상대의 각법을 무시한 결과로 우측 어깨가 시큰해져 온 것이다.

"문무겸전, 아니, 이럴 땐 검각겸전이라 해야 하나?"

장소의 말에 자신의 오른발을 무릎 위로 들어올려 발끝을 흔드는 유정이었다.

"잔재주에 불과합니다."

말은 이리하지만 내심 아쉽다.

'반응 속도가 너무 좋아!'

안면을 노린 공격이 어깨로 그친 것이다.

'대체 나이를 어디로 잡수신 거야?'

자신도 저 나이에 저런 반응 속도를 보일 수 있을까? 아마 각고의 노력과 꾸준한 단련이 뒷받침되지 않으면 어림도 없을 것이다.

그 지리할 정도의 반복에 의한 꾸준함.

절대강자로 발돋움하는 최고의 지름길. 그 정점에 도달한 무인을 마주하고 있는 유정의 내력이 한곳에 집중되었다.

"제가 가진 것 중 가장 강한 초식입니다."

말이 끝남과 동시에 묵검에 하얀 빛이 서리기 시작했다.

묵혼선강.

유정의 성명절기였고 이것 말고는 딱히 내세울 게 없다는 점. 하지만 위력은 최강이라는 점. 그래서 다른 절기의 필요성을 못 느끼는 유정이었다. 하기야 그의 수준에선 뭘 해도 절기가 되는 경지니 더욱 그러했다.

장소의 자세가 유정의 비기(秘技)에 대한 예의를 갖추기 시작했다.

"미리 알려주는 이유는?"

"조심하시라는 겁니다."

"조금 전 일로 마음이 상했었나 보군."

"설마요. 그냥 노인 공경을 지키는 것뿐입니다. 자… 그럼!"

쑤아아아악!

뻗어 나오는 강기의 줄기가 공명을 일으키며 장소를 향해 쏘아졌다.

"허, 강기라."

괜히 막아가며 내력의 손실을 볼 필요가 없다.

스륵.

장소의 신형이 자신이 옆구리를 스치는 공기의 파동을 느낄 정도로만 움직여졌다.

그리고 다른 상대가 그랬듯 당황하는 수순을 밟기 시작했다.

“헛!”

거참, 왜 이리 똑같을까.

그러고 보면 유정은 운이 좋은 거다. 그의 묵혼선강에 대한 정보가 맞상대하는 적에겐 항상 알려져 있지 않으니 말이다.

타탓!

현란한 움직임에 동서남북, 동선의 질서 없이 신형을 움직이는 장소의 이마로 땀이 고이기 시작했다.

‘이럴 수가!’

긴 세월 듣도 보도 못한 강기의 추격에 기도 안 차는 장소였다.

주변에 모인 이들 역시 멍하긴 마찬가지였다. 누가 상상이나 했겠는가. 눈에 보이는 광경이 현실 같지 않을 뿐이었다.

사각! 쿠쿠쿠쿠쿵!

강기의 선이 지나가는 곳으로 여지없이 밑둥이 깨끗하게 잘려 나간 산천초목들이 자리했다. 그 뒤로 반 각가량.

휙! 사각! 쿠쿠쿠쿠쿵!

이런 소리만 들린다.

그 안에 발바닥 땀나게 신법을 펼치는 장소가 있었고 여유있는 표정으로 따라붙는 유정이 있었다.

‘큭큭, 너무 잘 통해.’

문득 자신이 천하무적이 아닐까 하는 생각까지 들 정도로 묵혼선강을 상대하는 적들은 하나같이 똑같다.

“헉헉! 이런!”

숨 돌릴 틈도 없이 사신처럼 따라붙는 강기의 선에 반 각, 일각이 지날수록 내력 저하를 피부로 느끼는 장소였다.

‘허허! 어처구니가 없구나.’

시원스레 싸우다 지치면 억울하지도 않을 텐데 그게 아니니 분통이 터질 것 같다. 그나저나 이대로라면.

싹둑!

순간 자신의 몸이 이등분되는 상상에 소름이 돋는 장소였다.

‘오싹하군!’

이 상황을 피할 방법을 빨리 생각해 내야 한다. 초조하다.

그러다 그의 눈에……

‘이렇게까지 해야 하나?’

다른 것은 생각이 안 난다. 그럴 시간도 없고 무엇보다 그전에 신법 속도의 저하가 먼저다.

결과는 물론 싹둑!

꿀꺽!

입 안에 고인 침을 삼키는 것으로 결심을 대신한 장소의 신형이 우측 정면으로 쭉 뻗어나갔다. 그리고 그 앞에는 당설화가 가슴에 두 손을 모은 채 서 있었다.

“헛!”

장소의 등에 당설화의 신형이 가려지자 유정의 입에서 기겁성이 흘러나왔다.

쑤우우우욱!

동시에 장소를 따라붙던 강기의 선이 하늘을 가를 듯 상공을 선회했다.

“이거 좀 비겁한 것 아닙니까?”

“헉헉, 어쩌겠는가. 이렇게라도 안 하면 그 지긋지긋한 것을 피할 방법이 없는 걸 말이야."

유정의 동공에 눈만 말똥말똥 뜨고 서 있는 당설화와 그 뒤로 거친 숨을 내뱉고 있는 장소가 함께 들어왔다.

걱정되어서, 단지 그 생각 하나로 남들보다 멀리 물러나지 않은 것이 화근이 될 줄은 진정 몰랐다는 표정의 당설화였다.

게다가 점혈은 또 언제 당한 것인가.

"고맙군. 늙은 목숨 연명하게 만들어줘서."

뒤에서 들리는 장소의 목소리에 당설화의 안색이 미안함으로 물들었다.

"미, 미안해."

"아니야, 괜찮아. 그보다… 인질입니까?"

장소의 손짓 한번에 당설화의 목숨이 한순간에 날아갈 판국이다.

일 대 일 비무에만 정신이 팔린 예상치 못한 결과에 자책을 떠나 그 막막한 심정으로 목소리가 떨리는 유정이었다.

"후— 걱정 말게. 지금도 충분히 부끄러우니까."

"숨만 돌리면 된다는 말씀이십니까?"

"생각은 그렇네만……."

과연 숨 돌리고 다시 붙는다고 이길 수 있을까?

다음엔 이번처럼 인질 등 뒤로 피할 기회는 없을 것이다.

그렇다면 방법은 하나.

'따라붙기 전에 승부를 내야 한다는 소린데…….'

강기를 쓸 수 없을 정도의 초접근전… 하나 용이하지가 않다.

'접근할 동안 가만히 있을 턱이 없지.'

또 막상 접근한다 해도 문제다. 상대가 거리를 벌리자면 벌릴 수 있는 실력을 가지고 있으니 말이다. 그 즉시.

'강기의 선이 쏟아질 테고, 그렇다면…….'

뻔하다. 피해야 했고, 그게 아니면 정면으로 막아가며 싸워야 하는 둘 중 하나다. 그중 하나는 해봤으니 나머지 다른 하나.

'결국 강기를 막아가며 공격을 해야 한다는 것인데.'

장소의 처진 눈매가 유정의 신형을 유심히 훑었다.

'전혀 힘들어하는 기색이 아니군.'

나이는 핑계로 치더라도 상대 역시 초절정고수다. 겨뤄본 결과 둘 간의 내력도 비슷한 것 같다. 결국 강기를 막는 수비와 공격에 내력을 동시에 사용하는 자신이 먼저 지칠 것은 불을 보듯 뻔하다.

"……."

촌각의 시간 동안 수없이 많은 생각과 부정이 뇌리를 스쳐 가는 장소였다. 그리고 이길 방법이 없다는 결론에 도달하자 한숨이 절로 나온다.

'허— 정녕 없는 것인가!'

미련에 한 번 더 생각해 보지만 부질없음을 확인할 뿐이다.

'…그렇다면 졌다는 거로군.'

본인은 없지만 상대는 이길 방법이 있으니 진 것이나 다름이 없다.

'허! 격세지감이라 했던가. 나도 늙긴 늙었나 보군.'

왠지 마음이 가벼워지는 장소였다.

'그나마 물러날 명분을 얻은 것으로 만족해야겠군. 원치 않던 전쟁에 나선 것이니 아쉬울 것도 없고.'

이기지 못해 물러났다는데 어쩌겠는가.

툭.

장소의 손이 움직이자 유정의 눈이 당혹감으로 물들었다.

"지금 무슨!"

"그렇게 놀라지 말게. 점혈을 푼 것뿐이니까. 그나저나 난 더 할 생각이 없는데 자네는 어찌 생각하나?"

"아… 그럼 결과는?"

"내 입으로 말해야 하나?"

누군들 자신이 졌다고 시인하고 싶겠는가. 절대십사천의 일인이니 더욱 그러할 것이다.

유정이 이해한다는 표정을 짓다가 갑자기 눈을 번쩍였다.

'아! 그러고 보니, 나 지금 절대십사천을 이긴 거야?'

피식!

'……!'

웃었다. 본의 아니게 말이다.

'지금 또 내 의지가 아닌 웃음을 흘렸나?'

아무래도 버릇이 될 것 같다.

"늙은이 앞에서 너무 대놓고 웃진 말게."

장소의 말에 유정이 자신의 뒷덜미를 잡아가며 고개를 끄덕였다.

"죄, 죄송합니다."

"허허, 그렇다고 사과할 것까진 없고. 그보다는 이쯤 해서 물러났으면 하는데 그래도 되겠는가?"

"원하시는 대로 하십시오."

"고맙군."

장소가 저 뒤에 있는 오세적을 바라보며 전음을 전하자 그도 예상했는지 별 반응 없이 부하들에게 결과를 알려주었다.

그러자 부하들의 입에서 저마다 탄성에 이은 불신의 수군거림이 흘러나왔지만 오세적의 차가운 시선에 금방 막혀 버렸다.

그가 부하들을 이끌고 장소의 뒤로 다가왔다.

그사이 고개를 푹 숙이고 있는 당설화에게 다가가 그녀의 뒤로 넘긴 머리카락을 부드럽게 쓸어주는 유정이었다.

"그런 표정 짓지 마. 나 걱정돼서 그런 거 다 아니까."

"응."

"에이, 그렇다고 금세 응 하면 안 되지. 아까는 얼마나 걱정했다고."

"헤—"

"어라, 웃어?"

이쁘다. 그 웃음에 눈을 한번 치켜떴지만 그걸로 끝, 따라 웃는 유정이었다.

장소가 헛기침을 했다.

"크음. 보기가 민망하군."

"그러게 말입니다. 하여간 요즘 젊은것들은."

오세적의 말 받음에 장소가 피식 웃었다.

"부럽냐?"

"……."

대답이 없다. 그러고 보니 아직 혼자인 오세적이었다.

"이쁜 아이구나."

"예."

즉각 대답을 하는 것을 보니 당설화가 이쁘긴 이쁜가 보다.

"적어도 나는 이번 전쟁에 더 이상 나서지 않을 걸세."

장소의 말에 유정이 고개를 끄덕이며 오세적을 바라봤다.

오세적이 그 눈을 당당히 마주하며 말했다.

"조직에 매인 몸이다."

명령에 따를 수밖에 없으니 약속을 못한다는 뜻이었다.

유정도 그 이상을 바라진 않았기에 이해한다는 눈빛을 전했다.

그것으로 서로 간에 같이 있을 이유가 없어졌다.

"돌아가자."

장소가 몸을 돌리고 혈마대원들이 일시에 고개를 숙이며 그를 따르자 이내 공터에는 유정 일행과 태청파 무인들만이 남았다.

第三章
격동

경 천동지.

소문은 초인들의 결전을 부풀리고 부풀려 전설로 만들었다.

그 중심에 묵혼신검 유정이 있었고 정파로서는 이만한 분위기 반전이 없었다.

반대로 기껏 만들어놓은 승기를 한 방에 날려 버린 꼴이 아닐 수 없는 마교였다.

꽝! 피리리릭!

부서진 탁자의 잔해들이 장소와 오세적의 주위로 비산했다.

그들 앞에 볼 살이 푸들푸들 떨리고 있는 음태성이 서 있었다.

"고작, 고작 애송이 하나에 대(大) 신교의 장로라는 위인이 꼬랑지를 말았단 말인가!"

그의 분노 섞인 이죽거림에도 무덤덤한 장소였다.

“세월 앞에 장사 없다 했습니다. 그걸 떠나 상대가 강하기도 했지만…….”

“지금 그걸 말이라고!”

할 수만 있다면 저 모가지를 확! 비틀어 버리고 싶은 노기를 간신히 누르며 다시 자리에 앉는 음태성이었다.

“혈마대주는 뭘 했단 말이냐!”

“명령을 이행했을 뿐입니다.”

“이!”

다시 일어났으나… 앉는 도리밖에 더 있을까.

오세적의 말대로 장소가 가자는데 부하로서 버틸 재간이 있을 리 없다. 그렇다 해도 막상 저런 대답을 듣고 나니 속에서 천불이 나는 음태성이었다.

그가 고개를 잠시 뒤로 넘겼다가 제자리를 찾으며 한 손을 세차게 휘둘렀다. 말도 하기 싫으니 얼른 꺼지라는 뜻이었다.

“그럼 물러나겠습니다.”

오세적이 먼저 일어나 교주전을 나섰고 그 뒤로 장소의 발걸음이 가볍다. 원하던 명령이기에 그러리라.

뚜벅뚜벅.

장소가 교주전을 빠져나가자 이를 가는 음태성이었다.

“으으. 언제고 그 뻣뻣함을 부러뜨려 주마!”

“…….”

그 분노가 가라앉을 때를 기다려 나긋나긋한 목소리를 흘리는 추성린이었다.

“이제 어쩌실 건가요?”

“어쩌긴, 다른 놈을 보내야지.”

아직 두 명의 장로들이 더 있다. 이번엔 한꺼번에 보낼 생각이다.

“그놈들도 잘하고 있는데 정작 이쪽이 문제라니…….”

사파의 준동. 마치 황제의 핍박에 살다 살다 더 이상은 안 되겠다 싶어 봉기를 든 민중들처럼 거칠게 일어서고 있었다.

이럴 때 제대로 한 건만 해줘도 꺾이지 않는 우세를 점할 수 있다.

전쟁이란 게 그런 거다. 분위기만 제대로 타면 어렵지 않게 승리할 수 있고 그 방정식을 잘 풀어가다 제풀에서 막히니 뭣 같은 심정의 음태성이었다.

“녀석들에겐 모두 붙여줬겠지?”

“예. 모두 투입되어 있어요.”

주요 거점이라 여기는 곳마다 마경단원들이 투입되었고 그들을 중심으로 똘똘 뭉쳐 있는 시파였다.

“천서련에서는 연락이 없나?”

그늘이 해준다는 건 제대로 해줬다. 그래도 뭔가 더 해줬으면 싶은 게 솔직한 지금의 심정이었다.

음태성의 말에 고개를 갸웃거리는 추성린이었다.

“이쯤이면 상황을 들으러 사람이 오던가 했을 텐데 이상하게 조용하네요.”

“뒤로 물러나 추이를 지켜보자는 건가?”

“그럴 수도 있지요.”

“맘 편한 놈들이군.”

부럽다. 할 일 다 해놓고 결과를 기다리는 그 여유가.

“어쨌든 나머지 두 놈들을 불러들여야겠어.”

아직은 초반의 승기(勝機)가 완전히 사라진 것은 아니다. 어떻게든 그 불씨를 되살려야 했고 그 부지깽이로 지체없이 두 명의 장로를 불러들이려는 음태성이었다.

"천마대도 같이 투입한다."

진정한 마교의 힘. 이번 일로 한걸음 물러났으니 그걸 복구하고 두 걸음 나아가려는 음태성의 결의에 찬 목소리가 교주전을 맴돌았다.

한편 장로전에 도착한 장소를 맞이하는 두 사람. 독비도마 이천상과 혈인마 장태소였다.

"……."

자신을 물끄러미 바라보는 이천상의 시선에 장소가 콧등을 만지작거렸다.

"그렇게 빤히 쳐다보지 말고 할 말 있으면 그냥 하게."

"깨졌다며?"

"끄응! 벌써 들었는가?"

"교내에 이미 쫙 퍼진 지 오랠세."

장태소의 말에 장소가 계면쩍은 표정을 지었고 전과 달리 서로가 말을 놓고 있었다.

음태성에 대한 반감으로 장로전에 같이 모여 있는 기간 동안 사이가 많이 좋아진 것이다. 예전에도 음태성을 제외하곤 셋 모두 서로를 불편하게 생각하지는 않았지만 말이다.

장소가 목 언저리를 주무르며 말했다.

"깨질 만해서 깨진 것이니 탓할 생각일랑 하지들 말게."

"허! 구름 위에 자존심을 걸어놓고 다니던 장 장로가 맞는가?"

“비꼴 생각도 하지 말고.”

장소의 말에 입술을 씰룩거리는 장태소였다.

“그럼 물어는 봐도 되는가?”

“뭘 말인가?”

“이제 갓 약관을 넘었다며.”

“그런 듯하더군.”

“허허!”

본인에게 직접 듣고도 믿지 못할 탄성이 절로 나오는 장태소였다.

이천상도 마찬가지였고. 곧 그의 표정에 뚱한 기운이 잡혔다.

“패잔병치고는 너무 편안한 표정이군.”

자신보다 세 배는 어린 무인에게 지고 돌아온 무인이라 여기기에는 장소의 표정은 너무 동떨어져 있었다.

“원없이 싸운 것은 아니나, 미련이 남는 싸움도 아니었네. 나름대로 만족스러운 결과이기도 하고.”

“허— 미련도 없고 만족스러운 결과라. 대체 누가 있어 패천마 장소를 이렇게까지 만들어놓았는지 그 면상 한번 궁금하군.”

“내가 어떻게 만들어졌는데?”

“음… 무언가 통달한 사람 같으이.”

뜻 모를 부러움을 담은 이천상의 말에 장태소도 긍정을 표시했다.

“나 역시 만나보고 싶군.”

“인연이 닿으면 만나게 되겠지.”

“거 보게, 지금 말투도 딱 그러하이.”

이천상이 손가락으로 자신을 가리키자 자리에서 일어나는 장소였다.

“통달이라. 정파 놈들이 말하는 선도의 해탈과 같으려나…….”

마도와 선도. 같은 도를 추구하니 틀린 말은 아니리라.

그렇게 자신의 처소로 돌아가는 장소였고 얼마 안 가 교주전의 호출을 받아 장로전을 나서는 이천상과 장태소였다.

“지랄 같네.”

볼 살이 홀쭉해진 자신의 얼굴을 동경으로 비춰보며 간만에 욕 한마디 던지는 유정이었다.

장소와의 결전 이후 보름 동안 하루도 제대로 쉬어본 적 없는 강행군의 연속에 대한 불만이기도 했다. 이 모든 게 제갈진천의 명령이다 생각하니 괜히 제갈서린까지 미워지는 지경에 이른 유정이었다.

“그나저나 너무 지저분한가?”

윗입술 양쪽에만 나는 간신수염을 만지작거리던 유정은 손가락에 내공을 모아 털들을 태워(?), 아니, 녹이기 시작했다.

까딱 진기 조절에 실패했다간 데이기 딱 좋다. 나름 고도의 수법이었고 자연스레 펼치는 유정이었다.

“음, 완벽해… 제길!”

이런 걸로 완벽 운운하는 자신의 꼴이 참 한심하다.

“일어났어?”

문밖에서 당설화의 목소리가 들렸다.

“어. 들어와.”

유정의 대답에 방문을 열고 들어온 당설화. 참고로 이곳은 섬서의 북쪽에 위치한 호련이라는 지방으로 현재 유정이 머물고 있는 숙소는 이곳 중소문파 중 가장 큰 고룡문의 별실이었다.

어제 이곳에 도착한 유정으로 인해 이곳에서 벌어졌던 정사 소규모 전투는 그 즉시 막을 내림은 물론 당연히 승리는 이쪽 차지였다.

"밥 먹어야지."

"먹어야지. 그런데 아침부터 웬일?"

새삼스레 물어보는 유정의 질문에 역시나 뭔가를 전하는 당설화였다.

유정이 그걸 받아 들며 인상을 찌푸렸다.

"또야?"

"조금 전 개방도가 찾아와 전해주고 갔어."

"으으으! 거지새끼들……."

하긴 그들이 뭔 죄가 있으랴. 위에서 시키는 제갈진천이 문제지.

"하― 지친다, 지쳐. 펴보나마나 또 어디로 빨리 가라겠지?"

그 어디를 알기 위해 펼치는 전서.

"어디야?"

당설화의 질문에 유정이 잠시 뜸을 들였다.

"…이런 곳까지 가야 하나?"

"어딘데?"

"화산."

"화산?"

"응. 그렇게 쓰여 있네. 이틀 안으로 도착하라고."

유정의 말에 뭔가를 재는 듯 손가락을 꼼지락거리는 당설화였다.

"점심쯤에는 출발해야겠네."

대륙은 넓다. 같은 섬서 지역이라도 끝에서 끝은 족히 사나흘 거리다. 여기서 화산까지는 하루 반 거리 정도. 그나마 이전의 이동 거리

중 이 정도면 가까운 축에 낀다.

'고맙수다!'

천장을 바라보는 유정의 눈에 아니꼬운 기운이 가득 들어찼다.

아침을 먹고 가벼운 인원 점검을 끝으로 고룡문을 나서는 유정이었다.

따각따각.

말발굽 소리에 맞춰 유정의 고개가 좌우로 왔다리 갔다리 하는 것이 나름 무료함을 달래는 그만의 놀이랄까?

당설화가 말 머리를 같이 하자 놀이를 접는 유정이었다.

"화산이라면 구파의 하난데 굳이 우리가 필요한가?"

"글쎄. 예전의 화산이 아니어서 그런 것 아닐까?"

장문인의 죽음. 아직까지 뒤를 이을 장문인도 선출되지 않았다. 그 속사정이야 모르겠지만 아무튼 어수선한 화산이다.

게다가 매화검수들의 삼분지 일이 아직 부상에서 완쾌되지 못한 상황. 구파의 저력이 어디 가겠냐만 전만 못한 것은 사실이었다.

"구파의 한곳… 적들이 만만치 않은가 보네."

혼잣말처럼 뇌까리는 유정이었고 고개를 끄덕이는 당설화였다.

"그래도 네가 가면 문제 해결 아니겠어?"

"칭찬이냐?"

"그럼. 요즘 묵혼신검의 명성은 중원제일이잖아. 소규모 사파 무리들은 네 이름만 들어도 항복이고. 아무튼 대단한 분이 가시니 걱정 안 해도 되겠지?"

"아아— 그러셔요? 하긴 어차피 일 벌어지면 움직이는 건 나 혼자요, 구경은 당신네들 몫이니까."

유정의 삐딱한 말투에 당설화의 입가로 상큼한 미소가 어렸다.

틀린 말이 아니다. 그의 이름 앞에 주눅 든 적들을 처리하는 건 땅 짚고 헤엄치기 정도? 간혹 간이 배 밖으로 나온 적들은 그 순간 유정의 검에 작살이다.

문득 이렇게 몰려다닐 필요가 있나 싶은 당설화였다.

'혼자 다녀도 지금과 다를 게 있을까?'

만부부당(萬夫不當). 유정이 그러했고 자신들은 짐이 되어버린 현실에 비참하다면.

'배부른 소리 한다고 하겠지?'

그러리라. 유정 때문에 지금껏 사망자 하나 없이 경미한 부상자 한둘로 일행을 유지하고 있으니 말이다. 이런 마당에 자신의 활약이 미비한 것에 아쉬워하면 빈축밖에 더 사겠는가.

당설화의 시선이 뒤를 돌아보자 그녀에게 보인다.

저 무한한 신뢰의 눈빛들. 겪을수록 깊어졌고 이젠 깨지기 힘든 환상이 되어버렸다.

'흠. 너무 올라가는 것 아닌지 모르겠네.'

더 이상 오를 수 있을까 의심될 정도로 높아진 유정의 명성이 뿌듯하기도 불안하기도 한 그녀였다.

주위에 깔린 기화이초들 그 하나하나 독초가 아닌 것이 없다.

이곳 천서련주의 화원은 그 독초들이 내뿜는 기운으로 인해 늘 보일 듯 말 듯한 독무가 깔려 있었다.

처음 오는 것도 아닌데 올 때마다 숨을 들이쉬기가 텁텁할 정도다. 불러낸 이가 련주만 아니었다면 답답한 마음에 침이라도 뱉었으리라.

“어찌해야 될까?”

“……..”

서철광의 질문에 누군가 나서 한마디 했다간 그대로 진행될 것만 같다는 부담감에 아무도 입을 열지 못했다.

오 일 전 사왕이 련으로 복귀하며 가져온 소식 때문이었다.

일왕과 육왕의 죽음.

모두들 경악했고 오늘 사막에서 그들의 시신이 도착했다.

사왕의 통곡이 잠시 전까지도 이곳을 메웠고 잠잠해지자 련주가 물은 것이다.

어찌해야겠냐고.

이미 전후 사정은 사왕을 통해 들어서 알고 있다.

육왕은 천의검성과의 결투 중 사망. 이해가 안 가는 것은 아니다. 딱히 복수를 운운할 것이 못 된다는 뜻이기도 했다. 그러나 일왕의 죽음은 아니다. 다만 복수의 대상이 정파가 아닌 마교라는 게 문제였고, 권력 다툼에서 밀려난 천마대, 더 정확히는 이전 소교주였던 공옥민이라는 게 갑갑할 뿐이다.

대저 충돌의 이유가 없기 때문이다.

왜 그가 일왕을 죽였는가. 아무리 생각해 봐도 그럴 만한 접선의 끈이 보이지 않는다.

이 중 나이가 가장 어린 칠왕과 비슷한 연배를 가진 이가 침묵을 깨고 입을 열었다.

“제가 나서겠습니다.”

“팔왕 혼자?”

목소리가 탁하다. 일왕조차 대적하지 못하고 금왕대까지 몰살당했는데 너 혼자 어쩌겠냐는 질책이 담겨져 있다.

팔왕의 고개가 힘을 잃어가자 이왕이 그를 거들었다.

"제가 같이 가겠습니다."

"흐음. 이왕도 함께라면……."

그제야 저울추가 맞다 싶은지 눈매를 좁히는 서철광이었다.

"좋아. 이번 일에 본 련의 명예를 건다."

서철광의 단호한 한마디에 모두들 고개를 숙였고 이 순간 느꼈다. 이 일의 결과가 어찌 되든 전과 같이 중원 정복에 호기로움을 가질 수 없다는 것을…….

예상치 못한 흐름. 그 격류에 천서련이 빠져들었다.

전에 한번 와본 화산. 사뭇 분위기가 그때와 달랐고 주위에 퍼진 팽팽한 기운이 심상치 않았다.

산 주변을 둘러싼 수많은 인파들.

전부 사파의 무인들이다. 마치 섬서 일대의 사파 조직들을 모두 끌고 온 것같이 대군(大軍)의 형세를 갖추고 있었다.

그들 속에 유정 일행이 있었다.

"대략 천 명은 되겠는데?"

무복을 벗고 가벼운 복장으로 갈아입은 유정. 다른 일행도 마찬가지였고 이 많은 사람들 중 그들을 사파의 인물로 보지 않는 이들은 없었다.

그동안 특별한 교류도 없이 무작정 모인 그들이다. 얼굴 하나하나 알 리가 없었다. 그저 나 어디 쪽 사람이야 하는 걸로 무리 속에 포함되기 어렵지 않은 결과였다.

당설화만이 입과 코를 반쯤 가리는 면사를 쓰고 있었다.

"너무 예뻐."

혹시 모를 불상사를 막아보자는 유정의 입바른 소리 때문이었다.

"신기하네?"

"뭐가?"

유정의 반문에 당설화가 주위를 둘러봤다.

"이 많은 사람들 중 왜 네 얼굴을 아는 사람은 하나도 없지?"

"끙!"

아프다. 명성을 따르지 못하는 안면 노출도.

하기야 어제오늘 일도 아니다. 가벼운 콧방귀로 속 쓰림을 달래는 유정이었다.

"간간이 절정고수들이 보이네. 개중에는 청룡단 조장급들을 상회하는 이들도 보이고."

"말 돌리는 거야?"

"돌린다기보다 본인도 아는 사실 괜히 찌르지 말라는 거지."

유정의 말에 면사로 가려져 보이진 않으나 웃고 있을 당설화였다.

"한데 이 정도 인원과 수준을 무시하는 것은 아니지만 그래도 화산파가 못 막을 전력은 아니지 않나?"

분명 그 어느 때보다 적들의 규합이 크다. 그렇지만 상대는 화산파. 비록 이빨의 날카로움은 많이 무뎌졌지만 호랑이는 호랑이다.

여우들이 떼로 몰려도 당해낼 수 없다. 혹여 여우 떼를 가장한 호랑이가 섞여 있다면 몰라도.

"한 바퀴 돌고 올게."

숨은 호랑이의 존재를 확인하려는 유정이었고, 그렇게 이각가량 이곳저곳을 쑤시고 다닌 그의 결론은.

'그냥 여우 떼들의 모임이잖아.'

간간이 늑대도 보이나 대세에 지장을 줄 정도는 아니다.

"도대체 왜 보낸 거야?"

이쯤 되니 자신이 이곳에 온 이유가 모호해지는 유정이었다.

그와 반대로 선선한 바람을 맞으며 처소 난간에 기대어 있는 제갈진천의 입술 한쪽이 살며시 들어올려졌다.

"짜증 좀 내고 있겠군."

그러리라. 자신이 생각해도 강행군을 시키고 있다.

더해 애초에 정해진 것이 아닌, 패천마 장소를 꺾은 후 생겨난 강행군이기도 했다.

이유 중 하나.

"난세는 영웅을 필요로 하지."

이미 영웅으로 불리기 부족함이 없는 유정의 전과(戰果)는 사해 전역에 회자되고 있었다. 아닌 말로 그의 참전 소식만으로도 웬만한 전투는 그대로 무마될 정도다.

대륙 전반에서 터지는 수많은 전투 중 유독 그의 명성만이 탑을 쌓고 있다. 패천마 장소를 꺾은 것이 결정타로 작용된 것이었다.

그것으로 자신이 속한 삼검이 사검으로 변하면서 절대십사천이 십오천으로 바뀌기까지 했다.

어느새 자신과 동급의 반열에 올라선 유정이었다.

"훗!"

찻잔의 둘레를 매만지던 제갈진천의 입가에 만족스러운 웃음이 걸렸다.

"이번 화산의 일만 잘 마무리되면 그 명성 무너질 일은 없을 게야."

본인도 안다. 화산에 굳이 그가 가지 않아도 됨을. 일부러 보냈고 이 부분은 순전히 개인적인 의도였다.

"구파 중 하나를 구한 영웅. 그가 제갈세가의 사위라… 풋!"

무림맹 군사에겐 어울리지 않는 웃음. 그 안에 구파보다 항상 한발 밀린 평가를 받던 오대세가. 그 드러내기 싫은 굴욕이 담겨 있었다. 물론 그리 생각하고 넘기기엔 너무 경박스러운 웃음이요, 나 홀로 앞서가는 딸자식 혼삿길이 아닌가 싶기도 하지만 듣는 이 아무도 없으니 상관없는 제갈진천이었다.

한편 하북의 서쪽에 위치한 태행산 한 자락. 수풀은 거칠고 습도는 높아 온몸이 땀으로 흠뻑 젖은 인물이 있었다.

그가 전면의 수풀들을 검으로 쳐내며 길을 만들어 나아가는 부하에게 말했다.

"찾았나?"

"산속에서만 살아서 그런지 전혀 흔적을 남기지 않았는데요."

산이 내 집이요, 들판이 방바닥입네 하고 살았을 놈들이다. 어련히 알아서 잘 도망갔을까. 애초에 추격은 무리였다.

그럼에도 방천욱은 끝까지 쫓았다. 왜?

"묵혼신검께선 안 오셨습니까?"

기껏 도와주고 났더니 유정만 찾아댄다. 내가 그 녀석 상관이라고 하자 '아~ 그런데 묵혼신검께선 안 오셨습니까?' 하더라.

부하의 명성에 밀리는 직속상관의 초라함이 이러할까.

굳이 나서지 않아도 되는 추격대를 선발, 화끈하게 뿌리뽑는 모습을 보여주고 싶었다.

그런데…….

"에이! 더워죽겠는데 뭣 하러 이 고생인지. 이만 돌아가지요!"

"저, 저 사람이!"

다섯 명의 선발대. 그중 사조장 광검 유목생의 짜증 어린 투덜거림에 두 눈을 번뜩거리는 방천욱이었다.

그러나 얼굴 곳곳에 달라붙는 날파리 앞에 장사 없다 했던가?

다른 대원들의 생각도 유목생과 같다는 눈빛을 보내자 어쩔 수 없이 분루(?)를 삼키며 추격전을 포기하는 방천욱이었다.

"돌아간다."

그에 앞으로 나갔던 부하들이 다시 돌아와 자신의 곁을 지나간다.

"……."

"……?"

자신을 지나쳐 더 이상 걸음을 옮기지 않는 부하들 때문에 숙였던 고개를 드는 방천욱이었다.

"왜?"

"그, 그게… 어디로 가야 하죠?"

맴맴맴맴—

"……."

매미가 울기 시작했고, 주위는 어른 키보다 더 큰 수풀들과 온통 하늘에 닿을 듯 높이 자란 거목들이 지천이다.

아, 그러고 보니 해도 기울기 시작하고 있었다.

맴맴맴맴—

"……."

들려오는 매미 소리가 참 처량하다.

제갈진천의 의도대로 괜히 가서 이름만 드날린 유정. 그가 한 일이라고는 가만히 산문에 서 있는 것이었다. 그게 어제 일이었고 오늘은 선검수 연무장에 서 있었다.

주위로 자신을 바라보는 어린 도사들의 눈에 선망과 존경이 뒤섞인 초롱초롱함이 가득하다.

힘써서 적들을 물리친 건 그들의 사형, 사부들인데 모든 이목은 자신에게 몰려 있으니 괜히 쑥스럽다.

"험험, 그럼 간단한 시범을 보이겠습니다."

정일 진인의 부탁으로 한 수 시범의 조교로 나선 유정이었다.

그렇게 가벼운 초식 몇 개를 보여주고 나서 다섯 명을 무작위로 뽑아 개인 비무 형식을 가졌다.

물론 한 수도 아까운 전력 차였지만 엄연히 가르치고 배우는 입장. 최소 열 초식 정도 끌어주며 장단점에 대한 요체를 설명해 주었다.

그러다 보니 얼추 한 시진 정도 지나 유월을 알리는 태양이 중천에 올라섰다.

"수고하셨습니다."

마지막 비무 상대에게 예의를 지켜 인사를 하고 물러난 유정의 등 뒤로 감격에 겨워 어깨를 떨고 있는 열 살 정도의 소도사가 보인다.

아마 평생 기억에 남으리. 자신이 가는 무도의 중심이 되리. 오늘 연무장에 모여 유정의 가르침을 받은 팔십여 명 모두 그러할 것이다.

"수고하셨습니다!"

소도사들의 합창에 가볍게 한 손을 들어 화답한 유정의 만면에 기분 좋은 웃음이 배어 나온다.

'아~ 미래의 주역들을 가르치는 기분. 좋구나, 좋아.'

가르침의 기쁨을 배운 유정이었다.

"수고하셨네."

반존대를 하는 정일 진인의 말투에 유정이 마시던 차를 내려놓으며 손사래를 쳤다.

"말씀 놓으십시오."

"아닐세. 당금의 강호를 짊어지고 있는 자네에게 이 정도는 예의 아니겠는가?"

"예의라니요. 비록 문파는 다르나 엄연히 존장의 예가 있거늘, 편히 말씀하십시오."

"허허, 무당의 검이 강한 이유는 자신을 낮추는 것부터 시작된다 하더니, 일로매진 낮은 곳에서 지금에 이르기 위해 노력했을 자네의 지난 날이 눈에 선하구만. 정말 자네 사문이 부럽고도 부러우이."

"과찬이십니다. 화산의 검 또한 일로매진 절도와 극기를 통해 고고한 기상을 유지하는 검도를 추구한다 들었습니다. 사문과 길이 다를 뿐 그 끝은 같지 않겠습니까."

"허허허허! 그렇지, 그래."

기꺼움을 그대로 드러내는 정일 진인이었고 그래서 더욱 아쉽다.

'이런 아이가 하나 있었다면…….'

장문인의 부고에 따른 다음 대 장문인엔 자신의 사제가 내정되었다. 본인이야 극구 사양하지만 별 큰 문제는 아니었다.

정작 문제는 사제의 다음 대 장문인으로 키울 만한 인재가 없다는 것이었다. 인력으로 키울 수 있는 것도 한계가 있는 법. 수많은 일대 제자 중 앞에 앉아 있는 무당 제자의 삼 초를 받을 이 그 누구 있겠는가.

대승적으로 보면 정파에 홍복이요, 소승적으로 보면 자파에 긴 세월 넘을 수 없는 자존심의 상처를 줄 유정. 그로 인해 검파의 지존 자리 다툼은 적어도 삼십 년 정도는 무당에 밀릴 것이다.

찻잔을 내려놓는 정일 진인의 얼굴에는 위 두 가지의 상반된 감정이 교차되어 있었다.

그가 자신의 빈 잔에 차를 따르며 내심을 달랜 뒤 말했다.

"그러고 보니, 둘째 제자와는 안면이 있겠구먼."

"둘째 제자라시면?"

"화석민이라 하는데 모르겠는가?"

어찌 모르랴. 그가 정일 진인의 제자라는 게 놀라울 뿐이다.

"잘 알고 있습니다. 개인적으로 화 형이라 부르지요."

정일 진인의 얼굴에 의중을 알 수 없는 미소가 스쳐 지나갔다.

"그래서 하는 말이네만……."

잠시 시차를 두는 정일 진인의 모습에 유정이 편하게 말하라는 자세를 취했다.

"말씀하십시오."

"부탁 하나 해도 되겠는가?"

'뜬금없이 웬 부탁?

평소보다 커진 눈으로 정일 진인을 바라보는 유정이었다.

"부탁이라시면?"

"그 아이를 자네가 이끄는 일행에 합류시켜 줬으면 하네."

"제 일행 말씀이십니까?"

"그러하이. 왜, 아니 되겠는가?"

"아니요. 그런 건 아니지만……."

"부탁함세."

배분의 차이를 넘어 정중히 부탁을 하는 정일 진인이었다.

그러자니, 딱히 거절의 명분을 찾지 못하는 유정이기도 했다.

"아시겠지만, 일행 모두 저보다는 직위가 아래인 사람들로 이루어져 있습니다."

나이를 떠나 명령 체계가 확실하다는 말이었다. 이 상황에 화석민이 합류하면 그 체계가 복잡해질 수도 있다는 뜻이기도 했다.

그 뜻을 모를 정일 진인이 아니기에 정색을 하며 말했다.

"그 점에 있어서는 내 확실히 제자 녀석에게 단단히 주지시켜 놓을 테니 걱정하지 말게. 그냥 자네의 부하라 여기란 말일세. 나 또한 자네를 상관으로 깍듯이 모시라 명할 것이니. 자, 들어줄 텐가?"

이 정도로 부탁하는데 안 들어줄 수 있을까?

갑자기 무릎 언저리가 가려워지는 유정이었다.

"모두 모였나?"

유정의 말에 산문 앞에 모인 이들이 저마다 없는 놈 있나 하고 주위를 둘러봤다.

"모두 모였습니다."

유정이 고기주를 바라보며 고개를 끄덕인 뒤 뒤를 돌아다보았다.

화산의 존장들. 그들 앞에 화석민이 가벼운 행낭을 짊어지고 하산의 예를 치르고 있었다.

곧 그가 유정을 지나치며 일행에 합류했다.

'똥 씹은 표정이네.'

생각지도 못한 하산 길에 절대 엮이고 싶지 않은 자신을 상관으로 모셔야 하니 어련하겠는가.

그 마음 이해해 줄 만큼 속이 넓지도 않은 유정이었다.

"앞으로 나오도록."

화석민이 눈치를 보며 유정 앞에 섰다.

"얘기 들었지?"

"……."

대답없이 인상만 구긴다. 그러다 순식간에 얼굴을 펴는 화석민이었다. 정면에 정일 진인의 검미가 하늘로 향했기 때문이다.

유정이 턱짓을 했다.

"……?"

"돌라고."

"돌아?"

"소개를 해야 할 것 아니야. 아, 그보다 지금 반말이야?"

"끙!"

구겨지는 인상을 억지로 펴는 화석민이었다.

"죄, 죄송합니다."

고개를 숙이며 뒤돌아서는 화석민이었다.

유정이 그의 등을 넘어 전방을 주시했다.

"앞으로의 행로에 새로이 합류한 화석민 대원이다. 임시 흑룡단 소속으로 정할 것이니 모두들 반겨주도록."

"예!"

"자네는 저기 고기주 조장님 뒤에 서도록."

"누구?"

누군지 알 리 없다.

유정이 콧잔등에 주름을 잡으며 말했다.

"앞으로 자네의 직속상관이신 고.기.주. 조장님 뒤로 가서 서라고 했다. 그리고 그 말투 극히 조심하는 게 좋을 거야."

"아, 알겠습니다."

자고로 사람이란 입맛에 안 맞아도 먹어야 할 때가 있다.

화석민에게는 지금이 그러했고 다른 표현으로 사부에게 맞아 죽지 않으려면 말이다.

화석민이 자신에게 눈치를 주는 인물 뒤로 다가가자 신형을 돌리는 유정이었다.

"이만 내려가 보겠습니다."

그에 화산의 존장들이 합장을 했고, 그중 한 명이 한 걸음 정도 앞으로 나섰다.

이곳에 모인 이들 중 배분이 가장 높은 인물 정현 진인이었다.

그가 유정의 어깨를 넘어 오십여 명의 일행을 스윽 훑어봤다.

"정도의 걸음. 그 빛을 이끄는 영웅들의 숭고한 정신에 사마외도의 어둠이 걷히는 것은 순리라. 그대들의 앞날에 정파의 의기가 걸려 있

음을 각별히 유념하고 화산의 검이 항상 그대들의 뒤에 서 있을 것이
네.”

　의기를 담은 정현 진인의 목소리가 화산의 바람을 타고 모두의 가슴
에 잔잔한 격동을 일으켰다.

第四章
이놈만 없었다면

유 월 하순.

정마대전에 돌입하고 어느덧 세 달이 지난 시점. 아직까지 양측 모두 주력을 투입하고 있진 않았다.

그러나 보슬비에도 흠뻑 젖는다 했던가. 한시가 멀다 하고 터지는 소규모 충돌에 대륙의 뜨거운 대지는 한 많은 목숨들이 뿜어대는 핏물을 연일 흡수하고 있었다.

투두두두둑.

간격을 유지하며 기왓장 위로 떨어지는 장맛비를 바라보는 유정의 눈동자엔 잔뜩 흐린 구름들이 들어차 있었다.

"온종일 쏟아지는구나. 웃추."

저녁나절에 장맛비라. 계절에 안 어울리는 싸늘한 온도가 어깨를 감싸게 만든다. 한차례 몸을 부르르 떤 뒤 김이 모락모락 올라오는 찻잔을 만지작거리며 건너편 식탁을 바라보는 유정이었다.

'거참. 생각보다는 적응도가 높네.'

섞이기 힘들 줄 알았다. 그런데 웬걸? 자신에게는 여전히 불편한 얼굴을 보이지만 나머지 일행과는 잘도 어울리는 화석민이었다.

물론 처음부터 그런 것은 아니고 합류 뒤 세 번의 전투를 치르며 만들어진 동료 의식이지 싶다. 그게 싫지는 않지만 골려먹는 재미가 사라진 것이 좀 아쉬운 유정이었다.

타박타박.

일층에 있던 당설화가 계단을 올라와 유정의 식탁으로 다가왔다.

"표정이 왜 그래? 못 먹는 감이라도 찔러봤어?"

옆 자리에 앉는 당설화의 말에 '찌르지도 못했어' 라며 피식 웃는 유정이었다.

당설화가 한 손을 들어 점소이와 눈을 마주치며 말했다.

"찌르지도 못했다니. 무슨 뜻이야?"

"아무것도 아니야. 그보다 너무 자연스러운 거 아니야?"

"뭐가?"

점소이에게 유정의 찻잔을 가리키는 당설화였다.

유정이 그녀의 옆모습을 바라보며 말했다.

"그렇잖아. 점점 남들 눈 의식하지 않는 모습이."

"옆에 앉은 것 때문에 그래?"

"응."

"싫어?"

"아~니. 나야 좋지."

한 손을 눈앞에서 흔드는 유정이었다.

그사이 점소이가 가져온 찻잔에 차를 따르는 당설화였고 절반 정도
찰 때쯤 입을 열었다.

"나도 좋아."

"호— 너무 노골적이십니다."

"그런 거 신경 안 써."

"여— 철판이시기까지 합니다."

"그 정도로 좋아하니까."

"풋!"

행복에 겨운 놈이 어울리지 않게 입을 가리며 웃는다.

당설화 역시 자신이 말하고도 좀 심했다 싶었는지 약간 고개를 숙이
며 찻잔을 들었다.

그렇게 마신 한 모금의 찻물이 따뜻한 온기를 품고 빨라진 심장 박
동을 이전의 속도로 돌려놓았다.

"그런데 요 근래 와서는 항상 혼자 먹네?"

양손에 들린 찻진을 바라보는 당설화의 말에 '뭐? 밥?' 하는 유정이
었다.

당설화가 고개를 끄덕였다.

"언제부턴가 너 혼자 먹잖아."

"흐음, 그리고 보니 그러네."

생각해 보지 않았다. 분명 처음에는 앞에 앉은 당설화를 포함, 자신
이 데려온 일행과 함께 식사를 했다. 그러던 것이 언제부터인가 혼자
먹고 있었다.

"음… 그때부턴가?"

"그때?"

“어. 두 달 전 감숙에서 있었던 싸움 이후부터인 것 같은데?”

패천마 장소와의 비무. 그 싸움 뒤로 혼자 밥을 먹었던 것 같다. 즉, 두 달간 혼자 밥 먹었다는 소리였다.

“둔하네.”

그걸 이제야 눈치 챈 유정의 둔함에 한마디 던지는 당설화였다.

유정이 그러네 하며 건너편 식탁을 바라봤다.

“고 조장님, 잠시.”

명령을 내릴 때는 일행 모두에게 하대를 하는 유정이었다. 하지만 이렇게 대기 중이던가 특별한 이유가 없을 때는 자신보다 나이가 현저히 많다거나 나름 위치가 있는 이들에게는 존대를 하는 유정이었다. 아무튼 그의 부름에 고기주가 식탁에서 벌떡 일어나서 다가왔다.

“부르셨습니까?”

각진 자세로 말하는 고기주. 어째…….

‘긴장하고 있는 건가?’

그래 보인다. 거참, 이 또한 이상하다.

‘원래 이랬나?’

아니다. 분명 이러지 않았는데.

‘이것도 그때부터인가? 맞아, 그런 것 같네.’

새삼 자신의 둔함을 재확인하는 유정이었다.

“저기, 다른 게 아니고 음… 언제부터인가 저 혼자 밥을 먹는 것 같은데, 왜죠?”

“……?”

고기주가 왜 갑자기 그런 말을? 하는 표정으로 서 있다가 뒤쪽의 대원들을 바라본 뒤 입을 열었다.

"그게… 솔직히 말하면, 대원들이 부단주님과 식사를 같이 하기 부담스러워한다고나 할까요? 아, 그렇다고 싫어서 그런 것은 절대 아닙니다. 그보다는 어려워한다는 게 맞겠지요."

"어려워한다고요?"

"예. 당장 저 같아도 그러니 단원들이야……."

고기주도 어렵단다. 왜? 뭐가 그리 어렵다는 말인가. 문득 자신의 지난 행실을 되짚어보는 유정이었다.

'나도 모르게 내가 단원들을 갈구나?'

음… 그런 적은 없는 것 같다. 게다가 일행 중 자신이 가장 바빴다. 갈굴 시간도 없다는 말이다.

'아니면, 내가 너무 무심했나?'

바쁘다 보니 그럴 수도 있다. 하지만 애들도 아니고 어디 놀러 온 것도 아니다. 목숨이 오가는 마당에 관심받아 뭐 하겠는가.

'그럼 대체 뭐야?'

손바닥에 가려진 이마 사이사이 주름이 잡히는 유정이었다.

그 모습에 고기주가 서둘러 입을 열었다.

"부단주님의 위치 때문입니다."

고기주의 말에 주름을 펴며 고개를 드는 유정이었다.

"제 위치요?"

"예. 한번 생각해 보십시오."

자리에 앉아도 되냐는 몸짓을 하는 고기주에게 그러라며 자신의 위치를 생각해 보는 유정이었다.

'청룡단 부단주. 그것 말고 더 있나?'

없다. 유정은 그리 생각했다. 하지만 고기주뿐만이 아닌 다른 이들 모두는 그리 생각하지 않았다.

자리에 앉은 고기주가 말했다.

"두 달 전 부단주님은 패천마 장소와 격전을 벌이셨습니다."

"그랬지요."

대답하는 꼴이 그게 뭐요? 라는 느낌이 묻어 나오는 유정이었다.

고기주가 '흠' 하고는 말을 이었다.

"패천마 장소. 마교의 사대장로 중 한 명이며 절대십사천의 일인입니다. 그런 무인을 부단주님은 일 대 일 비무로 이기셨습니다. 지난 몇십 년간 강호에 이 정도로 충격을 준 일은 아마 없을 겁니다."

"그래서요?"

"그러니까 그 일로 인해 강호는 아직까지 들썩이고 있고 절대십사천은 절대십오천으로 바뀌었다 이 말입니다. 그 안에 당연히 부단주님이 들어가 계시고요. 뒤로도 그 명성 그대로 승승장구. 부단주님이 나선다는 풍문만으로도 그 접점 지역에 있는 사파의 잔당들은 몸을 사리기에 바쁜 지경입니다. 절대 듣기 좋으시라는 빈말이 아니라 정말 그렇습니다. 그러니 누가 있어 이런 위대한 무인과 서슴없이 같은 자리에서 식사를 할 수 있겠습니까?"

일장 연설을 방불케 하는 고기주의 말에 눈동자만 껌벅이는 유정이었다. 자신을 칭찬하는 것은 알겠는데 워낙 거창하다. 더불어 돌고 돌아 원래의 발생지로 가장 늦게 도착하는 것이 소문이라 했던가.

'절대십오천?'

이미 강호의 전설은 한 명을 충원한 지 한 달이 넘었다. 지금에 와서 충원 내용을 모르는 강호인은 거의 없다. 이곳 역시 마찬가지. 정작 본인인 유정과 이유는 모르겠지만 당설화만이 모르고 있었다.

이유불문, 이제 알았으니 느끼면 된다.

피식!

저 웃음. 분명 본인은 모르고 있으리라.

뒤이어 본인의 의지가 담긴 웃음을 맘껏 터뜨리는 유정이었다.

"하하, 그래서 저 혼자 식사를 했군요. 하하하하! 그래서 그랬어요. 하하하하!"

"……."

웃을 만하다. 그래도 너무 대놓고 웃으니 옆에 앉아 있기 민망한 고기주였다. 그가 살며시 자리를 뜨자 어색한 미소를 지으며 유정의 옆구리를 쿡! 찌르는 당설화였다.

"아야! 하하. 왜 찔러?"

"그만 웃지. 다들 쳐다보잖아."

"하하. 누가?"

누구겠는가. 이층에 있는 전부지.

"하하하… 하하… 하……."

점점 줄어드는 웃음소리. 지도 쪽팔린 줄은 아나 보다.

"좀 심했지?"

"좀?"

"왜? 약간 더?… 어, 어디 가?"

뒤도 안 돌아보고 일층으로 내려가는 당설화였다.

"쳇! 사람이 좋으면 그럴 수도 있지. 어쨌든 절대십오천에 위대한 무인이라……. 히~이."

언제 그쳤을까. 장맛비는 더 이상 내리지 않았고 어두워진 밤하늘에 별들이 총총히 걸려 있었다.

다음날 아침 유정 일행이 머물고 있는 객점으로 어김없이 개방도가 찾아왔다.

"알겠네."

고기주가 한 손에 받아 든 서신을 반으로 접고는 개방도에게 한쪽 식탁을 가리켰다.

"저기에 좀 앉아 있게. 이보게. 이 친구에게 아침 요깃거리 좀 준비해 주게."

"예."

점소이의 대답을 듣고 나서 계단을 올라가는 고기주였다.

부스럭.

곧 고기주가 건넨 서신을 펼쳐 보던 유정의 눈매가 서서히 좁혀졌다.

"왜 그러십니까?"

넌지시 건네는 고기주의 질문에 서신을 접는 유정이었다.

"산서로 가라는군요."

"산서요?"

이곳은 광주. 산서까지는 족히 보름은 걸린다. 장마철인 지금 그 이동 거리가 부담스러울 수밖에 없다.

그렇다고 여유를 부릴 수도 없다. 항상 그랬듯 자신들이 가는 곳은 정파가 현저히 밀리는 지역이기 때문이다.

그건 그렇고 유정의 표정이 심상치 않았다. 단순히 이동 거리에 대한 불만이 아닌 것 같다는 생각에 다시 묻는 고기주였다.

"다른 내용이 더 있습니까?"

"태청문이 멸문지화를 당했다는군요."

"……!"

두 달 전에 자신들의 손으로 위기를 극복시켰던 곳이다.

"반나절 만에 그리됐다는군요."

"허!"

혈마대의 공격에도 한번은 막아냈던 태청문이다. 그런 곳이 반나절 만에 멸문지화를 당했다면 상대의 전력이 혈마대보다 더 강하다는 뜻이었다.

"게다가 적들의 전력 손실은 거의 없답니다. 또한 그 전력 그대로 산서로 진입, 현재 드러난 진행 방향으로 보아 진주언가를 목표로 향하고 있다는군요."

오대세가에 들진 못하나 육대세가로 늘리면 한자리를 차지할 수 있는 진주언가. 어지간한 위험은 훌쩍 뛰어넘을 수 있는 충분한 역량을 지닌 곳이다. 하지만 유정의 말을 듣는 고기주의 머릿속엔 진주언가의 앞날이 어두워 보였다.

"기존의 혈마대 전력만으로도 진주언가를 단번에는 힘들지만 어쨌든 멸문시킬 수 있다 봅니다. 그럴진대 이번 적들의 전력은……."

태청문을 통한 단순 비교만 보더라도 혈마대의 전력을 상회한다.

"천마대가 나섰다고 봐야겠군요."

유정도 동의를 표하며 고기주를 바라봤다.

"맹에서도 그 예상을 하고 황보세가와 하북팽가에 협조 공문을 띄웠다고 합니다."

"아! 그것참 다행이군요."

오대세가 중 두 세가가 진주언가를 도와 적을 맞이한다. 이런 조합에 누가 대항할까 싶었지만 한편으로 왠지 불안한 고기주였다.

일 년 전 당문을 상대하는 데 오십 명의 인원으로도 멸문지화까지 몰아붙인 천마대다. 눈앞에 앉아 있는 유정이 없었다면 정말 어찌 될지 모를 일이었다. 그런 천마대란 이름이 주는 두려움, 즉 공포감 때문이었다. 거기에 혹여나 사대장로 중 한두 명이라도 포함되어 있다면?

'어렵지 않을까?

솔직한 고기주의 속내다.

그의 눈동자가 무슨 생각을 하는지 모를 유정의 얼굴로 향했다.

'하지만 부단주님이 합류하신다면.'

생각은 짧고 확신은 순간이었다.

'이긴다!

비록 자기 명성에 걸맞지 않게 싼 티를 낼 때도 있지만 같이한 세 달. 궤를 달리하는 무위를 지닌 이 사람만 같이 있다면 그 어떤 사지(死地)라 해도 뚫고 나가리란 절대적인 믿음. 그것이 고기주를 포함한 일행 모두의 가슴속에 깊이 각인되어 있었다.

반면 유정의 머리는 복잡했다.

'황보세가라면 유허의 본가잖아.'

이번 천마대의 직접적인 목표는 아니지만 어차피 진주언가가 무너지면 다음 아니면 그 다음이리라. 그리되지 않으려고 맹에서 보낸 협조 공문이 아니어도 합세했을 것이다.

각설하고 지금 유정의 머리를 복잡하게 만드는 건 좌검 황보일성의 존재였다. 악양루에서 보고 벌써 일 년. 유정에겐 별 감흥이 없었던 인물이었으나 누가 뭐래도 유허의 형이다. 자신이 도착하기 전에 충돌이 일어나 그에게 혹여 불상사가 생길까 봐 그것이 신경 쓰이는 것이다.

이동을 재촉할 충분한 사유가 되었고 물론 개인적인 사정이지만 그가 대장이니 알 바 없었다.

"아침을 먹고 바로 출발할 것이니 대원들에게 그리 알고 준비하라 일러주십시오."

"예."

고기주가 고개를 숙이며 방을 나섰다.

강호에 부는 바람이 심상치 않다.

정체를 숨기지 않고 거칠 것 없는 행보를 보이는 천마대. 그들이 지나간 곳엔 풀 한 포기 남지 않았다. 그 진저리쳐질 엄청난 무력 앞에 드높던 정파의 의기는 추락했고 반대로 주춤했던 사파의 잔존 세력들이 들불처럼 다시 일어나기 시작했다.

그로 인해 한쪽으로 기우나 싶었던 전선이 다시 복잡해졌다.

산서(山西)에 모인 세 가문. 오대세가의 둘과 그와 비슷한 전력을 가진 하나. 단기간의 일회성 조합이라지만 무림맹을 제외한 최강의 단일 문파가 만들어졌다. 그 엄청난 조합을 짓밟으려 남하하는 마교 최강의 전투 부대 천마대. 그들의 충돌. 건곤일척이리라. 지금 강호인의 모든 이목은 온통 산서로 집중되어 있었다.

그렇듯 정마대전이 벌어진 지 삼 개월 만에 실질적인 양측 주력 간의 정면충돌 시간이 임박하고 있었다.

중화 민족의 발상지 중 하나인 산서.

보통 산서고원이라 불리며 태행산맥을 중심으로 항산, 오대산 등 유명한 산들이 여기저기 솟아나 있다.

그 오악(五嶽) 중 최고라 하는 형산의 고고한 기상을 바라보던 언기욱의 귓전에 익숙한 발걸음 소리가 들려왔다.

"왔는가."

"예. 지금 선화각 앞에 모여 있습니다."

자신에게서 두 걸음 정도 떨어져 보고를 하는 인물. 공적으로는 부하지만 사적으로는 막역지우인 위정웅이었다.

그의 보고에 언기욱의 시선이 다시 형산으로 옮겨갔다.

"자연이 만들어놓은 수려한 경관. 그것을 감상하고 감탄하며 안정을 찾는 것도 인간의 복 중 하나일 게야. 후— 난 그 복을 계속 이어나가고 싶네."

"저 역시 이곳에 계신 가주님의 등을 오랫동안 보고 싶습니다."

다른 말이지만 같은 뜻이다. 서로의 시선에 오래된 우정이 섞이는 두 사람이었고 좀 더 오래 지키기 위해 걸음을 옮겼다.

잠시 후 선화각 앞마당에 도착한 언기욱은 하북팽가와 황보세가에서 파견된 이백오십 명의 무인들 한 명 한 명에게 고맙다는 말을 전한 뒤 위정웅에게 그네들의 숙소 배정을 맡겼다.

그리고 다시 돌아온 자신의 처소에 두 세가의 대표 두 명과 함께 들어서 있는 언기욱이었다.

"현재 회경 부근에 도착해 있습니다."

천마대의 행보가 멈춘 곳은 이곳에서 오백여 리 떨어진 곳이었다.

침중한 기색이 다분한 언기욱의 목소리에 외모는 오십대 초반, 청색의 무복을 걸친 인물이 말했다.

"늦어도 이삼 일 후면 서로가 마주할 수 있겠군요."

"조 대협의 말씀대로일 겁니다."

참월도 조인권. 하북팽가주 팽철우를 제외한 팽가 무력 서열 이위의 강자다. 그가 일도당과 철부당 소속 백삼 명의 부하들을 이끌고 진주 언가에 도착, 팽가의 대표로 언기욱의 앞에 앉아 있었다.

그 맞은편에는 황색 무복을 단정히 갖춰 입은 황보세가의 대표 황산도 혁천소가 고개를 끄덕였다.

"그들의 전력은 어느 정도입니까?"

"현재 알려진 대로는 천마대 전체 전력이 모두 투입되었다고 합니다. 거기다 사대장로 중 한 명 정도의 가세가 포함되어 있는 눈치더군요."

"으음."

혁천소와 조인권의 입에서 나직한 침음성이 동시에 흘러나왔다.

천마대만 해도 버거운 판에 사대장로까지라니!

순간 혁천소와 조인권의 눈길이 허공에서 엮였다.

'둘이라면?'

같은 생각.

'그래도 안 되겠지.'

같은 결론. 그만큼 초절정고수의 벽은 높다.

간단히 생각해 삼패의 일인인 팽철우를 떠올리면 된다. 그를 상대로 혁천소, 조인권의 협공이 먹힐까? 절대 무리였다.

"……."

삼 인이 모인 가주 집무실의 공기가 무거워졌다.

새로운 공기로 갈아주어야 할 시점이었던 바로 그때 문밖에서 인기척이 들렸다.

"무림맹에서 온 서신입니다."

위정웅의 목소리에 얼른 그를 불러들인 언기욱이었다.

잠시 후 그의 눈동자가 격정에 물들기 시작했다. 흡사 맑은 날 형산을 바라보며 감탄하기 주저함이 없던 눈빛과 같았다.

"이틀 뒤 도착 예정으로 북상 중, 인원은 오십 정도이며 그 선두에 청룡단 부단주가 있답니다."

직책 하나가 주는 안도감이 이렇게 클 수가 있을까?

그 순간 방 안의 공기가 급격히 가벼워졌다.

한편 선화각의 한 처소에는 서로 간에 소가주라는 위치와 동갑이란 나이로 친구처럼 지내는 세 명이 머리를 맞대고 있었다.

그중 진주언가의 작은 주인인 언고명이 눈을 빛냈다.

"정말 만나본 적이 있어?"

황보일성이 어깨를 잘게 들썩거렸다.

"내가 말 안 했던가? 내 동생이 그의 사제라고."

"사, 사제!"

친구 동생의 배분이 뭐 그리 중요한가 싶었지만 그 사람의 사제라면 애기가 다르다.

묵혼신검.

자신보다 어린 나이지만 호승심조차 생기지 않을 정도로 쟁천을 넘어 독패를 이룬 무인. 그의 사제이기 때문이다. 오늘도 수많은 젊은이들이 그들의 특권인 질투심을 저버리길 마다 않고 꿈을 꾼다. 그렇게 되고 싶고 되려는 꿈을 말이다. 그런 인물의 사제라니 자신의 우측에 앉아 있는 인물을 바라보며 호들갑을 떠는 언고명의 행동을 탓할 일은 아니었다.

“이봐, 무경이. 지금 들었어? 이 친구 동생이 그 사람 사제래, 사제.”

“알고 있어.”

팽무경의 심드렁한 대답에 또 놀라는 언고명이었다.

“뭐야? 그럼 나만 모르고 있었던 거야?”

언고명이 왜 나만 몰랐지? 라고 몇 번 더 중얼거린 뒤 엉덩이를 황보일성 곁으로 움직였다.

“일성아, 우리 이번 일이 마무리되면 한번 가자?”

“어딜?”

“어디긴 어디야? 무림맹이지!”

일순 가문이 처한 현재 상황을 잊고 안면이 있는 친구를 대동, 그 덕에 자신의 우상을 본다는 부푼 꿈을 꾸는 언고명이었다.

팽무경이 지금이 어떤 상황인데 하며 중얼거렸지만 언고명에게 들릴 정도는 아니었다. 그도 따라갈 생각이기에…….

일직선. 광서에서 서안까지 최단거리를 찾아 이동하다 보니 산길을 몇 번이나 넘었는지 모르겠다.

그 덕에 예상보다 빨리 서안의 초입에 들어섰지만 일행의 얼굴이 죄다 반쪽이다. 누구 하나 힘들다는 말을 하진 않지만, 본인이 피로를 느낄 정도면 다른 이들은 어느 정도일지 상상하기 어렵지 않은 유정이었다.

“고 조장님.”

“예.”

“오늘은 이쯤에서 노숙을 할 테니 준비해 주십시오.”

“알겠습니다.”

그간 노숙을 밥 먹듯 하다 보니 등에 굳은살이 박힐 정도다. 생활의 일부분이 된 지 오래였고 해질녘 황금빛 대지 위로 순식간에 막사가 세워졌다.

저쪽에서 불 피우는 이들 중 화석민이 보인다.

호~ 호~ 해가며 불씨를 살리기 위해 연기 속에 얼굴을 들이미는 꼴이 '많이 변한 인간상' 이 있다면 주고 싶을 정도다.

유정이 피식 웃고는 당설화에게 곁으로 오라는 손짓을 했다. 그러나 애인이 대장이라고 자기가 할 일을 나 몰라라 할 그녀가 아니었다. 됐다는 손짓을 전한 뒤 불이 지펴진 쪽으로 가는 그녀였다. 음식 준비를 하기 위함이었다. 일행 중 여자는 그녀를 포함 총 여섯 명. 역시나 당설화가 그중 가장 참하고 이뻤다.

'밥 하는 여자가 아름답다.'

누가 만들었을지 모를 식순이예찬론을 들먹이며 막사로 들어가는 유정이었다.

그렇게 유정이 밥 되길 기다리는 그 밤.

사막과 대륙의 경계선 한쪽에서도 밥 짓느라 부산을 떠는 무리들이 있었다.

"앗, 뜨거!"

"야야! 익기 전에 열어보지 말라고 했잖아! 제발 오늘은 설밥이 아닌 제대로 된 밥 좀 먹어보자, 이것들아! 엉!"

눈 밑이 거무스름한 마욱의 호통에 귓불을 잡고 있는 대원이 뭐라고 꿍시렁거린다.

그러거나 말거나 이쪽저쪽 삿대질을 해가며 까칠한 성격 제대로 드러내는 마욱이었다.

"어이어이! 아직도 세우지 못하면 어떡해! 어어? 거기, 그래 너! 지금 처녀 젖통가리개 벗겨내냐? 확 벌려! 그리고 그 안에 내장들 확실히 긁어내고. 그, 그래, 그렇게 벌리란 말이야!"

주위의 부산함을 뛰어넘는 마욱의 소란스러움에 모닥불 앞에 앉아 있는 공옥민의 이마에 한줄기 골이 패었다.

'시끄러운 놈.'

그놈이 자신 곁으로 다가오면서 손을 탁탁 친다.

"아이 거 자식들. 꼭 참견을 해줘야 제대로들 하니. 쯧쯧. 안 그렇습니까, 대주님?"

"왜 깨어났냐?"

"예? 왜 깨어났냐니요?"

"……."

스승의 시술에 부작용은 한 명. 그 바늘구멍 같은 확률을 피해간 마욱이 원망스러운 공옥민이었다.

마욱이 다시 물어보려다 뭘 봤는지 눈을 부라렸다.

"아야! 그렇게 막사를 세우면 모래바람에 배겨내지 못한다니까!"

그러면서 저리로 가는 마욱이었다.

"……."

거참 휘영청 밝은 달 주위는 텅텅 빈 어둠뿐이다. 저놈만 없었으면 참 고즈넉한 분위기였으리라.

어쨌든 이래저래 부산한 저녁 식사가 끝나고 마욱을 포함한 세 명이 공옥민의 막사에 모였다.

공옥민이 마시던 물잔을 내려놓으며 마욱을 바라봤다.

"그쪽의 반응은?"

“금사교(金絲教)의 일을 처리하기도 바쁠 겁니다.”

추적을 피하기 위해 오히려 일을 벌였다.

천서련의 분타 격인 금사교. 오늘 아침 마욱의 말투를 빌리며 아주 작살을 냈다. 이로써 일왕을 죽인 이후 총 여덟 개의 천서련 분타들이 자신들의 손에 아작이 났다.

마욱이 자신의 얼굴을 공옥민 쪽으로 반쯤 들이밀며 말했다.

“이렇게 된 거 열 개를 채울까요?”

“…….”

대답이 없는 공옥민. 내가 왜 이런 놈을 부대주로 뽑았을까 자책을 하고 있는 중이다.

그 불편한 심기를 눈치 못 채고 계속 나불대는 마욱이었다.

“이곳에서 반나절 거리에 제왕교(帝王教)라는 곳이 있습니다. 교도들의 수는 대략 오십 정도라 합니다. 그보다 그놈들 참. 문파 이름이 제왕교가 뭐야? 지들이 정하고도 쑥스럽지 않나? 쯧쯧, 웃기지 않습니까?”

“…….”

저 혀를 자르고 싶다는 욕구가 자신의 인사 불찰을 더욱더 자책시킨다.

꿀꺽.

거칠게 남은 물을 모두 마셔 버린 공옥민은 빠르게 할 말을 뱉어냈다.

“규영은 오늘부터 대원들에게 경계를 서지 말고 쉬라고 해라. 창경은 대원 두 명을 이끌고 천산으로 먼저 떠나라. 정확히 보름 후 우리가 합류할 동안 교로 들어가는 새로운 길을 알아보는 임무다. 나가는 길에 합류 지점은 호필에게 말해두었으니 숙지하도록 하고."

"예."

동시에 대답하며 종규영과 금창경이 막사를 나섰다. 그리고 남은,

"저는 어쩔까요?"

마욱의 질문에 공옥민이 바닥에 모로 누우며 말했다.

"자."

거참, 휘영청 밝은 달이다. 모래바람에 막사의 천이 흐느적거린다. 이놈만 없었으면 참 고즈넉한 분위기였으리라.

주위를 맴도는 스산한 기운에 전각 안을 비추는 불빛들이 일렁인다. 그럴 때마다 흔들리는 그림자 주인의 이마엔 굵은 땀방울들이 주렁주렁 매달려 있었다.

"살아남은 인원은?"

"이, 이십 명 정도입니다."

백 명에서 이십. 이 할이다. 전멸이라 치부해도 할 말이 없다. 변명거리가 통하지 않을 피해에 그저 처분만을 기다리는 오십대의 반들반들한 두상의 노인. 금사교주였고, 그 앞에 같은 연배의 인물이 뒷짐을 지고 서 있었다.

그 옆으로 삼십대 중반의 인물이 금사교주 추만귀를 찢어 죽일 듯한 눈길로 바라보고 있었다.

"상대의 피해는?"

억지로 참는다는 느낌이 강한 팔왕의 목소리에 추만귀의 어깨가 움찔거렸다.

"그, 그것이… 상대가 너무 강했던지라……!"

변명을 하던 추만귀가 팔왕의 살기에 더 이상 말을 잇지 못했다.

육십 평생 사막의 치열함 속에서 목숨을 부지하고 한 단체의 수장이 된 연륜이 위험 신호를 보낸 것이다.

여기서 한마디만 더 했다간.

'죽는다!'

추만귀의 무릎이 부서질 듯 바닥과 조우했다.

"죽여주십시오!"

살기 위해 죽여달라는 추만귀였다. 그것이 유일한 생로(生路)임을 본능적으로 알았고 그 길은 다행히 막히지 않았다.

"찾아라. 기한은 삼 일."

"예, 예!"

팔왕의 명에 그 즉시 자리에서 일어나 어디론가 달려가는 추만귀였다. 그 뒷모습을 바라보며 안색을 잔뜩 일그러뜨리는 팔왕이었다.

"쥐새끼 같은 놈들. 하나하나 이 손으로 사지를 찢어서 사막의 독수리들에게 먹이로 던져 주고 말겠다!"

뿌드득.

으스러지게 쥔 주먹에서 흉흉한 소리가 흘러나온다.

반면 묵빛 하늘을 올려다보는 이왕의 입에서는 들리지 않을 옅은 한숨이 새어 나왔다.

'너무 부족해.'

칠왕과 비교해 모든 것이 부족한 팔왕이다.

낫다 할 만한 것은 앞뒤 분간 못하는 호기뿐. 그것도 자신의 제자이기에 호기라 여기고 싶은 스승의 미련이었고, 솔직히 객기에 가깝다. 한번 부러지면 이어지지 않는 객기. 차라리…….

'이렇게 눈에 띄지 말고 계속 도망 다녀라.'

일왕을 일 대 일로 이긴 공옥민과 금왕대를 상대로 전력 누수 없이 승리한 그의 부하들이다. 과연 찾았다고 해서 그들을 이길 수 있을까? 비록 련을 위해, 복수를 위해 나섰지만 솔직히 자신없는 이왕이었다. 앞뒤 가리지 않고 나섰다가 복구가 안 될 정도로 부러질 수 있는 제자 때문에라도 자신들의 눈에 띄지 않기를 바란다.

그저 밤하늘을 수놓은 수많은 별들을 그들도 지금 보고 있다면 그것으로 만족인 이왕의 속내였다.

第五章
여인의 마음

현재 산서로 진입한 처마대는 그 정점을 이루던 공옥민을 비롯해 그를 따라 사십 인의 대원들이 제외된 뒤 그 즉시 인원을 충원, 절정고수 이백의 조합에 변함이 없었다. 공옥민을 대신해 음비도 광효성이 그 정점을 이어받음에 부족함도 없어 보였다.

게다가 이번에는 절대십오천의 이 인도 포함되어 있다.

이독(二毒)의 독비도마 이천상과 이마(二魔)의 혈인마 장태소가 바로 그들이었다.

호사가들은 그들의 조합이 뿜어낼 힘은 마교 전체 전력의 절반, 최소 삼분지 일이라고 말한다.

실로 경이로운 전력이요, 막을 자 누가 있을까.

그리고 결국 그 힘은······.

"보, 보입니다!"

저 멀리 흑색의 사신들이 뿜어내는 마기에 눈앞의 풍경이 일그러지는 듯하다.

천마대. 그들이 뿜어내는 압도적인 위용에 저절로 위정웅의 시선이 옆으로 돌아갔다.

세 배가 넘는 수적 우세에도 불구하고 경직된 시선들이 보인다. 그 너머 광활하게 퍼져 있는 대지 위로 후끈함이 번져 나왔다.

오랜 세월 지역 유지로서의 책무를 이행하기 위해 일반인의 피해가 없는 평야로 전장을 고른 탓이다.

위정웅이 잠시 시선을 돌린 사이 서로 간의 시야에 들어올 정도로 거리가 가까워졌다.

꿀꺽!

누군가의 침 삼키는 소리와 마주 보며 무운을 비는 상념들이 상충하는 소리가 들리는 것 같다.

"……."

누구 하나 입을 여는 이들이 없다.

극도의 긴장감이 전장으로 정해진 평야를 틈새없이 감쌌고 이 순간 생각할 것은 오직 하나였다.

승리!

그것만 생각하고 그 절대명제를 자신들 쪽으로 가져오는 것.

"……."

촌각 후 각자의 진영에서 누구의 명령이 없음에도 동시에 두 개의 태양이 떠올랐다.

챵챵챵챵챵!

검과 도, 창에서 반사되는 빛으로 눈이 부실 정도다.

열기 또한 모든 것을 태워 버릴 열화의 불꽃 같다. 그 불꽃을 태우는 이유 또한 오직 하나! 자, 생사를 가르는 전장이다!

오직 승리만을 향한 일념으로 번들거리는 눈빛들. 그 빛나는 눈빛들이 마주치는 순간. 전쟁을 알리는 신호가 되었다.

"으아아아아야—"

"이야아야아야—"

서로의 진영에서 하늘을 가르는 벼락이 터져 나왔다.

붉은 석양이 하늘을 뒤덮고 수많은 불꽃들의 여운이 대지를 적시며 하루의 끝을 알리고 있었다.

일패도지(一敗塗地).

왜? 개인 무력 간의 차이? 걱정했기에 더욱 이를 악물었고 심장을 아슬아슬하게 비껴가는 적의 치기운 검날에도 주먹을 뻗었다.

응당 보상이 있어야 할 의욕이요, 의지였다.

그러나 상대의 검날은 그것을 외면하고 나를 시나 동료를 베었다.

방법이 없다. 후퇴. 그 길뿐이었고, 지역 유지로서의 책임? 주민들의 피해를 걱정해 전장을 평야로 정한 아침과 반대로 저녁이 된 지금, 그들의 등 뒤로 숨었다.

그러자 오히려 적들이 주민들의 피해를 원하지 않는 것처럼 공격을 멈췄다.

세가 앞마당에 서 있는 언기욱의 가슴 전체에 감겨진 붕대의 압박은 숨 쉬기를 곤란하게 만들고 있었다. 치명상을 입은 듯 안색 또한 백지장 같다. 그럼에도 주저앉을 수 없는 본인의 위치, 이것만은 지키고 싶다는 생각에 꼿꼿이 서 있는 그였다.

그렇게 패전의 밤이 깊어가는 선화각의 처소 불빛들은 꺼질 줄을 몰랐다.

"정말 그놈들은 악마, 그 자체였어!"

양쪽 주먹에 붕대를 한 언고명이 천장을 향해 분통을 터뜨렸다. 그러다 허벅지 한쪽 살이 뭉텅 잘려 버리는 중상으로 제대로 눕기가 불편한 황보일성을 걱정 가득한 눈으로 바라봤다.

"그래도 또 부딪쳐야 되겠지?"

싫다. 한 번의 충돌이었지만 뼛속 깊이 각인된 공포는 울분을 넘어 두 번째 전투를 본능적으로 거부하고 있었다. 그래서 친우에게 물었다. 내일은 달라질 것이라는 희망을 듣기 위해.

그러나 그 희망을 회피하는 황보일성이었다.

"무경이는?"

"어? 어. 조금 전 조 당주님 처소에 갔어."

"조 당주님?"

"응. 부상을 당하셨다고 하던데? 아! 그리고 알아? 조 당주님이 무경이 스승님이라네."

몰랐고 지금 그게 중요한 것이 아니다.

"어느 정돈데?"

황보일성의 질문에 고개를 젓는 언고명이었다.

"나도 잘 몰라. 아무튼 표정이 심각하더라고."

언고명의 말에 황보일성의 한쪽 볼 살이 일그러졌다.

'혁 숙부님은 괜찮으시려나?'

강할수록 전장의 선두에 선다. 당연히 조인권과 혁천소는 최선두에서 적을 맞이했고, 그만큼 위험했을 것이다.

조인권의 부상 소식에 혁천소의 상태가 궁금할 수밖에 없었다. 그나마 다행이라면 오늘의 전투에서 두 명의 초절정고수들은 모습을 드러내지 않았다는 것이다. 혁천소가 위기에 빠질 위험이 적었다는 것이었고 반대로,

'그들이 나서지 않았는데도 이 정도니……'

부상당하지 않은 허벅지 쪽을 바닥에 누이며 옆으로 눕는 황보일성의 얼굴에 빠져나오기 힘든 암담함이 가득했다.

그 시각, 조인권의 처소에 도착한 팽무경의 눈매가 잔뜩 굳어져 있었다.

한눈에 보아도 심상치 않은 조인권의 부상 때문이었다. 무엇보다 오른 손목에 감겨 있는 붕대가 눈에 거슬렸다.

"소, 손목이……"

무거운 도를 무기로 사용하는 무인에게 손목의 부상은 최악이다. 불안한 생각에 말을 꺼내기 주저하는 팽무경을 향해 조인권은 걱정 말라는 미소를 지었다.

"다행히 근맥에는 이상이 없다고 하니 너무 걱정하지 말거라."

"후우우—"

안도의 한숨이 절로 나오는 팽무경의 얼굴이 환해졌다.

그러다 곧바로 다시 굳어졌다. 한순간 조인권의 눈가로 스쳐 가는 무언가를 보았기 때문이다.

'거짓말!'

그것을 감추는 아픔이었다.

팽무경의 눈에 물기가 번졌다.

'더 이상 도를 휘두를 수 없는 겁니까!'

그럴 것이다. 그러나 확인하면 안 된다. 지금은 스승의 뻔한 거짓말에 속아 넘어가는 멍청한 제자가 되어야 할 때임을 잘 아는 팽무경이었다. 하나 이성과 달리 가슴이 가빠지고 눈앞에 뿌연 습막이 차오르자 서둘러 자리에서 일어나는 그이기도 했다.

"그, 그만 가보겠습니다."

"그래. 어서 가서 쉬도록 해라. 그리고 오늘 수고했다."

스승님의 목소리가 그 어느 때보다 약하게 들리는 것 같다.

"그럼, 편히 몸조리하십시오."

주저앉아 통곡을 할 것만 같은 기분에 서둘러 방을 나서는 팽무경이었다.

그렇듯 누군가의 눈물로 지새운 밤은 지나고 모두가 오지 않길 바라던 아침이 여지없이 찾아왔다.

세가의 앞마당에 차려진 간이 식당엔 어제의 전투로 사망한 이들, 일어서지 못할 정도의 부상을 당한 이들을 제외하곤 모두 나와 식사를 하고 있었다.

한 번의 칼질을 더 하기 위해 반대로 한 번의 칼질을 더 피하기 위해 모두들 피곤에 지친 얼굴로 억지로 밥을 먹었다.

하지만 한 번의 충돌로 알게 된 공포가 그들의 어깨를 무겁게 짓누르고 있었다. 이렇게 얻은 힘이 상대에게 통하기 어렵다는 경험 말이다.

"모두들 하나같이 싸우기도 전에 졌다는 얼굴들이군."

어제는 없던 지팡이를 한 손에 짚고 있는 언기욱의 말에 식당 쪽을 바라보던 위정웅의 고개가 미미하게 끄덕여졌다.

언기욱이 답답한 마음에 오늘따라 유난히 푸른 하늘을 올려다보며 한숨을 내쉬었다.

"허— 돌파구가 보이지 않아."

분명 극명한 전력 차이를 보이는 것은 아니다. 물론 적들 중 최강자들이 전투에 나서지 않아서 그런지도 모르지만, 어쨌든 저들도 어제 사망자가 나왔고, 인간인 이상 피곤한 상태일 것이다. 그럼에도 적들의 기세는 변함이 없다는 척후병의 보고가 들어와 있다.

왜? 도대체 왜 두 집단 간에 이런 차이를 보이는 것일까.

"중심이 없어."

답은 의외로 간단했다. 흩어지고 부서진 응집력을 촘촘하게 결속시켜 줄 그런 인물이 이곳에는 없다는 것이었다.

"흐음."

너무 아쉽지만 언제고 푸념만 하고 있을 상황이 아니기에 처소 쪽으로 몸을 돌리는 언기욱이었다.

"식사를 마치면 모두 모이라고 전하게."

"처음 보는데?"

들려오는 위정웅의 대답이 영 이상하다.

"지금 뭐라고 했나?"

"예? 아, 지금 뭐라고 하셨는지?"

"식사를 마치면 모두 모이라고 전하라 했네. 그리고 자네가 방금 한 말도 물어본 것 같은데."

"아, 예. 그러셨군요. 전 저들을 보고 한 말입니다."

위정웅의 눈짓에 세가 정문 쪽을 바라보는 언기욱이었다.

"처음 보는데?"

"제 말이 그 말······?"

말을 하다 마는 위정웅이었다. 보이는 인물들이 한둘이 아니었기 때문이었고 그러다··· 보았다.

"무(武)!"

가슴에 새겨진 한 글자. 무슨 말이 필요할까. 목말라 죽겠는 사슴이 샘물을 찾은 기분이 이러할 것이다.

"무림맹에서 보낸다던 지원군입니다!"

언기욱도 안다. 손에 들린 지팡이의 쓰임새가 무색할 정도로 성큼성큼 앞으로 달려나가는 그였다.

반면 물 만난 고기처럼 자신들에게 다가오는 부상병(?)에게 의구심 가득한 시선을 주는 유정 일행이었다.

흑룡단원 중 누군가가 말했다.

"한발 늦은 것 같습니다."

그의 말에 일행의 시선이 식당 쪽으로 향했다.

"벌써 한바탕했나 보군."

"그런 것 같습니다."

빨리 온다고는 했는데 적들은 더 빨랐나 보다.

그사이 유정 일행 앞으로 다가온 언기욱이 가슴께에 한 손을 올린 채 거친 숨을 몇 번 내쉰 뒤 말했다.

"무, 무림맹에서 온 분들인가?"

"예. 늦어서 죄송합니다."

오자마자 사과할 줄은 몰랐지만 주위 분위기가 심상치 않음에 고개를 숙이는 유정이었다.

언기욱이 아픈 가슴을 나 몰라라 하며 호탕하게 웃었다.

"하하, 윽! 느, 늦긴. 이렇게 와준 것만으로도 이 언모가 절을 하고 싶은 심정이네! 하하하하!"

엔간히 좋은가 보다. 옆에 서 있는 위정웅 역시 언기욱보단 작지만 소리나게 웃고 있었다.

"자자, 이렇게 왔으니 우선 안으로 들게. 아, 자네들 식사는 했는가? 안 했다면 나와 같이 지금 하지 않겠나?"

─이거 환대하는 것 맞지?

유정이 옆에 서 있는 당설화를 바라보자 그녀도 좀 황당하다 싶은 얼굴이었다.

장맛비 맞아가며 긴 거리 이동. 노숙은 기본, 어제도 그랬다. 그리고 두 시진 노상에서 취침 후 새벽녘 찬 이슬 맞아가며 일어나 도착한 지금, 유정 일행 모두 정신이 좀 멍한 상태였다.

이런 상황, 사과에 이은 급환대와 식사 요청까지. 솔직히 뭘 어찌해야 될지 모르겠다.

모두의 시선이 유정에게 향했고 그 안에 담긴 감정은 다들 같았다.

'정해줘어.'

유정이 알았다며 고개를 끄덕였다.

"그럼 사양 않고 저희들도 한자리 끼어들겠습니다."

그제야 멍한 눈빛들에 초점이 맞아 들어가는 일행이었다.

그렇게 유정 일행이 식당에 자리잡자 멍하던 사람들의 시선이 집중되었다.

"무림맹!"

누군가의 입에서 흘러나온 말이었고 그 순간부터 식당에 활기가 찾아왔다. 분연히 자리에서 일어나는 이들도 있었다.

그러나 함부로 다가오는 이는 없었다.

저들 중 끼어 있을 한 인물 때문이었고 당연히 유정이었다.

다만, 유정이 그 한 인물이라고 생각하는 이가 전혀 없다는 게 본인이 알면 열받을 일이었지만 암말 안 하고 쳐다만 보니 알 리가 없었다.

언가주의 양쪽 눈꼬리가 연신 좌우로 움직였고 위정웅도 마찬가지였다.

'누구일까?'

이들 중 분명히 있다. 그냥 물어보면 될 것 같지만 이것도 체면이라면 체면인지라 묵혼신검을 찾는 그들의 눈동자는 분주했다.

그리고 찾았다. 눈이 아닌 귀로.

"아니! 이게 누구신가? 사해에 그 위명이 자자한 묵혼신검 아니신가?"

늦잠으로 인해 이제야 식당에 들어서는 황보일성의 입과 눈이 대문짝만 하게 벌어졌다.

그의 옆에서 눈 비비며 같이 걷던 언고명은 황보일성의 말에 자기 손으로 눈 찌를 뻔했다.

'무, 묵혼신검!'

웅성웅성.

식당의 공기도 달라졌다.

무림맹 인물들이라는 것을 알았을 때와는 비교가 안 될 정도로 후끈 달아올랐다.

이 반응의 주인공인 유정이 자신의 곁으로 다가서는 황보일성을 보며 자리에서 일어났다.

“오랜만에 뵙습니다.”

“하하하! 악양에서 보고 근 일 년 만인 것 같군… 요.”

호기로운 웃음으로 시작했으나 끝맺음이 애매모호한 황보일성. 자신이 그때 유정에게 말을 놓았었나? 요게 헷갈린 것이었다.

유정도 같은 생각을 했지만 아무럼 어떠랴. 자신보다 나이가 많고 유허의 형이다. 하대를 받고 존대를 쓰는 데 아까울 것이 없었다.

“모르는 사이도 아니고, 그냥 편하게 말 놓으십시오.”

유정의 말에 가물가물한 옛 기억을 후딱 접는 황보일성이었다.

“하하하하! 그래, 그래 주면 나야 고맙지. 아, 동생은 잘 있는가? 그때 무림맹에서 본 뒤로는 찾아가 보질 않아서 말이야.”

“저도 반년 전에 보고 바쁘다는 핑계로 금년 들어서는 못 봤습니다. 그래도 별일이야 있겠습니까. 자, 그렇게 서 있지 마시고 자리에 앉으시지요.”

“하하하, 그래, 그래.”

천하의 묵혼신검에게 이렇듯 존대를 받고 친함을 내세울 수 있으니 이 기분 누가 알까. 동생 잘 둔 덕에 이렇게 호강할 줄은 꿈에도 생각 못했던 황보일성이었다.

그가 자리에 앉으려다 멈칫했다.

“앉아도 되겠습니까?”

너무 유정에게만 신경 써서 잠시 보이지 않았던 언기욱과 위정웅이 그제야 눈에 들어온 것이다.

언기욱이 그러라는 표정으로 말했다.

“자리야 앉으라고 있는 것이니 어려워 말고 앉도록 하게. 어, 고명이도 여기에 앉거라.”

“아!”

같이 온 친구도 보이지 않았음을 알아차린 황보일성이 뒷머리를 긁적였다.

“이거 미안하네. 내 너무 반갑다 보니 그만. 자, 여기 앉게나.”

황보일성의 행동에 평소 같으면 엎드려 절 받는 기분이라 빈정 상했을 언고명이다. 하지만 냉큼 자리에 앉는 것이 전혀 아닌 듯했다.

자리에 앉은 언고명이 황보일성의 옆구리를 ‘쿡’ 찌른다.

소개시켜 달라는 뜻이었다. 황보일성이 씩 웃는 것으로 알았다는 화답을 전했다.

그가 언기욱을 바라보며 말했다.

“어르신, 제가 소개시켜 줘도 되겠습니까?”

강호의 생리가 아무리 오묘해도 변하지 않는 진리가 있어 강자가 대우받는 것이다. 그 강자와 친하면 같이 대우를 받는다는 것도 그러하다. 그 두 번째 전초를 만들어주겠다는 데 반대할 이유가 전혀 없다. 언기욱이 환하게 웃었다. 고맙지 하는 표현이었다.

황보일성이 유정에게 시선을 옮겼다.

“여기 이 친구는 나와 죽마고우로, 언고명일세. 이곳 진주언가의 소가주이기도 하지. 참고로 앞에 계신 분은 가주이신 파산일권 언기욱 어르신이네.”

“아, 그러시군요.”

지금껏 언기욱이 누군지도 모르고 같이 있었던 유정이 자리에서 일어나며 그에게 머리를 숙였다.

“존함도 여쭙지 못하고 버릇없이 앉아 있었습니다. 청룡단 부단주 유정이라 합니다.”

"허허허, 그 무슨 말인가? 자네들의 합류에 정신이 팔려 응당 거쳤어야 할 기본 예의조차 지키지 못한 내가 미안하지."

언기욱이 손사래를 치며 자리에서 일어나 정중한 자세로 포권을 취했다.

"현 진주언가 팔대 가주를 맡고 있는 언기욱이라고 하네."

언기욱의 행동에 그와 자리를 같이 한 식탁 주변의 인물들이 모두 일어났다. 이곳 최고의 어른이 예를 표하는 자리니 앉아 있는 것은 도리가 아니었다.

더불어 언기욱의 지금 행동에는 유정의 나이와 배분을 뛰어넘는 명성을 인정, 대등한 위치로 생각하고 존중한다는 뜻이 다분했다.

역시 강호는 힘이요, 명성임을 새삼 느끼게 되는 좌중들이었다.

늦은 감은 있지만 유정을 제외한 일행을 대표해 고기주가 언기욱과 주번인들을 바라보며 인사를 전했다.

"무림맹 흑룡단 삼조 조장 고기주라 합니다. 같이 온 이들 모두 무림맹 산하 흑룡단과 금의단 소속입니다."

고기주의 소개에 일행 모두 고개를 숙여 보였다.

그러자 식당 전체가 들고 일어섰다.

"오시느라 수고가 많으셨습니다!"

쩌렁쩌렁하다. 패배자의 암담함을 걷어내는 기지개였고 이길 수 있다는 신념을 담고 있었다.

그렇게 첫 만남에 대한 상견례가 끝나고 다시 식사 돌입. 웅성거리는 소음이 들리는 것이 이제야 여기가 식당 같다.

황보일성이 밥 먹다 말고 반색을 하며 건너편 식탁을 바라봤다.

"아니, 이거 독수독미 당설화 소저 아니십니까?"

웅성웅성!

또다시 식당 분위기가 후끈해졌다. 역시 삼봉의 명성은 여전하고 남자들만 있는 곳에선 가히 절대적이다.

당설화가 눈꺼풀을 살짝 깜박여 화답을 하자 그 순간 옆구리가 시큰해져 오는 황보일성이었다.

또 언고명이 옆구리를 찌른 것이다.

“…….”

하나 이번엔 묵묵부답, 반응을 보이지 않는 황보일성이었다.

‘영웅은 나눌 수 있지만 미인은 안 되지. 암!’

젓가락이 부서져라 다짐하는 황보일성의 눈에 ‘또’ 누군가가 발견되었다.

“하하, 화산일룡 화석민 소협도 계셨습니다.”

직접적인 교분은 없으나 안면은 있다. 그에 고개만 까딱이는 화석민이었고 그의 귀가 쫑긋해진 것이 남 몰래 주위의 반응을 기다리는 눈치였다.

“…….”

“…….”

그러나 조용하고 조용하다.

그랬다. 화산일룡의 명성은 앞서의 두 남녀에 비하면 반딧불에 불과했던 것이었다.

평야 위에 수십의 막사가 세워져 있다. 그중 가장 큰 파호 안에서 힘이 있고, 그 힘을 사용함에 전혀 꺼릴 것이 없지 않냐는 식의 목소리가 흘러나왔다.

"이렇게 기다리기만 할 겁니까?"

광효성의 만면에 불만이 가득하다.

그 계기를 만들어준 장본인은 느긋하기만 할 뿐이고.

"어제 일로 아직도 골이 난 모양이구나. 쯧쯧, 이래서 젊은것들이
란……."

그래서 뭐 어떻다는 겁니까! 하고 한마디 쏘아붙이고 싶은 광효성이
었으나 이를 악물었다.

"어제 일은 어제 일. 아쉬워해 봐야 지나간 일입니다. 하지만 오늘
은 왜 기다리시는 겁니까? 분명 이대로 밀고 들어가 한 시진이면 저놈
들을 싹 쓸어버릴 수 있지 않습니까?"

틀린 판단이 아닐 거다. 저 표정, 본인도 인정하고 있지 않은가.

그럼에도 딴소리한다.

"아직 안 왔어."

이천상의 동문서답에 '뭐가요!' 하는 눈빛을 보내는 광효성이었다.

하나.

"……."

말없다.

'끄응!'

목에 가래가 얹히는 기분. 답답했고, 이곳에 있어봐야 복장만 터질
것 같다.

파락!

거칠게 막사 입구를 걷어내며 밖으로 나가는 광효성이었다.

그 뒤로 누군가 안으로 들어서며 혀를 찼다.

"쯧쯧. 그놈 뿔난 표정하고는. 그런데 왜 저러는 건가?"

혈인마 장태소의 물음에 이천상이 목을 좌우로 한 번씩 꺾으며 말했다.

"기다리라니까 저러는구먼."

"고작 그걸 가지고 어른 앞에서 인상이나 쓰다니, 하여간 요즘 젊은 것들은……."

빨리 나가길 잘한 광효성이지 싶다.

장태소가 소매 안에서 찻잎을 담은 봉지를 꺼내 막사 한쪽에 비치된 주전자 안에 덜어 넣었다.

이천상이 새벽 댓바람부터 나간 이유가 그거냐? 하는 표정을 지었다.

"항상 느끼지만 자네하곤 영— 안 어울려."

뭔들 어울릴까. 큰 키에 깡마른 몸. 세모꼴 턱 위로 툭 튀어나온 광대뼈. 그 위로 마주하기 꺼림칙함을 주기에 부족함없이 쫙 찢어진 눈매. 한번 보면 누구나가 '저 노인네, 독한 인생 야멸차게 살았겠네' 할 만한 외모의 장태소다.

그런데 장로전에서 같이 지낸 그의 성격은 외모와 완전 딴판이다. 게다가 시.서.화.에 대한 해박한 지식. 그중 차에 대한 지식과 다도 예절은 명인(名人)의 경지가 부럽지 않을 정도였다.

장태소가 주전자 뚜껑을 닫고 불을 지피며 말했다.

"저놈들은 죄다 싸우는 것밖에는 도통 관심이 없더군. 그러니 어쩌겠는가? 목마른 놈이 우물을 파야지. 그래도 이 마을엔 상급의 찻잎을 파는 가게가 있어 그나마 다행이지 뭔가. 흠. 그래, 이 향기야."

막사 안을 메우는 차향의 농도가 짙어지자 찻잔이 없는 걸 아쉬워하며 주전자를 물 마시는 사발 모양의 잔에 따르는 장태소였다.

"자, 마셔보게. 황차(黃茶) 중 그 맛과 향이 가장 뛰어난 몽정황아(蒙頂黃芽)일세. 그냥 몽정차라고도 부르지."

장태소가 건네는 잔을 받으며 이천상이 모호한 미소를 지었다.

"싫은 건 아니지만 자네 때문에 나까지 차에 대해서는 이제 고수가 된 것 같아. 어쨌든 향이 좋기는 하군."

이천상의 말에 부드러운 미소를 짓는 장태소였다. 아, 다른 사람이 보면 쭈뼛거리며 움츠러들게 만드는 미소였지만 말이다.

"그나저나 그 아이는 아직 도착하지 않은 것 같더군."

장태소의 말에 모락모락 피어오르는 찻잔의 열기가 싫지 않은 표정으로 입을 여는 이천상이었다.

"다른 곳의 상황을 보아 늘상 충돌이 일어나기 바로 직전에 도착하는 경우가 많다고 하더군. 이번에는 좀 늦는 감이 있지만 이렇게 차나 마시다 보면 곧 왔다는 소식이 들리겠지."

"하기야 가는 시간 언젠가는 겹치겠지. 그나저나 정말 자네 혼자 할 건가?"

"왜, 또 협공하자는 말이라도 하려고?"

"그런 건 아니네만……."

음태성이 포함된 사대장로 시절, 서로 간에 직접적인 충돌은 없었지만 무위의 서열은 다들 알고 있었다.

패천마 장소. 그만이 반수 정도 나머지 셋을 앞서 나간다는 것을.

그런 장소를 이긴 무인이다. 단독으로 이길 가능성이 낮다는 것은 둘 다 잘 알고 있었다. 그럼에도 홀로 나서겠다고 이곳으로 오기 전 못 박은 이천상에게 말 못할 걱정을 흘리는 장태소였다.

이천상이 쓴웃음을 지으며 말했다.

"장소 그 친구가 깨질 만해서 깨졌다고 말할 때 자네는 보았는가?"

"……."

"그 친구… 정말 원없는 표정이었네. 강자와의 대결에 오직 그와 나. 일 대 일로 부딪쳐 자신의 모든 것을 표출하고 그것이 좋아 자신이 졌다는 것을 부끄러워하지 않았던 그 표정……. 그때 알았네. 난 여태 껏 그런 표정을 한 번도 지어본 적이 없다는 것을. 내 몸에 아직도 강 자를 부르고 달려들고 싶어하는 호승심이 살아 있다는 것을 말이야. 그래서 기다리는 걸세. 그 표정을 짓게 만들어줄 그 아이를. 그때가 하 늘을 보는 마지막이라 해도 변함은 없네."

잔잔한 목소리였으나 그 안에 단호한 열망이 꿈틀댄다. 그것을 아우 르는 결의가 이천상의 눈에 가득 담겨 있었다.

유정 일행의 도착으로 오늘 전투에 새로운 희망을 가지고 각자의 장 비를 챙겨 세가 앞마당에 모인 무인들. 그 앞에는 이곳에 모인 이들의 각 대표 격인 언기욱을 비롯한 혁천소, 유정, 고기주, 조인권을 대신한 팽무경 등이 뭔기를 얘기하고 있었다.

혁천소가 팔짱을 낀 채 고개를 갸웃거렸다.

"왜 안 밀고 들어오는 건지……."

우세를 이어나가는 것은 병법의 기본이다. 그 기본을 이행하지 않는 적들의 행동이 의아할 수밖에 없다.

"이런 상황에 우리 쪽에서 굳이 나설 필요는 없다 생각되는군요."

언기욱의 의견에 유정을 바라보는 혁천소였다.

"부단주의 생각은 어떠신가?"

"글쎄요. 솔직히 이제 도착해 전황의 상황도 자세히 알지 못하는 입

장입니다. 다만, 적들이 우세를 점하고도 움직이지 않는 이유 정도는
파악하고 대응하는 것이 먼저가 아닐까 싶습니다."

"음. 그것도 그렇지."

언기욱과 혁천소의 고개가 같이 끄덕여졌다.

팽무경도 긍정하는 표정이었고 분위기를 탄다는 느낌을 주듯 고기
주가 반 발 정도 앞으로 나섰다.

"제가 단원을 이끌고 사정을 알아보겠습니다."

본래 흑룡단 내에서도 고기주가 맡은 조는 본대와 떨어져서 전방이
나 후방에서 적의 행동, 동태를 감시하는 척후병 역할을 수행했다.

그가 나서면 이유를 파악하기 어렵지 않을 것이다.

유정이 그런 고기주의 기존 업무 역할을 간단히 설명해 주자 언기욱
이 잠시 침묵을 지킨 뒤 말했다.

"그럼 부탁하겠소."

그걸로 결정이었고 남은 일은 고기주가 도착할 때까지 대기였다.

앞마당에 모인 자신들 세가 소속 무인들에게 그 사정을 알려주려 혁
천소와 팽무경이 자리를 떴다.

언기욱도 조심하라는 말을 고기주에게 건넨 뒤 본가의 무인들이 있
는 쪽으로 걸어갔다.

"어차피 이유를 알든 모르든 충돌을 피할 수는 없습니다. 그저 어제
의 패배에 대한 충격을 추스를 시간을 벌어준다 생각하시고 살살 움직
이십시오."

유정의 말에 고기주가 가볍게 고개를 숙였다.

"알겠습니다. 그럼."

곧 부하들에게 다가가는 고기주의 등 뒤로 급히 말을 더하는 유정이

었다.

"혹 가시는 길에 한 명 더 데려가 주실 수 있겠습니까?"

"누구?"

고기주가 돌아서자 유정이 자신의 어깨 너머 우측을 가리켰다.

자연스레 고기주의 시선이 그쪽을 향하자 세가의 정문 기둥에 삐딱하니 기대서 있는 화석민이 들어왔다.

그 앞에 수줍은 듯 고개를 숙이고 있는 여자까지.

'허! 밥 먹고 시간이 얼마나 있었다고 벌써.'

얄미우면서도 부러운 재주다. 절로 응징해 주고 싶게 만드는 능력이기도 하다.

"정일 진인께서 당부하셨습니다. 나이만 헛먹고 세상을 모르니 거칠게 다뤄주라고요. 그러니 긴장 속에 적을 알아가는 임무가 적당할 듯싶습니다."

고기주가 또렷한 눈으로 대답했다.

"자~알 알겠습니다. 그럼."

자신을 거쳐 화석민에게 다가가는 고기주의 등이 믿음직스럽다.

아, 그리고 보니 몇 해 전 고기주의 부인이 젊은 놈과 눈 맞아 집 나갔다던가?

음, 상극이리라. 거칠게 다루리라 믿어 의심치 않는 유정이었다.

그렇게 고기주가 일행을 꾸려 세가를 나선 그날 저녁 무렵 그만이 다시 돌아와 유정의 처소를 찾았다.

"현재 적들의 분위기는 좀 어수선한 상태입니다. 아, 고맙군."

당설화가 건네는 찻잔을 받아 들어 한 모금 마시고 탁자에 내려놓자 유정이 말했다.

"어수선하다니요?"

"흠— 딱히 뭐라고 꼬집어 얘기하기가 그렇지만, 제가 보기엔 좀 불만스러워 보였습니다."

"불만이요?"

"예. 마치 양 떼를 발견하고도 그 앞에 강이 있어 건너지 못하는 늑대의 거친 숨소리 같다고나 할까요?"

유정이 고개를 갸웃거렸다.

고기주의 표현을 빌리자면 당장이라도 달려나가 목덜미를 물어버리고 싶은데 그러지 못하는 무언가 때문에 불만이라는 소리였다.

"혹… 제가 왔다는 소식이 그쪽으로 넘어간 것은 아닌지……."

자화자찬 격이 되니 목소리에 쑥스러움이 묻어나는 유정이었다.

그걸 아는지 모르는지 고기주의 대답은 확고했다.

"아직, 이곳에 부단주님이 도착한 사실은 전혀 모르고 있습니다."

오늘 얻은 유일한 성과다.

유정이 아, 그러냐며 콧잔등에 주름을 잡았다.

'그렇다면 저들 내부에 무슨 문제라도 생겼나?'

고기주도 같은 생각이었다.

"아무래도 저들 내부에 뭔가 문제가 있는 것 같습니다. 그것이 승기를 잡고도 밀고 들어오지 못하는 불만을 만든 이유가 아닐까요?"

유정이 빈 잔을 당설화에게 내밀며 물었다.

"그게 뭘까?"

유정의 질문에 그의 빈 잔에 차를 따라준 뒤 잠시 생각을 하고는 자신의 의견을 말하는 당설화였다. 고기주가 옆에 있으니 당연히 존대였고.

"전쟁을 수행하는 집단이 가져야 할 기본 자세 중 최우선시되어야 할 것은 다른 무엇도 아닌 단결력입니다. 그것을 단단히 엮어주는 가지는 동료에게 서슴없이 등을 내어주는 믿음이기도 하고요."

"그렇지."

유정의 맞장구에 당설화의 아미가 살짝 좁아졌다. 얘기하는 데 끼어들지 말라는 뜻이었고 그녀의 말이 이어졌다.

"그 믿음으로 뭉쳐진 단결력. 거기에 개인의 무력과 그것을 뒷받침해 주는 작전이 준비되었을 때 그 집단은 최상의 전투력을 발휘할 수 있습니다. 그리고 현 강호에는 그런 최상의 전투력을 항상 발휘하는 곳이 있지요. 지금에 와서는 강호 최강의 전투 부대로 손꼽기에 주저함이 없는 전설이 된 곳이기도 하고요."

당설화가 말하는 곳이 천마대임을 모를 수 없다. 그보다 적을 칭찬함에 전혀 박하지 않은 그녀. 주관적인 자세를 유지하고 있다는 뜻이었다.

"그렇듯 전설이 되어버린 집단이 다시 전쟁에 투입되었습니다. 그것도 지금껏 가장 중요한 결전 속으로요. 역시나 압도적인 무력을 다시 한 번 각인시키며 승기를 잡은 상태지요. 과연 이런 상황에 그들 내부에 문제가 발생했다고 생각하기에는 뭔가 어폐가 있지 않을까요?"

"그, 그렇지."

당설화의 반문에 조금 전 자신이 세웠던 주관을 바로 꺾어버리는 유정이었다. 옆에 앉은 고기주도 별반 다르진 않았다.

"그럼, 내부의 문제가 아니라면 뭐라 생각하지?"

"그거야 저도 알 수는 없지요. 다만 저쪽의 내부에는 천마대만 있는 것이 아니라는 것만 알 뿐입니다."

당설화의 대답에 천마대 말고 누구? 하던 유정의 눈이 반짝거렸다.

"맞아! 사대장로. 그들 중 두 명이 있다고 했지. 그럼, 그들이 내부의 문제를 일으킨 장본인들이라는 거야?"

"글쎄요. 전 그저 그들도 같이 있다는 것을 안다고 말했을 뿐이에요. 솔직히 그들이 문제를 일으킬 이유 또한 없다는 쪽이 개인적인 생각이기도 하고요."

당설화의 말에 유정의 고민은 다시 원점으로.

"결국, 뭐야? 외부도 내부도 아니고."

허탈하다. 괜히 짜증도 난다.

고기주가 잠시 뭔가를 생각하더니 말했다.

"그래도 그 말을 듣고 나니 주력해야 할 길이 보이긴 하는군요."

"사대장로들 말입니까?"

"예. 딱히 그들 말고는 저들의 불만스러운 기운에 대한 이유를 파악할 길이 없어 보입니다."

"그것도 그렇긴 하지만······."

지금 나누는 모든 것은 일방적인 이쪽만의 예상, 확실한 것은 아무것도 없다. 그 불확실성에 확률이 높다는 이유만으로 적들 중 가장 위험한 곳에 부하들이 움직여야 한다는 것이 영 마땅치 않은 유정이었다.

그 내심을 짐작한 고기주가 입가에 밝은 미소를 지었다.

"걱정 마십시오. 위험하다 싶으면 바로 후퇴해 미련없이 돌아오겠습니다."

상황에 따라 상관에게 한 소리 들을 말이지만 지금은 그 반대였다.

"꼭 그러십시오. 아침에도 말했듯 어차피 피할 수 없는 충돌입니다.

나중에 지금 일이 아무것도 아닌 것이 될 수도 있으니 헛된 희생은 절
대 나와선 안 됩니다."

"예. 그럼 전 이만 대원들에게 가보도록 하겠습니다."

"그럼 수고하십시오."

당설화가 먼저 일어나 방문을 열어주자 고맙다는 눈빛을 전하며 문
을 나서는 고기주였다. 더해 자신이 오기 전, 그리고 가는 도중에도 젊
은 남녀가 한 방에 있다는 것을 전혀 이상하게 생각하지 않는 그이기
도 했다. 지난 몇 달간의 공동생활로 둘 간의 관계를 알아버린 것이다.
당설화는 유정의 요거(?)라는 것을.

'잘 어울리는 한 쌍이야.'

삼봉의 한 여인과 강호를 위진시키는 젊은 영웅. 연애 소설에 많이
나오는 주인공들이다. 그들을 현실에서 직접 보는 것이 나쁘지 않은
고기주였다. 다만,

'그런 책에 꼭 양념이 되어 초를 치는 바람둥이 놈들은 딱 질색이
지!'

툭. 툭. 툭. 툭.

세가를 나서자 빗방울이 하나둘 떨어지기 시작했다. 머리맡에 느껴
지는 묵직함이 폭우가 될 가능성이 커 보인다.

'오늘의 불침번은 그 녀석에게 시켜야겠군.'

머리 위로 두 손을 올린 고기주의 신형이 빠르게 어둠과 동화되기
시작했다.

그 뒤로 언기욱을 만나 고기주와 나눴던 대화를 전하고 다시 자신의
처소로 돌아와 있는 유정이었다.

"방문 좀 열까?"

"왜 답답해?"

유정의 반문에 방문 쪽으로 다가가 문을 반쯤 여는 당설화였다.

"시원하지?"

유정이 어깨를 움츠렸다.

"시원? 좀 쌀쌀하지 않나?"

"그래? 난 시원한데."

"뜨거운 여자 같으니라구."

"뭐?"

토끼눈이 된 당설화에게 못 들었으면 됐다는 표정의 유정이었다.

"……."

투투투투툭.

금세 빗방울이 굵어지며 방문 너머 그 소리를 귀에 담고 달을 바라보는 두 사람. 분위기 좋다. 그런데도 꼬집어 말할 수 없는 이 어색한 침묵에 발가락을 꿈지럭거리는 유정이었다.

"서기, 혹시 나한테 무슨 할 말 있어?"

"왜?"

"아니, 왠지 그런 기분이 들어서."

"…했어."

"뭐? 방금 뭐라고 했어?"

"못 들었으면 됐어."

"뭔데?"

"으으음, 하~ 이제 가봐야겠다."

유정의 질문을 무시하며 달밤에 기지개를 켜는 당설화. 그녀가 뒤돌아 유정에게 미소를 보내며 일어났다.

그 미소에 궁금함을 지우고 유정도 같이 일어났다.

"비도 오는데 데려다 줄게."

"됐어요. 그럼 간다."

휑하니 방문을 나서는 당설화였고 '저어' 하며 한 손을 뻗은 유정이었다.

＊　　　＊　　　＊

자기가 아무리 강해도 그렇지, 히잉, 요즘 너무 나서는 것 같다. 저번에 장소라는 그 늙은 할아버지. 웅— 아저씨라고 할까? 아무튼 그때 가슴을 얼마나 졸였는지 어째 좀… 작아진 것 같다.

"하—"

이번엔 그런 아저씨가 두 명이다. 천마대는 이쪽에서 막는다고 치고 또 혼자 싸우려나?

"절—대 안 돼."

그나저나 내일 전해도 될 것 같은데 왜 혼자 두고 나가는 건지.

"하—"

한숨 쉬는 것도 버릇이 된다던데 아마 나도 모르게 땅 꺼진 곳 부지기수겠다. 그나저나 왜 안 오는 거야. 아, 나간 지 얼마 안 됐지.

쪼르르륵.

찻잔에 열기가 느껴지지 않는 걸 보니 다 식었나 보다.

"이거 다 마시기 전에 안 오면 그냥 가버릴 거야."

최대한 천천히 홀짝홀짝 마실 생각이다.

"……."

그렇게 뜨거운 차를 천천히 식힌다는 생각으로 마시다 보니 꽤 시간이 흐를 동안 한 잔을 다 못 마셨다.

그래도 이제 한 모금 정도밖에 안 남았다.

"우웅—"

고민된다. 이걸 마시면 가야 되는… 어? 나도 모르게 차를 따르고 있네? 채워지는 잔을 보고 있자니 절로 웃음이 나온다.

"하—"

당설화 인생이 이리될 줄이야. 아니지. 스스로 만들어놓고 이제 와서 이런 소리 하면 나만 치사해진다. 다시 차를 홀짝 아주 쪼끔 마셨다. 그렇게…….

"……!"

어머? 나 지금 멍하니 앉아 있었네. 어라? 침까지 흘렸어? 잘한다. 누가 보면 미친……?!

"그렇게 달리다 넘어……."

아니지, 방문을 닫아야지. 괜히 기다린 티 낼라. 아, 침도 닦고.

"……."

"어? 안 갔어?"

야박한 놈. 기껏 기다려 줬더니 한다는 소리 하고는 빨리 앉기나… 비가 온다고? 방문 닫을 때까진 안 왔는데.

"방문 좀 열까?"

갑자기 비가 보고 싶다. 이놈 때문에 까맣게 타버린 이 여린 소녀의 가슴을 깨끗이 씻겨줄 비가.

"시원하지 않아?"

칫! 괜히 물었다. 묻자마자 어깨는 왜 움츠리는 거야!

"시원? 좀 쌀쌀하지 않나?"

그 말 나올 줄 알았네요. 이 사람아.

"그래? 난 시원한데."

라고 했더니… 뜨거운 여자라고? 이보세요, 답답해서 그러는 거거든요. 그냥 못 들은 척하자.

…어라라? 그렇다고 정말 내가 못 들었다고 생각하는 거야? 이봐요, 들었거든요. 그리고 내가 물었을 때 다시 말하면, 유후~ 하고 유혹하는 표정까지 지으려고 했다 뭐. 그러다 당황해하면 귀엽다고 다가가서 또 한 번 유후~ 킥! 그러다 분위기 맞으면…….

'어머? 뭔 생각 하냐, 나.'

흥! 어쨌든 너만 손해지 뭐.

투투투투툭.

"……."

절대 삐쳐서 돌아선 건 아닌데 다시 돌아서기가 민망하다. 어이, 뭐라고 말 좀… 아, 어깨 움직인다.

"저기, 혹시 나한테 무슨 할 말 있어?"

뭐야뭐야뭐야~ 나한테 물어보면 안 되지잉. 그리고 그런 기분이 들긴 무슨 얼어죽을 기분이야아~ 이러다 나 삐친다고 하면 너무 속 좁아 보이려나? 힝, 몰라몰라. 그냥 했다고 쳐.

"했어."

하지도 않고 했다고 말하는 나, 불쌍하지 않아?

"뭐? 방금 뭐라고 했어?"

다시 물어보면 안 되지이—잉. 그냥 했다고 쳐야지이! 아, 비라도 마시고 싶다.

"못 들었으면 됐어."

"뭔데?"

야! 자꾸 물어보지 말라니까아! 아― 설화 삐쳐 간다, 삐쳐 가. 이 정도면 오늘 무슨 일 있기는 다 틀렸… 어이? 그 눈빛은 뭐야? 그렇다고 그런 이상야릇하게 흘러가다 쪽 하고 그 다음……! 흠흠. 아무튼 그런 걸 내가 먼저 원한 건 절대 아니라는 것. 명심해 주면 좋겠어고 뭐고 나 이제 갈래.

"으으음. 이제 가봐야겠다."

휴― 삐친 티 안 내려고 달밤에 기지개 켜고 억지로 웃어줘야 되다니 흑, 나 너무 불쌍하지 않니? 뭐? 그래서 데려다 준다고? 흥! 늦었네요. 이 사람… 어어? 문밖 배웅도 안 하네? 그 손은 또 뭐야? 아, 나 잡으려는 거야? 헤― 귀여운 녀석. 그래, 이쯤 해서 잡으면 다시 들어가 줄… 어머머, 닫는 거니?

평생 이길 수 없는 것

대륙 전체에서 벌어지는 크고 작은 전투 중 산서의 상황은 그 하나에 불과했다. 다만 그 결과가 미치는 영향력이 다른 모든 것을 합친 것보다 크다는 것이 다를 뿐이었다.

당연히 세인들의 시선은 그쪽으로 쏠릴 수밖에 없었다. 그럴진대 산서의 상황은 한 번의 충돌 이후 삼 일 동안 아무런 소식이 없었다.

그러나 조급해하지 않았다. 그 긴장감만으로도 충분히 가슴을 설레게 만들기 때문이었다.

그중 연일 호사가들의 침을 튀게 만드는 것이 있었으니.

초인들의 결투!

단순히 누가 이기고 지는 것에 그치지 않고 정과 마. 두 단체의 운명을 가를 천외천의 대결 결과에 대한 예상이었다.

그 예상은 분, 초마다 결과가 바뀌었고 그럴 때마다 중인들의 입에서는 기쁨, 아니면 아쉬움에 대한 탄성이 흘러나왔다.

한편 이틀 뒤 임무를 수행하고 고기주 일행이 돌아왔다.

유정은 그들을 보자마자 인원 파악에 들어갔고 안도의 한숨을 내쉬었다. 그도 잠시, 고기주의 예상치 못할 말에 급히 숨을 들이쉬었다.

"독비도마 이천상을 만났습니다."

"컥!"

숨 쉬다 사레들릴 수도 있다는 것을 확인한 유정. 곧이어 '모두 살아 있잖아!' 라고 소리치며 다시 한 번 인원수를 세고는 물었다.

"어떻게 살아 있는 겁니까?"

독비도마를 만나고 모두 무사하니 당연한 물음이리라.

그에 어찌 알았는지 숨어 있던 자신들 앞에 하늘에서 뚝 떨어지듯 나타났다. 그리고 왜 자신들을 살려주었는지는 정말 모르겠다는 고기주였다.

그러던 그가 갑자기 아! 하고는 소매 속에서 녹색 옷감에 싸인 무언가를 꺼냈다.

"이것을 전해주라고 했습니다."

유정이 받아서 펼치니 그 안에는 한 장의 접힌 종이가 들어 있었고 펼쳐 보니 딱 한 줄의 글이 써져 있었다.

원없이 웃고 싶은 늙은이의 성의라 생각해 주게.

"……."

뭔 소린지 몰라 뒷장을 보고 슬쩍 침도 묻혀보았다. 물기가 닿으면 글자가 보이는 종이가 있다는 소리를 얼핏 들었기 때문이다.

그러나 아무런 반응을 보여주지 않는 종이였고 오직 한 줄의 글귀만 내세운다.

"원없이 웃고 싶은 늙은이의 성의라니… 대체 이게 무슨 소립니까?"

유정이 도저히 모르겠다는 표정으로 종이를 건네자 고기주가 받아 들었다. 하지만 그 역시 한 줄의 글귀만 뚫어져라 쳐다볼 뿐이었다.

"……!"

그러다 뭔가 생각났는지 종이를 유정 앞에 들이밀었다.

"원없이 웃고 싶다는 늙은이, 이 부분은 모르겠으나 성의라는 부분은 알 것도 같습니다."

"뭡니까?"

유정의 물음에 고기주가 자신의 가슴을 손가락으로 가리켰다.

"목숨. 저희들의 목숨을 살려준 것이 성의가 아닌가 싶습니다."

"……?"

"그의 일수(一手)면 저희들은 그 자리에서 모두 죽었을 겁니다. 이 서신 역시 한 명만 살려주어도 전달할 수 있는 일입니다. 그럼에도 그는 서신을 전달해 달라는 말만 남기고는 홀연히 사라졌습니다. 하하, 지금 생각하니 저희들, 호랑이 굴에 들어갔다 나온 거군요."

누구보다 본인들이 가장 놀랐을 거다. 황급히 이 사실을 전한다는 생각에 무작정 달려왔고 이제야 자신들이 처했던 상황이 얼마나 위험했던가를 인지하는 고기주였다.

"하아—"

그 뒤늦은 인지력에 고기주의 거친 숨소리가 하늘을 메우다 급히 유정에게로 떨어졌다.

"아! 그땐 경황이 없어 잘못 들었나 싶었는데 지금 생각해 보니 그가 사라지며 제게 전음을 보냈던 것 같습니다."

"전음이요?"

"네, 음… 기다려? 예! 분명 기다렸다고 했습니다."

고기주의 확신에 찬 눈빛에 유정이 턱을 주억거렸다.

"기다렸다? 뭘, 아니, 누굴 기다렸다는……!"

"맞습니다. 바로 부단주님을 기다렸던 것 같습니다."

유정이 왜? 라는 표정을 지으며 중얼거렸다.

"날 기다렸다라… 원없이 웃기 위해, 죽이지 않는 성의를 보이면서,
그럼……."

"저들이 밀고 들어오지 않은 이유도 부단주님을 기다렸다는 것과 일
맥상통하는 것 같습니다."

고기주의 해설에 자신의 생각을 마무리하는 유정이었다.

"즉, 제가 이곳에 도착할 때까지 독비도마가 천마대의 진군을 붙잡
고 있었다. 그 이유는 원없이 웃기… 아! 나와 원없이 싸워보자 이런
말이겠군요. 맞습니까?"

"그런 것 같습니다. 그리고 오늘에서야 부단주님이 이곳에 있다는
것을 알아냈다고 봐야겠지요."

그러니 연락을 취했을 것이다. 다른 말로 내일은 밀고 들어온다는
뜻이기도 했다. 한데…….

"이거 호의지요?"

유정의 물음에 고기주가 '그, 그렇지요' 라며 양손을 어깨 위로 올리
는 시늉을 했다. 받긴 잘 받았으나 왜 주는지는 나도 모르겠다였다.

그래도 이유 모를 그 호의로 생긴 삼 일간의 여유가 세가 무인을 지
배했던 무력감을 상당수 걷어갔으니 싫지 않은 표정이었다.

유정도 거기까진 좋으나 왠지 알 수 없는 부담감이 느껴진다.

'이렇게 해줬으니 절대 도망가지 마라. 뭐, 이런 말인가?'

정말 그렇다면 그 걱정 저잣거리에 내다 팔라고 말해주고 싶다.

'받은 만큼 돌려주면 되겠지.'

뚜둑. 뚝!

목 관절을 풀고 하늘을 올려다보는 유정의 가슴이 부풀었다.

"후아— 그놈들 참 많다."

깜깜한 밤을 수놓은 별들의 채광이 눈부시다면, 너무 감상적일까? 저기 이제야 도착 사실을 알고 이쪽으로 오는 언기욱과 다른 이들이 보인다. 뭐, 적어도 내일은 비가 오지 않으려나 보다.

유정의 예상대로 화창한 다음날이 밝았다.

인가를 나와 평원에 모인 무인들의 눈에는 하나같이 열망의 불길이 타오르고 있었다.

이긴다!

적과의 대치 상황. 오직 그 하나만을 생각하는 눈빛이었고 자신감마저 엿보였다.

첫 패배에 대한 무력감은 눈 씻고 찾아봐도 보이지 않았다.

그 중심에는 최단시간, 가장 많은 격전을 치르며 경천동지할 무위를 선보인 유정이 서 있었다.

새로운 하늘을 연 초절정고수.

그 초인의 합류는 이렇게 삼백 무인의 가슴에 승리로 가는 자신감을 심어주기에 충분했다.

후우우우우—

바람이 분다. 반전을 준비하는 무인들의 가슴에 회오리를 만들고 전장을 엎어버릴 태풍이 되려는 바람이.

언기욱이 하늘을 부술 듯 주먹을 쳐올렸다.

"마를 멸하고 정을 세우는 협의 길에 우리가 있다! 자, 나가자! 믿어라! 우리는!"

"이긴다!"

"우와와와와와!"

일치 단결. 적만이 가지는 특권이 아니다.

죽음을 두려워하지 않고 동료에게 등을 맡길 것이다.

그리고 그가 함께하기에 승리할 것이다.

이윽고 두 번째 충돌이 일어났다.

처음과는 완전히 바뀌었다. 전력의 비세는 애초에 없었다.

모든 것이 마음가짐에 달려 있었고 충만한 자신감은 칼끝에 승리의 의지를 실었다.

키링! 치리링! 쩌저지정!

"크아악!"

무섭지 않다. 그들도 베이고 찔리면 고통을 호소한다.

손과 발이 가볍다. 검과 각이 유연하다.

그렇게 흐르는 시간 속에 또다시 대지 위로 피가 고이기 시작했다.

푸아아아악!

피 분수를 뿜으며 두 조각으로 분리되는 검은 인형.

그 너머, 자신을 바라보는 무심한 노기에 자신의 도를 잡아가는 혁천소의 손아귀로 힘이 더해졌다.

"천마대주인가?"

"……."

음비도 광효성—일호를 찾기 전까지 임시로 천마대주로 명해짐—이 자신의 부하를 베어 넘기고 도를 치커든 혁천소를 노려보며 웃었다.

비웃음. 곧 죽게 될 것을 암시하는 비웃음이었다.

"두 명. 그 정도면 너의 죽음은 호사를 누린 것이다."

꾸욱!

자신의 손에 천마대원 둘이 죽었다. 그것을 본 광효성의 살기 어린 목소리에 혁천소의 입매가 굳게 닫혔다.

호사를 거부하는 단호한 의기. 자신의 삶은 경계는 자신이 긋겠다는 무언의 반박이었……!

쩌어어엉! 터덕!

"크윽!"

자신의 의기와 반박을 무색케 할 정도로 빠르고 강한 광효성의 일격에 침음성을 내뱉은 혁천소였다.

'보이지 않았……!'

이 보가량 뒤로 밀린 혁천소. 놀람을 수습할 겨를도 없다. 짓쳐 오는 여섯 방위의 도기가 자신의 몸을 도륙 내기 위해 거력을 내뿜었기 때문이다.

쩌저저저저정!

정확히 여섯 걸음 밀려난 혁천소. 그럴 때마다 손에서 도가 떨어지려는 것을 간신히 쥐고 있는 그의 입술이 하얗게 변해갔다.

더불어 느껴진다.

광효성의 도는 빠르고 파괴적이요, 자신보다 강하다는……!

“윽!”

혁천소의 무릎이 급격히 꺾였다. 타의가 아닌 자의에 의해서였고 살기 위해서였다.

쓰아아악!

서릿발 같은 기운이 머리 위를 스치고 지나간다. 동시에 혁천소의 안면으로 검은 물체가 노도 같은 압력을 가했다.

퍼퍽!

“이익!”

“허?”

올려 쳐진 퇴각의 기운을 접는 광효성의 입에서 가벼운 의외성이 흘러나왔다.

속전속결의 의미를 가지고 풀어낸 자신의 일도. 육격. 일퇴의 연환을 무리없이 흘려내는 혁천소의 수비력이 원인이었다.

“흥!”

하지만 가볍진 않았음을 느꼈다.

이 장 뒤로 밀린 혁천소의 한쪽 팔이 힘없이 늘어져 있기 때문이었다. 그러나 도를 잡은 반대쪽 팔은 무사하다.

“흐음. 좀 더 지켜봤다면 아까운 부하들의 희생만 늘어날 뻔했군.”

고수일수록 상대를 인정함에 박하지 않다. 짧은 공방이었지만 혁천소의 무력이면 부하들 다섯 정도의 희생이 필요했음을 직감한 광효성이었다. 물론 일 대 일이 그렇다는 뜻.

자신의 팔을 내려다보는 혁천소의 눈매가 가늘어졌다.

‘지금은 필요없어진 것 같군.’

팔꿈치 아랫부분으로 진기가 흐르지 않는다. 이럴진대 안면을 내주었다면.

'골로 갈 뻔했어.'

단순 계산으로 이득을 본 건가? 그 생각에 미치자 혁천소의 창백한 입술에 비릿한 미소가 감돌았다. 단!

"뭐라고 했지?"

상대의 칭찬을 듣지 못한 그였다.

광효성이 약간은 어이없다는 표정을 지었다.

"흐음… 다시 말해주긴 부하들에게 민망한데 그냥 들은 셈치고 후반전이나 들어가지?"

"들은 셈치라. 뭐, 손해 같지만 어쩔 수 없지. 아, 그리고 후반전이 아니라 이제 초중반전이겠지."

스윽.

도를 중단에서 하늘로 향하게 일직선을 유지하는 혁천소였다.

광효성도 같은 자세를 취했다.

후우, 후우.

서서히 간격을 좁히며 서로 간의 숨소리가 엮어 들어간다.

그리고 어느 순간.

"……!"

쩌저저정!

충돌!

이후 다시 재개된 경기(?)는 전반에 드러난 서로 간의 실력 차이로 인해 한쪽은 공격을, 한쪽은 수비를 택하게 만들었다.

게다가 한 명(팔)의 퇴장으로 인한 전력 누수로 인해 시간이 지날수록 공백의 깊이가 더해간다. 혁천소의 발이 무거워지고 있었다.

"거들어주셔야겠습니다."

아직 전장에 투입되지 않은 유정의 목소리엔 걱정조가 다분했다.

언기욱이 고민스런 얼굴로 말했다.

"나도 그러고야 싶지만……."

아직 반 시진도 지나지 않았지만 첫 전투에 비하면 무척 고무적인 두 세력 간의 백중지세. 그 중심에 천마대주와 혁천소의 대결이 있었다. 비록 일방적인 천마대주의 공격 일변도였으나 혁천소의 수비력도 만만치 않다. 그러나 시간이 지날수록 완연한 열세로 몰리고 있었다.

여기서도 보인다. 그의 몸 이곳저곳에 흘리는 피의 양이 많아지고 있는 것이. 이대로 일각 정도만 더 지나면 그 결과가 드러날 것이 자명했다.

"크음."

참혹한 예상 결과에 침음성을 흘리는 언기욱이었다. 하지만 도와줄 수가 없다.

"내가 가도 우세를 점하기는 힘들 것이네."

"그래도 혁 당주님을 살릴 수는 있지요."

"거야 그렇지만, 그랬다가 저쪽에서 그들이 나오면……."

적들 중 최강의 두 명이 아직 전장에 그 모습을 드러내지 않고 있다. 혁천소에게 도움의 손길을 못 주는 언기욱의 이유였다.

유정이 뭔가 참는 듯 숨을 몰아쉬며 말했다.

"괜찮습니다. 어제 전해진 서신에 딱히 일 대 일을 명시하진 않았으나 설마하니 젊은 놈 상대로 합공이야 하겠습니까."

"아니, 그건 자네가 전쟁을 몰라서 하는 소릴세. 이건 단순한 대결이 아니야. 정마 둘 중에 하나의 존폐가 달린 가장 중요한 전투란 말일세.

이런 마당에 저놈들이 남들 눈을 의식할 성싶은가? 게다가 패천마 장소의 전철이 있지 않은가. 일 대 일로는 안 된다는 것을 누구보다 잘 알고 있을 그들이 협공을 하지 않을 보장은 그 어디에도 없단 말일세. 이런 말은 안 되지만 나 같아도 협공을 했을 것이네.”

그래서 자신이 있어야 한다고 강변하는 언기욱이었다.

유정도 그의 생각에는 동의한다. 하지만 그가 있어야 하는 이유에는 동의할 수 없었다.

'있어봐야 도움이 안 되는 걸 왜 모르십니까?

벽을 사이에 두고 그걸 넘은 자와 벽 앞에 서 있는 자의 천지를 가르는 무력 차이. 그 수준의 차이를 대놓고 말해주고 싶지만 차마 존장의 예의 때문에 그럴 수 없는 유정이었고, 그걸 모르는 언기욱. 아마 이제껏 초절정고수의 대결을 본 적이 없었을 것이다. 그러니 이런 발칙한 상상을 하는 것일 테지만.

유정이 다시 한 번 간곡한 어조로 말했다.

“서도 언가주님이 같이 계시길 왜 바라지 않겠습니까? 하나, 당장 혁 당주님의 목숨이 오가는 판국입니다. 개인적으로는 제 사제의 집안 어르신이기도 한 분입니다. 만약 저분에게 최악의 상황이 벌어지면 제가 어찌 사제 앞에서 낯을 들 수 있겠습니까? 그러니 도와주십시오.”

“허! 나도 그러고 싶다질 않나? 하지만 그럴 수 없는 처지란 걸 자네도 잘 알지 않는가?”

꾸욱.

유정의 주먹이 저도 모르게 꽉 쥐어졌다. 한 대 치고 싶으리라.

그사이에도 혁천소의 비세는 점점 최악으로 달리고 있었다.

마음이 급해지는 유정. 결국 참지 못하고 그 무모한 상상이 얼마나 발칙한지 알려주려 했으나……?

전장의 공기가 달라졌다. 곳곳에서 울려 퍼지던 병기 소리와 괴성들도 갑자기 잦아들었다.

"결국 움직이는군요."

단순히 전장을 가로지르는 걸음만으로도 주변을 일시에 침묵하게 만든다. 더해 모든 싸움이 멈추는 데 그리 시간이 걸리지 않았고. 다들 알고 있는 것이다. 자신들의 싸움은 이제 필요없어졌다는 것을.

압도적인 존재감. 바로 자신을 향해 걸어오는 두 명의 초인들을 두고 하는 말이 아닐까 싶었다.

유정이 말했다.

"마중을 나가야겠지요?"

"…어? 아! 그, 그래야겠지."

벌써부터 주먹에 힘이 들어가 있는 언기욱. 그 모습을 보자니 후회는 아무리 빨라도 늦다는 말이 절실히 다가온다.

"너무 어리군."

생각보다 더 어려 보인다. 그러나 이천상의 말투에는 무시의 기운이 전혀 느껴지지 않았다.

그럴 수밖에 없게도 단순히 마주하러 나오는 그 모습만으로도 숨을 가쁘게 만드는 무형기가 느껴지기 때문이었다.

"허! 어찌 저 나이에 저런 기도를 가질 수 있단 말인가? 천마대주 그 아이보다 더한 괴물이 정파에 있었군."

자신들이 본 최고의 기재 공옥민. 그들에게 천마대주는 여전히 그였고, 전 교주 공천혈에 대한 변치 않는 충심이기도 했다.

“그러고 보니, 어떻게 지내는지 모르겠군. 살아 있긴 한 것 같은데 말이야.”

이천상의 말에 고개를 주억거리는 장태소였다.

“어련히 잘 살아 있으려고. 그리고 절대 가만히 숨죽여 살 놈도 아니지 않은가?”

“그렇긴 하지. 흠 그나저나, 같이 나오는 이는 누군지 모르겠군.”

“누구? 아… 누구지?”

“알 필요 있겠나.”

“하긴, 그래 보이긴 하는군.”

“무슨 얘기를 저리도 정답게 하는 걸까요?”

유정의 물음에 어느 정도 초반의 흥분을 진정시킨 언기욱이 고개를 살며시 저었다.

“글쎄, 협공을 못하게 된 것에 대한 새로운 작전을 구상하는 것일 수도 있겠지.”

그렇게 믿는 것이 자존심에 이로울 언기욱이었다.

서로 간의 거리 오 장 정도를 남기고 네 사람은 마주했다.

그러는 사이 각자의 진영 쪽으로 대부분 물러나 있는 무인들. 그중 당설화의 두 손은 가슴 언저리에서 꽉 쥐어져 있었다.

‘제발 무사히, 절대 다치지 마!’

왜 저리도 싸움 복이 많은지. 상대 또한 그냥 고수도 아니다. 죄다 강호를 호령하는 거인들만 만난다. 그럴 때마다 심장이 떨어졌다 붙었다를 반복하는 여심은 미친다.

절대 적응할 수 없는 내 남자의 위험한 싸움에 온 마음을 담아 걱정과 무사귀환을 비는 당설화였다.

그러던 그녀의 입에서 작은 탄성이 흘러나왔다.

“……아!”

유정과 시선이 부딪쳤기 때문이다. 웃는다. 걱정 말라고.

“응.”

들릴까? 그러기엔 너무 멀다. 그래도 대답을 전하는 당설화였고 곧바로 고개를 갸웃거렸다.

‘정말 신기하네?

전에도 정의단 오 개 단주 임명식에서 유정은 자신을 바로 찾았다. 그 많은 인원 속에서 말이다. 오늘 또 이 많고 넓은 곳에서 어김없이 자신을 찾은 그의 능력이 신기할 수밖에 없는 그녀였다.

사랑. 모든 불가능을 가능케 하는 그 능력 때문이라면 변명일까?

“헤에.”

웃는 것을 보니 아닌가 보다.

어쨌든 그 능력 최대한 발휘해 저쪽을 보고 있던 유정에게 귀에 익은 목소리가 들려왔다.

“자네 지금 뭘 보고 있는 건가?”

이 중요한 상황에 딴 곳을 보고 어라? 웃기까지 하니 황당한 언기욱이었다.

유정이 급히 시선을 돌리며 고개를 숙였다.

“죄송합니다. 누굴 좀 보느라고.”

“애인을 보고 있었나 보군.”

장태소가 입을 열자 뒷머리를 긁적이는 유정이었다.

“그런 것도 연륜이라는 겁니까?”

"허허, 연륜이라고까지 할 게 무에 있겠나. 남자가 그런 미소를 지을 때는 좋아하는 여자를 향할 때라는 것을 알고 있을 뿐이지."

"게다가 예쁘고 자신만 바라보면 죽을 때까지 지워지지 않기도 한다네."

이천상의 말에 '그래요?' 하는 표정이 되는 유정이었다.

"그럼, 두 분도 아직 그렇게 웃으십니까?"

"우리? 허, 그러면야 좋았겠지만, 난 여자보다 독을 더 좋아해서 말이야. 자네는 어땠는가?"

"나? 나도 여자보다 이 녀석들 단련하는 게 더 좋았지."

자신의 열 손가락을 쭉 펴 보이는 장태소였고 그걸로 둘 중 누가 누구인지가 알려졌다.

유정이 포권을 취했다.

"소개가 늦었습니다. 무림맹 소속, 청룡단 산하 부단주의 직위를 맡고 있는 유정이라 합니다."

공손하다. 그게 마음에 들지 않는 듯 입술 끝을 살짝 말아 올리며 포권을 취하는 언기욱이었다.

"진주언가의 가주 언기욱이라 하오."

강호에서 차지하는 비중이 아무리 차이가 나도 상대는 예의를 차릴 필요 없는 적이다. 주눅 들 것 없다는 말투였다.

상대 역시 별 신경 쓰는 눈치가 아니다.

"그쪽에서 그리 나왔으니 우리도 정식으로 소개를 해야겠지. 난 신교 사대장로의 한자리를 맡고 있는 장태소라 하네."

혈인마 장태소. 외모에서 풍기는 기운은 별호 그대로의 인상이다. 하지만 목소리의 진중함과 깊은 눈매에 깔린 서글함이 외모에서 주는 선입견을 상당 부분 상쇄시켜 준다는 느낌을 받는 유정이었다.

뒤를 이어 이천상이 자신의 소개를 했다.

"나 역시 사대장로의 한자리를 맡고 있는 이천상이라 하네. 아, 어제의 서신은 잘 받았는가?"

"예. 보여주신 성의에 다시 한 번 감사드립니다."

고개를 깊숙이 숙이는 유정. 생사를 다툴 적이지만 공과 사는 확실히 구분 짓는 행동이었다.

그러자 자신의 목 부분까지 자란 수염을 쓰다듬으며 입가에 잔잔한 미소를 짓는 이천상이었다.

"성의랄 것까지야. 괘념치 말게나."

"그러기엔 목숨의 무게가 너무 무겁지요."

"흠. 그 나이에 그 무게를 알 정도면 제대로 큰 게야. 누구의 사사를 받았는가?"

"사문은 무당이며, 장로를 지내시는 자운 도장님이 제 사부 되십니다."

"허, 하늘 아래 무당의 검이 가장 가깝다는 말을 들었네만 자네 같은 제자를 키워냈으니 두말이 필요없겠어. 다만… 그 사부의 존함은 내가 들어본 적이 없구만."

이천상의 거짓없는 아쉬움에 유정이 알 만한 이름을 꺼냈다.

"자월 사백님의 사제가 되십니다."

"아, 악불검. 인연이 없어 만나본 적은 없으나 대단하다 들었네. 그래, 그 사람의 사제라면 그 뛰어남이 오죽할까. 자네 같은 인재를 키운 것만 봐도 말일세."

"사부님의 가르침을 따라가지 못하는 미천한 제자일 뿐입니다."

"허허, 젊은 친구가 겸손하기까지 하군. 좋아."

이천상의 담백한 미소가 그들에게 가졌던 유정의 선입견을 상당히 흐려놓았다.

'무시무시한 마인들의 총수들. 그들은 피만 먹고산다고 하더니 뭐야? 저번에 패천마 장소, 그 아저씨… 할아버지쯤 되려나? 그 할아버지도 그러더니 이 사람도 저 사람도 그냥 옆집 할아버지처럼 푸근한 느낌이잖아?'

예전의 이천상을 만났다면 이런 생각을 하지 못했을지도 모른다. 패천마 장소의 '원없는 미소' 때문임을 알 리 없는 유정이었다.

아무튼 어울릴 자리가 아님에도 이 자리를 찾아온 화기애애한 분위기였다.

그래서 홀로 외딴곳에 서 있는 기분, 다시 말해 무시당한다는 느낌이 드는 언기욱의 목소리가 카랑카랑해졌다.

"크음, 이보게. 뭐 알아서 좋을 사이라고. 대충 소개도 끝난 것 같은데 기다리는 사람들도 생각해 줘야 하지 않겠나."

그 까칠한 말투에 장태소의 눈매가 찌푸려졌다.

'하여간 정파 놈들 뻣뻣한 것 하고는 쯧. 그나저나 이놈은 왜 여기 있는 거야?'

이곳에선 쓸모없는 언기욱의 무력. 셋은 알고 본인만 모른다.

유정이 가벼운 한숨을 내쉰 뒤 이천상과 장태소를 번갈아 보았다.

"같이 하실 겁니까?"

솔직히 걱정된다. 아무리 천검문에서 한 단계 발전하는 기연을 얻었고 장소와의 싸움에 자신의 실력을 확실히 인지했지만 그래도 둘은 무리임을 잘 알고 있는 유정이었다.

옆에 언기욱? 논외로 치기도 입 아프다.

그런 유정에게 이천상이 말했다.

"자넨 장소 그 친구를 이긴 무인일세. 게다가 적이고 이곳은 전장이니 합공을 해도 이 늙은이들이 욕을 먹을 일은 없겠지."

"그거야 그렇지요."

유정의 얼굴이 굳어진다. 그러나 이어지는 이천상의 말에 펴지는 건 순간이었다.

"하지만 이 싸움에 이쪽은 나서지 않을 걸세."

이천상의 시선이 자신을 향하자 장태소가 쓴웃음을 지었다. 이미 얘기된 부분, 반대할 생각은 없었지만 막상 이리되고 보니 걱정이 안 들 수 없었다.

그러나 자신의 무인 인생을 걸고 부탁했으니 들어주는 게 의무다.

"이 사람 말대로 난 움직일 생각이 없네."

"그럼 일 대 일이라 생각해도 되겠습니까?"

원하던 바다. 또한 물어볼 필요가 없었다. 이미 장소의 경우에서도 드러났듯이 그와 같은 느낌을 주는 이천상이 거짓을 말할 리 없었다.

그래서인지 유정의 얼굴에 숨길 수 없는 훈기가 감돌자 고소를 짓는 이천상이었다.

"그렇다고 이 늙은이를 너무 무시하진 말게. 그동안 얻은 명성을 돈 주고 산 것은 아니니 말이야."

"아, 예."

유정이 어색하게 웃으며 대답을 했다.

'너무 티났나?'

그랬다. 반면 언기욱은 나름 이 상황이 이해가 가지 않는다는 표정이었다.

'왜 편히 가는 길을 놔두고 굳이 힘들여 가시밭길을 택하는 거지?'

이천상이 전자에 말했듯 이 상황에선 둘의 합공을 탓할 수 없다. 그런데도 일 대 일 비무를 먼저 제의하다니. 싫은 건 아니지만 어쨌든 확약을 받는다는 기분으로 다시 물어보는 그였다.

"정말 믿어도 되겠소?"

"지금 그 말 이 독비도마 이천상을 무시하는 건가?"

이천상의 목소리가 유정과 대화할 때와는 확연히 다른 진동을 울렸다. 동시에 그의 눈동자가 홍색으로 물들었다.

"……!"

순간 자신의 몸이 화끈한 무언가에 관통당하는 느낌을 받은 언기욱이었다.

"가거라. 있을 자리가 아니다."

"무, 무슨… 헉!"

턱!

자신도 모르게 반보 뒤로 물러나는 언기욱이었다. 이제껏 일부러 드러내지 않은 이천상의 마기가 주는 압박감을 이겨내지 못한 것이다. 이어지는 그의 비웃음이 언기욱에게 막을 수 없는 떨림을 선사했다.

"단순한 기력도 감당하지 못할 실력으로 이 자리가 어울린다 생각했느냐."

"……!"

완전한 무시. 그럼에도 반박할 여지를 주지 않는 이천상의 마기에 이를 악무는 언기욱의 신형이 잘게 떨렸다.

스윽.

그때 둘 사이의 중앙으로 나서는 유정이었다.

“상대는 저 아니었습니까?”

약한 놈 괴롭히지 마라는 뜻이었고 이번엔 넷 모두 알아들었다.

이천상이 기운을 거두자 유정이 뒤돌아섰다.

“돌아가 계십시오. 어차피 일 대 일이니 계실 이유가 없으십니다.”

마음 같아선 수준의 차이를 좀 더 느끼게 해주고 싶었지만, 자칫 목숨을 돌보지 않는 오기가 발동되는 건 막아야 했다.

그래 봐야 자신만 손해겠지만, 그 여파가 아군의 사기 저하로 이어지는 게 문제였다.

언기욱이 거친 숨을 몰아쉬며 말했다.

“하아, 그, 그래도 괜찮겠는가.”

안 괜찮으면 어쩔 건지 물어보고 싶게 만든다.

“걱정 마십시오.”

“자네가 그렇게까지 말한다면야…….”

너 혼자 두고 자리를 뜨는 게 영 맘에 안 든다는 표정이다. 하지만 있어봐야 도움이 되지 않는다는 걸 피부로 느낀 그로선 돌아가는 수밖에 없었다. 그래도 이렇게 아쉬운 표정은 지어야 했다.

체면. 때에 따라 목숨을 걸어야 하는 그것을 지키기 위함이었다.

터벅터벅.

그렇게 돌아가는 내내 뒤돌아보며 걱정의 시선을 보내길 몇 번. 이제 제자리로 거의 도착한 언기욱이었다.

“많이 답답했겠어.”

오히려 상대가 자신의 마음을 알아주니 기분이 묘한 유정이었다.

그의 어색한 미소에 더는 말없이 장태소를 바라보는 이천상이었다.

그 시선에 장태소도 자리를 떴고 곧 자신의 진영으로 들어갔다.

이천상이 양손을 깍지 끼며 유정을 바라봤다.

"이래저래 싸움에 임하는 시간이 좀 길었군."

"나쁘지 않은 시간이었습니다."

"나 역시 그러하이. 자, 그럼 시작해 볼까."

"예. 한 수 부탁드립니다."

이제야 시작이다. 지금은 이곳에 모인 이들만 볼 수 있지만 얼마 안 가 전 강호가 보게 될 산서대전의 백미. 그 초인들의 대결이 서로의 미소 속에 그 장을 열었다.

"허! 저, 저런."

손등으로 이마를 훔쳐 내는 중인들의 입에선 연신 탄성이 흘러나왔다. 중천에 위치한 태양의 열기가 아닌 눈앞에 펼쳐진 천외천의 대결 때문이었고 무르익어 갈수록 더해졌다.

ㅊㅇㅇㅇㅊ!

녹아내린다. 대지 위에 솟아난 모든 것들이 흔적도 없이 사라져 버린다고 해야 맞을 것이다.

독공!

검은 연무가 걷히면 여지없이 메마른 대지만이 그 속살을 드러냈다. 이천상의 오십여 년 무위의 정화가 또 다른 뜻의 정화를 대지 위에 만들어내는 상황의 연속이기도 했다.

유정의 입에서 탁한 한숨이 흘러나왔다.

"휘유우―"

숨 쉬기가 이렇게 힘든 줄 몰랐다.

"까딱 숨 한번 잘못 쉬었다간 뼈까지 녹아버리겠는데요."

"그렇게 알고 있었는데 고작 머리카락 하나 녹이지 못하는군."

자신의 천뢰지독(天牢之毒) 안에 갇히고도 멀쩡히 서 있는 유정. 그의 너스레에 자못 여유로운 자세로 화답을 전하는 이천상이었다. 하지만 그의 내심은 풍랑을 만난 나룻배처럼 흔들리고 있었다.

'도대체 어찌 저럴 수가 있단 말인가.'

만독불침의 금강불괴라는 경지가 있다지만 단연코 그런 무인은 역사상 전무했다. 뜬구름 잡는 경지라 할 수 있다.

그러니 자신의 절기에 최소한 안색 정도는 변했어야 되는데.

투둑, 툭툭.

'허! 몸에 묻은 독기를 맨손으로 털어내는가?

황당하다. 중독의 기미도 전혀 보이지 않는다.

이천상의 검게 물든 양손이 본래의 색을 되찾으며 허리춤으로 늘어졌다.

"특별히 독을 제어하는 기물이라도 가지고 있는가?"

그럴 수도 있고 그러길 바란다. 하나,

"어떻게 생긴 겁니까?"

반문에 부정이 담겨 있다.

꿈틀.

상처받은 자존심이 이천상의 얼굴을 본인도 모르게 구겼다 펴게 만들었다. 더해, 지치게 만든다.

독공 역시 몸 안에 축적된 독기를 내력에 담아 흘려내는 것이니 내력 소모는 여타 무인들과 다를 바 없다.

근 반 각 동안 자신이 아는 독공을 모두 뿌려댔으니 지치는 게 당연한 이천상이었다.

　'이기리라 생각하진 않았지만, 이렇게 허무할 줄……!'

　이천상의 힘없던 눈에 갑자기 기광이 번쩍였다.

　"그러고 보니 자네 지금까지 한 번도 공격을 하지 않았었군!"

　내내 공격만 했지 수비할 일이 없었다는 것을 상기한 이천상이었다.

　그러자니 유정 본인도 내가 이걸 왜 들고 서 있나? 하는 표정으로 자신의 묵검의 검면을 손가락으로 한번 튕긴 뒤 이천상을 바라보았다.

　"어르신의 독공을 막기도 숨 막히는 판국에 공격할 여력이 어디 있었겠습니까?"

　"크음."

　믿지 않는 표정이 역력한 이천상의 반응에 아랫입술을 할짝거리는 유정이었다.

　'쩝. 정말인데.'

　진심이 통하지 않는다. 이천상의 독공에 중독된 것만도 수십 차례요, 그때마다 전력을 끌어올려 독기를 태우기 바빠 공격할 여유가 없었다는 것을 말이다. 그렇다고 딱히 그의 불신이 이해가 안 가는 것도 아니다.

　중독된 독을 내력으로 태운다는 것은 엄청난 공력 손실을 필요로 함은 당연지사. 종래에는 소모된 내력 때문에 태우지 못하고 중독이 되는 수순을 밟아야 한다. 그러나 유정의 현재 모습은 그 수순을 반복했다고 보기엔 너무 태연했다. 믿지 않을 수밖에 없었고 누군들 상상이나 했겠는가. 내력을 소모해도 그 즉시 내력이 다시 복구되는 순환의 연속을. 그 상식에 위배되는 공식을 말이다.

　스윽.

늘어뜨린 양손 중 한 손을 이마 위로 올리는 이천상이었다.

'덥군.'

찡그린 눈매가 작열하는 태양을 직시하길 잠시, 이천상의 주름진 눈매가 유정에게 옮겨갔다.

"나이를 먹을수록 다른 것은 모르겠는데 유난히 추위와 더위에는 몸이 무력해지더군."

"아직 젊은이 못지않아 보이십니다."

"아니야, 보는 눈이 있어 간신히 참고는 있네만 솔직한 지금 심정으론 어서 그늘 속에 들어가 시원한 물 한잔 들이키고 싶은 마음이 간절하다네. 그래서 말이네만……."

"말씀하시지요."

유정의 채근에 이천상의 얼굴로 단호함이 깃들었다.

"내 말년에 조그마한 성취를 얻어 이름을 무형심인지독(無形心印之毒)이라 붙여봤네."

형(形)이 없이 심(心)으로 펼치는 독공.

자신이 펼칠 수 있는 최강의 독공이리라.

'이름에서도 느껴지네.'

꾸욱!

이 대결의 종지부가 될지도 모를 일수 교환. 그 폭발하려는 긴장감에 유정의 손 안에서 땀방울들이 비명을 질러댔다.

유정의 검끝에 작열하는 태양이 묵빛의 색감을 만들었다.

"오시지요. 그늘로 보내 드리겠습니다."

오만하다. 그러나 자격이 있어 당당해 보인다.

"그래 주면 고맙지. 단지."

이천상의 쌍장이 그의 양옆에서 반원을 그리기 시작했고 그의 홍채가 서서히 수축되었다.

"이걸 견뎌낸다면 말일세!"

츠아아악!

기괴한 소음과 동시에 그의 쌍장에서 반경을 최대한 좁힌 채 극도로 농축된 무형의 기운이 빛살처럼 유정을 향해 쏘아졌다.

'흡! 마주하면 형체도 없이 녹아버린다.'

이번만은 내력으로 태우고 자시고 할 문제가 아님을 본능적으로 느낀 유정이었다.

휘익!

그의 신형이 쾌속한 움직임을 보이며 좌측으로 옮겨졌다.

'피하면 그만이……!'

유정의 눈동자가 찢어질 듯 부릅떠졌다.

피한 줄 알았던 독기의 여파가, 아니, 독기의 정화가 자신을 따라오는 것이었다.

'뭐, 뭐야!'

휘익! 츠으윽!

"……!"

뭐고 자시고 간에 여전히 따라온다.

'이, 이런 뭣 같은!'

이 순간 묵혼선강을 상대했던 적들의 심정을 십분 공감하는 유정이었다. 아니, 이건 형체도 보이지 않으니 그보다 더 심하다. 또한 자신이 그랬던 것처럼 이천상의 신형이 일정한 거리로 따라붙고 있었다.

"다 좋은데 거리 제한이 있어서 말이야."

이천상의 목소리가 대면 이후 가장 자신감에 차 있다.

승리. 그 향방의 추가 자신을 향하고 있음을 느끼는 것이었다.

휘익! 츠아악!

"흐읍!"

유정이 독공을 피하며 지나간 주변 이십 장 안에서 구경을 하던 이들의 신형이 일시에 흔들렸다.

독기를 농축하기 위해 반경을 최대한 줄였는데도 그 여파가 밀려든 것이었다. 필생의 공력을 독공으로 전환시켰다는 반증. 그러니 검으로 막을 수도 없다.

'검강도 녹이겠군!'

육신과 뼈는 오죽하랴.

휘익. 츠으윽. 휘이익!

불난다. 발바닥에 불나는 유정이었다.

'어쩌냐! 어찌해야 하냔 말이다, 유정아!'

잘 안 굴러가는 머리 간만에 굴리려니 짜증이 물밀듯 올라온다.

아, 미친다. 돌아버리⋯⋯!

'그렇게?'

뭔가 스치는 생각에 거두절미 검끝으로 내력을 폭사시키는 유정이었다. 그사이에도 연신 하체로 순환되는 내력은 끊이지 않았다.

쑤욱! 부우욱! 퍼벙!

"커억!"

"허업!"

충돌음에 이은 주변의 단말마.

'이건 또 뭐야!'

유정의 눈에 놀람이 서렸다. 자신의 반격에 대한 예상치 못한 주변 반응 때문이었다. 그 뒤로 따라붙는 이천상의 해석이 이어졌다.

"보이진 않지만 자신을 따라붙는 나의 독공을 검끝에 응축된 강기로 충돌시킨다라. 한 번에 안 되면 계속, 그러다 보면 내 독공의 위력이 점점 감소할 테니까. 음, 좋은 임기응변일세. 다만 주변의 여건을 포함시키지 못한 점이 아쉽군. 충돌시 퍼지는 독기의 여파를 자네는 견딜지 모르나 주위 사람들은 감당해 내지 못하니 말이야."

"그, 그러게 말입니다."

대답이 영 비굴하다. 차라리 그건 몰랐다고 시인하는 것만 못함이 분명했다.

'제길! 그럼 이제 어쩌란 힉! …말이야!'

휘익! 츠으윽!

그렇듯 쫓고 쫓기는 추격전이 계속 이어졌고 아무것도 할 수 없는 유정의 불만이 점점 머릿속을 꽉 채우기 시작했다.

멀리서 이런 둘을 바라보는 언기욱의 눈동자가 바들바들 떨리고 있었다.

"허! 빨라도 너무 빠르군."

극쾌! 신법의 극점을 구사하는 두 사람의 추격전은 신형을 지우고 소리만 남긴다. 간혹 희미한 잔영이 보이긴 했지만 안 보이는 거나 마찬가지였다.

'저들과 같이 있었던가!'

조금 전까지 자신이 있었던 자리. 그곳에 저들이 있었다.

'미친 짓이었군.'

죽고 싶어 안달난 놈으로 보였을 것이요, 들어도 싼 소리였다.

언기욱의 굴곡진 이마에 혁천소의 감탄이 파고들었다.

"다르다, 다르다. 완전히 격이 다르군요."

자신들과 천마대의 전투가 초라해 보일 정도로 수준이 다른 초인들의 대결. 솔직히 화려하진 않다.

일방적인 공격과 수비만이 있으니 그러했다. 그렇다 해서 누가 우위에 있다 볼 수도 없다. 가늠할 능력도 되지 않기에.

이래저래 노는 물이 다르다는 것만 확신하는 혁천소였고 전장을 메운 모든 이들의 심정도 그와 별반 다르지 않았다.

유정의 얼굴은 잔뜩 일그러져 있었다.

'하— 지친다, 지쳐!'

내력은 처음과 같다. 일각 동안 도망만 치고 방법을 모색하지 못하는 것에 대한 심(心)적 피로함이었다.

그래도 멈출 수 없는 유정이었고 그것이 유일한 타계 방법임을 아직 모르고 있었다.

반면 이천상의 얼굴엔 유정과의 거리를 좁히지 못하는 것에 대한 조급함이 묻어 나오고 있었다.

'허! 저놈은 지치지도 않나?'

짧은 거리의 신법에 우위는 내력의 높고 낮음보단 그 신법이 가지는 묘리가 앞설 수 있다. 그와 반대로 장시간 펼치는 신법의 우위는 단연코 내력이 우선이다.

즉 지금처럼 서로 간의 거리가 좁혀지지도 멀어지지도 않는다는 것은 둘 간의 내력이 비슷하다고 볼 수 있었다.

유정의 나이를 생각하면 정말 놀라운 화후라 볼 수 있다. 하나 익히 장소를 이긴 무인이기에 놀라진 않는다. 다만 힐끗힐끗 돌아보는 저놈의 얼굴에는 왜 지친 기색이 없단 말인가. 자신은 다리가 후들거려 비끗하려는 것을 이를 악물고 참아내며 달리고 있는데 말이다.

거리 제한. 독공의 유일한 약점이 화선지에 먹물이 번지듯 드러나기 시작한다. 그래서 얄밉다. 녹여 버리고 싶다. 그러나 잡히지 않고 멀어져만 간다. 이대로라면 조만간 자신이 먼저 지칠 것이 눈에 선한 이천상이었다.

휘익. 츠으윽.

이후로도 반 각 정도의 추격전은 계속되었으나 변한 것은 두 걸음 정도 벌어진 둘 간의 거리뿐이었다.

이천상의 눈에 후회의 기운이 어렸다.

'협공을 했어야 되었던가?

장태소가 앞에서 막고 자신이 뒤에서…….

'히히, 쓸데없는 잡념이로다.'

이만 끝내라는 계시 같다. 솔직히 어길 기력도 없다.

터벅.

이천상의 걸음이 멈췄다. 그가 만들어낸 최고의 정화 역시 동시에 소멸되었다.

"……?"

유정의 줄행랑도 조심스레 끝을 맺었다.

"안 따라오십니까?"

그러고야 싶지만 거칠게 새어 나오는 숨결이 그럴 힘이 없음을 자각시킨다.

“후우─ 후─ 벅차군.”

“벅차요? 그러시다면… 제가 갈까요?”

유정이 한 발짝 거리를 좁히자 손사래를 치는 이천상이었다.

“벅차다 했는데 공격을 하겠다니 이 늙은이를 죽이겠다는 건가?”

너무 당당하게 물어본다. 그러자니 당연한 대답을 주저하게 되는 유
정이었다.

“아니, 꼭 그런 것만은 아니지만 그래도…….”

“되었네. 이제 그늘을 찾아야겠어.”

땡볕에 밭 갈다 온 농부가 할 법한 말을 너무 자연스럽게 하는 이천
상이었다. 그리고는 터벅터벅 자신의 진영으로 걸어가기까지.

‘뭐, 뭐야?’

뺑찐 표정의 유정이 한 손을 들어 이천상을 불러 세웠다.

“저, 저기.”

“뭔가?”

물어보면서도 걸음을 멈추지 않는다.

“그, 그냥 들어가시는 겁니까?”

“왜, 더 할 말이라도 있는가? 있다고 해도 여기선 못 듣겠으니 저기
그늘로 와서 하던가.”

턱짓으로 자기편 가장 깊숙한 곳을 가리키는 이천상이었다.

이쯤 되니 이마에 굵직한 골짜기가 안 패이면 유정이 아니다.

“지금 싸움을 포기, 아니, 져놓고 땡깡 부리시는 겁니까?”

“허허, 땡깡? 난 그런 말 모르네. 아, 졌다는 말을 인정함세.”

이런 성격을 시원하다 해야 하나 능글맞다고 해야 하나? 물어보면
연륜이라고 우길 얼굴이다.

‘나 참. 기분 더럽게 묘하네.’

줄기차게 공격만 하더니 자기 힘 빠졌다고 너 이겼단다.

어느새 자기 진영으로 돌아가 버린 이천상의 등 뒤로 이겨놓고 진 것 같은 기분에 잔뜩 인상 더러워진 유정만이 남았다.

“…….”

전장이 고요하다. 의외성을 동반한 어정쩡한 비무 결과에 침묵이란 현상으로 나타난 것이었다.

그리고 산서대전의 백미는 아직 끝나지 않았다.

“역시 이겼군.”

등 뒤에서 흘러나오는 목소리에 광효성의 고개가 모로 돌아갔다.

“이기긴 이겼는데, 기분은 더럽겠어. 뭐 어쨌든 그 사람을 이길 만하긴 하네.”

자신의 말에 뒤쪽에 앉아 있던 인물이 자리에서 일어나자 다시 유정이 서 있는 쪽을 바라보며 묻는 광효성이었다.

“나가려고?”

“이런 자리를 기대한 것은 아니지만, 상황이 상황이니 안 나설 수도 없잖아.”

분위기는 완전히 저쪽으로 넘어갔다. 이대로라면 천마대가 승리를 한다 해도 상당한 출혈을 감수할 수밖에 없다.

지금은 아니지만 예전의 부하들. 그들의 피를 보는 게 결코 좋을 리 없는 일호였다.

광효성도 동의를 표하듯 고개를 끄덕였다.

“그건 그렇지만 상대는 장 장로를 이긴 무인이야. 지금도 이 장로를 이겼고."

일호와 패천마 장소 간의 결투 내용을 본인에게 직접 들은 광효성.
그때 일호의 말은 자신의 실력이 아직 장소에 못 미친다 했다.

유정과의 결투에 나서려는 일호가 걱정될 수밖에 없는 이유였다.

그런 광효성의 어깨에 한 손을 올리는 일호였다.

"걱정 마라. 죽을 거였다면 그곳이나 화산에서 벌써 죽었을 목숨이
야. 이제 와서 아까울 것도 없어."

"허! 말하는 싸가지 좀 보게. 지금까지 눈 씻고 찾아봐도 어디에 숨
었는지 보이지도 않더니만, 갑자기 나타나서 한다는 소리가 목숨 아깝
지 않다고? 지금 그걸 위로라고 하는 거냐?"

어깨에 올려진 일호의 손을 툭 밀어내는 광효성이었고 일호의 얼굴
로 가벼운 미소가 어렸다.

"딱히 위로라고 한 말은 아니었지만 필사즉생 필생즉사(必死卽生 必
生卽死:죽고자 하는 자는 살 것이요, 살고자 하는 자는 죽을 것이다)라 했으니
그걸 위안 삼고 그냥 구경이나 해."

"호! 이게 숨어 지내더니 말발만 늘어왔소."

광효성의 눈매가 가늘어지자 가벼운 콧방귀를 뀌는 일호였다.

"비아냥거리지 말고 아까 내가 한 말이나 잘 기억해 둬."

"네가 패하면 천마대를 물려라?"

"그래."

어차피 장로들은 그들의 약속대로 이 싸움에서 빠질 게 분명하다.
이런 상황에 천마대가 아무리 강해도 결과만 못할 내용이 뻔한 싸움에
아까운 대원들을 희생할 필요 없다는 것이 일호의 생각이었다. 이 싸
움에 나서는 명분이기도 했다.

광효성도 그 생각에는 동의했지만 명분에는 주저했다. 그에 뭐라고
말하려 했으나 일호가 손을 들어 막았다.

"됐어. 어차피 그게 아니어도 저 녀석과는 청산할 빚이 있으니까."

"공 대주의 복수 건 말이야? 야야, 그건 이제 안 지켜도 돼."

"알아. 지킬 생각도 없어졌고."

"그럼, 다른 이유가 또 있어?"

광효성의 물음에 일호의 어깨가 일순 떨리는 것 같았다.

"있지. 확실히 있고말고."

목소리도 떨리는 듯한 게 뭐라 물어보기가 무서울 정도다.

광효성의 고개가 옆으로 갸웃거려졌다.

'그 이유가 대체 뭐길래 분위기가 저리 싸한 거야?

알 리 없다. 본인이 자신했던 외모가 논두렁으로 처박히는 그 참담
한 기분을.

일호의 한 발이 거칠게 내디뎌졌다.

"나보다 못생긴 것이."

전장의 중심으로 나아가는 일호. 그의 두 눈은 외모의 자신감을 찾
으려는 전의로 불타오르고 있었다. 그리고 전장에 멀뚱히 서 있던 유
정의 귓가에 뒤늦은 함성이 찾아왔다.

"우와와와와—"

터질 듯한 함성. 한쪽만 그러했고 나머지 한쪽은 침묵 그 자체였다.
그러던 그 한쪽에서 경악과 환대 섞인 목소리가 터져 나왔다.

"대, 대주님이시다!"

"뭐? 아! 대주님이시다!"

유정이 서 있는 곳으로 다가가는 인물. 바로 자신들의 대주인 일호

임을 알아본 천마대원들. 곧 그들의 진영에서 전장이 떠나가라 함성이
터져 나왔다.

"우와와와와—"

이천상의 패배로 인해 가라앉은 분위기가 일시에 되살아난다.

유정이 '뭐야? 왜 그러는데?' 하며 자신에게 다가오는 이를 바라보
다 깜짝 놀란 표정을 지었다.

"너, 너!"

"귀신이라도 봤나? 그 손가락 내려."

어느덧 오 장 거리를 두고 걸음을 멈춘 일호의 뚱한 목소리에 유정
이 손을 내리며 말했다.

"천마대주라니, 무슨 말이야?"

"무슨 말은? 그 말 그대로지."

다시 맡을 생각은 없지만 굳이 부정할 필요성을 못 느끼는 일호의
대답에 입술을 꿈지럭대는 유정이었다.

"너… 내 제의를 거절하더니 마교에 취직했냐?"

꿈틀!

이놈과 말을 섞으면 왜, 속이 뒤틀리는지 모르겠다.

일호의 입에서 딱딱한 음성이 흘러나왔다.

"그 얘기는 하고 싶지 않군."

"그래? 하기야 자신의 진로는 자신이 정하는 거지. 그나저나… 왜
나왔냐?"

꿈틀!

아, 열받는다. 그래도 잘 참는 일호였다.

"왜 나왔다고 생각하나?"

“글쎄. 나 보고 싶어서 나왔을 리는 없고…….”

“붙자.”

“잉?”

“왜 안 되나?”

“아니, 안 될 건 없지만. 하긴 그쪽에 취직했으면 내가 적이겠군. 그래도 갑자기 붙자니… 그거 부탁이야?”

“그렇게 생각해도 되고.”

“쩝.”

오늘따라 부탁하는 자세들이 왜 이리 당당한 건지.

“아까 대결은 봤을 테고, 싸울 만하다고 생각해서 나온 거겠지?”

“그거야 겨뤄보면 알겠지.”

자신감이 충만한 일호의 눈빛이 자신을 마주하자, 뭔가를 고민하듯 잠시 눈매를 일그리뜨리는 유정이었다.

알게 모르게 호승심을 느꼈던 일호와의 첫 만남. 그의 실력이 벽을 넘었다는 것은 이미 부림맹에서 알아봤다. 즉, 부탁이라고 우기든 말든 쉬이 마주할 수 없는 상대임에 분명하다.

그래서 별 뜻 없이 물었다.

“부탁이라고 했으니 그에 걸맞는 선물도 가져왔겠지?”

“물론.”

“어라? 있어?”

언제나 뜻밖의 선물은 기꺼운 법. 유정이 상황에 어울리지 않는 반색을 보이자 자신의 진영을 둘러보는 일호였다.

“저들을 대표해서 나왔다면 선물이 되겠지?”

“호— 그 말 네가 패하면 천마대 역시 이 싸움에서 물러나겠다는 소리로 들리는데?"

"……."

일호의 무응답. 그 안에 긍정의 뜻이 내포되어 있음을 모를 리 없는 유정이었고 이 정도면 싸울 이유가 충분하다.

유정이 말없이 검을 들었다. 마찬가지로 일호 역시 등에 맨 검을 뽑았다.

스아아아악!

발검에 이은 두 사람의 검에 내력이 감싸이자 산서평원에 강력한 폭풍이 이는 듯하다.

그 순간 두 사람의 신형이 폭풍의 진원지를 접어버리듯 서로의 거리를 급격히 좁혀 들어갔다.

이것으로 이번 산서대전의 진정한 백미가 그 베일을 벗기 시작, 더불어 절대십오천의 사검(四劍)에서 벗어나 유정을 일천(一天)으로 만들어준 결전이 뜨거운 태양 아래 작렬하는 기점이기도 했다.

쐐애액! 쩌정! 쿠콰콰쾅!

제운종에 가미된 권각의 보법의 익숙함은 유정에게 새로운 신법의 탄생을 알렸고 그 속도는 시공을 지배했다.

그렇게 충돌한 검격의 파괴력은 주위 오 장 반경을 초토화시켰다.

"이익!"

발끝이 움푹 파이는 느낌에 응축된 내력을 발산하는 일호의 입에서 야무진 호성이 흘러나왔다.

터텅!

밀어낸 검격에 좁쌀만 한 틈이 생겼다.

"챠아앗!"

그 틈을 이용하는 일호의 날카로운 일격에 유정의 몸이 뒤로 쭉 빠졌다가 일시에 원 상태로 돌아왔다.

쩌저정!

"큭!"

유정의 빠른 반격에 일호의 입에서 침음성이 흘러나왔다.

그리고 느꼈다.

'정면으론 힘들다!'

내력의 차이. 십여 합의 공방은 자신의 내력이 유정에게 확실히 밀린다는 것을 알려주었다.

스륵!

그보다 언제 자신의 옆으로 온 것인가?

쓰아아악!

"흡!"

대경실색. 일호의 숙인 머리 위로 유정의 검이 묵광을 일렁거리며 스쳐 갔다.

'기회!'

유정이 검을 회수하기 전 자신의 검을 일직선으로 내뻗는 일호였다.

쩡!

'막혔다!'

쩌릿한 손맛이 유정의 묵검에서 비롯됨을 느끼는 일호의 눈에 곧 감탄의 빛이 일었다.

'저곳으로 막은 것인가!'

촌격. 그보다 더 짧은 극격의 거리를 점한 자신의 공격을 검잡이로 막아낸 유정의 수비력에 절로 감탄이 나온다.

철벽!

묵검을 소지한 유정의 수비력이 철벽처럼 느껴지는 순간이었다.

공격 또한 일품이다.

핏!

"……?!"

유정이 검면을 옆으로 흘리자 일순 목표를 잃어버린 일호의 검끝. 그 위로 일호의 어깨를 향해 짧은 거리, 극격의 패력을 담은 유정의 좌장이 내밀어졌다.

퍼벙!

"컥!"

일호의 몸이 뒤쪽으로 무섭게 튕겨져 나갔다.

입에서 흐르는 피. 내력에 이어 수비력도 유정에 미치지 못함을 증명해 준다.

이어진 유정의 검은 섬광이었고 일호의 몸을 갈기갈기 찢어버릴 듯 휘둘러졌다.

쩌엉! 터터터턱!

현란하다. 그래서 밀려난다. 안 된다는 것을 알고도 정면으로 막아 낸 결과였다.

"호! 잘 막는데?"

검날의 교차 위로 강자의 여유가 철철 넘쳐흐른다.

"익!"

오기가 발동된다.

"어어, 굳이 힘써가며 밀어내지 마. 안 그래도 떨어질 거였으니까!"

쭈우우욱!

유정의 신형이 뒤로 쭉 밀려났다. 밀어붙일 의사가 전혀 없어 보인다.

'왜?!'

"어딜 보는 거야?"

휘리릭! 쩌정!

'크윽! 뭐, 뭐야!'

왜, 자신의 우측에 유정이 있는 건가? 분명 저쪽으로……?

'환영!'

정면엔 아무것도 없다. 기가 찰 환영신보였다.

쩡! 쩌정!

도끼 찍듯 내리꽂는 유정의 묵검. 장소의 장보다 더 무거웠고 태산 같은 중압감을 선사한다.

일보 이보, 계속 밀리는 일호의 신형이 애처롭게 흔들렸다.

그 안에서 번쩍이는 충돌의 파동은 번개를 만들고 주위 인물들 모두의 눈에 잊을 수 없는 낙인이 되어갔다.

그중 광효성의 두 주먹이 꽉 쥐어진 채 잘게 떨리고 있었다.

"자, 잘 막았어! 어어! 저, 저렇게 무식하게 휘둘러도 되는 거야!"

그의 입에서 연신 일호를 걱정하고 유정을 욕하는 소리가 교차되어 흘러나왔다. 그 사이사이 자신을 탓하는 소리 또한 잊지 않고 내뱉었다.

"아이고, 이 미친놈아! 저런 놈한테 복수를 하자고 했으니 미친놈. 죽으라고 절벽으로 떠민 거잖아!"

질투심이 안 날 정도로 강하다고 믿었고 실제로도 그러했다. 비록 장소와의 대결에서 득세는 보지 못했지만 지금 다시 붙으면 밀리지 않으리라 자부했다.

자신이 바라본 일호는 분명 그러했다.

그래서 유정과의 대결에 걱정은 했지만, 막지는 않았다. 그러나.

'막았어야 했어!'

뛰는 놈 위에 나는 놈 있다 했던가!

강함을 뛰어넘는 극강. 인간의 한계를 초월한 유정의 무위에 광효성의 시선 또한 일호의 흔들리는 신형처럼 애처로웠다.

그 뒤로 거리를 두고 앉아 있는 이천상과 장태소의 눈에도 놀람만이 가득해 있었다.

"허! 저런 놈과 싸웠단 말인가?"

혀를 내두르는 장태소였고 남 몰래 가슴을 쓸어내리는 이천상이었다.

'잘 빠져나왔어. 암! 저런 공격을 막으려 했다간……'

생각하기도 싫다. 독공이 아닌 검날에 뼈가 녹아내리는 것은.

이천상의 시선이 전장을 벗어나 천산이 있을 곳을 향했다.

'이것이었나? 자신이 질 만해서 졌다는 그 후련함이.'

씨익.

웃는다. 장소와 같이 상대를 인정함에 패배가 수치스럽지 않았던 그 원없는 웃음이 이천상의 얼굴에 이제야 그려지고 있었다.

그에 반해 웃기는 웃으나 그 뜻이 이천상과 다른 두 사람이 있었다. 그중 입술을 지나 턱에서 떨어지는 타액을 닦을 생각도 못하고 있다가 흠칫 자신의 실태에 놀라며 입 주변을 닦아내는 혁천소였다.

"저, 저렇게 강해도 되는 건가!"

말로 표현하기가 겁날 정도다. 경악은 기본이요, 이젠 유정이 인간

같지도 않아 보인다.

언기욱 역시 다를 바 없었다.

"저, 정말 대단하군. 그나저나 상대 역시 초절정고수 같군."

저 움직임. 충돌시 터져 나오는 내력의 충격파. 대적해 보지 않아도 유정과 싸우는 인물이 자신과 격이 다른 무인임을 알 수 있었다.

강호는 넓고 숨은 기인이사는 모래알과 같다는 말이 이처럼 실감날까 싶다. 그런 무인을 일방적으로 몰아붙이는 유정.

"허허! 하늘 위의 하늘이 저기에 있었구나!"

절대십사천 위에 새로운 일천(一天)이 탄생하는 순간이었다.

그렇듯 자신의 위치가 이젠 올라갈 곳이 더 이상 없을 정도로 격상되는 것을 알기나 할까?

"좋아! 좋아!"

쩌정! 쩡!

내려치고 베며 휘두르는 손속에 흥이 잔뜩 묻어난 것이 알 리 없는 유정이었다.

타탓. 쑤욱.

더 이상 밀리면 안 된다 생각했을까? 일검을 흘리지 않고 정면으로 받아낸 일호의 신형이 바닥에 뿌연 먼지를 일으키며 삼 장 뒤로 튕겨 나갔다. 겉으로 보기엔 그가 밀려난 것처럼 보였지만 아쉽게도 상대는 유정이다.

"일부러 거리를 벌린 건가?"

"알아주니 고맙군."

저 입을 찢어버리고 싶은 일호의 안색은 창백했다.

‘내상을 입은 건가!’

막기만 했다. 그럼에도 진기가 들끓으니 이보다 명백한 실력의 차이
가 없다.

‘그래도!’

물러날 수도 그럴 생각도 없다.

번쩍!

일호의 신형이 유정을 향해 정면으로 백색의 광채를 만들었다.

정면 대결.

지금까지 나타난 수준의 차이로 보아 무의미해 보인다.

물론 상대하는 유정이야 신날 뿐이다.

“좋아… 응?”

눈앞으로 짓쳐 오던 일호의 신형이 사라지자마자 옆에서 나타났다.

착시 현상이라 느낄 만큼 빠른 신법!

쐐애액! 쩌저정!

여지없이 얽혀드는 두 사람의 검에서 또다시 광풍이 일었다.

그러나 예상된 결과. 이 정도는 우스운 유정의 반격이 시작……!

“헉!”

유정의 입에서 다급성이 터져 나오며 신형을 급격히 회전시켰다.

퍼퍼퍼펑!

자욱한 먼지가 일고 잠시 후 두 사람의 모습이 드러났다.

좌측 소매가 찢겨져 나간 유정. 그의 입에서 이해할 수 없다는 의문
이 흘러나왔다.

“뭐, 뭐였지?”

자신의 옆구리로 파고들던 보이지 않는 중압감. 막지 않았으면 필시

낭패를 봤을 것이다.

그와 이 장 거리를 두고 떨어져 있는 일호의 어깨가 여유롭게 파도를 탔다.

"무형기의 변환."

"보이지 않았는데."

"당연히 보이지 않지. 그보다 물어볼 거라 생각하진 못했는데."

초절정고수면 다 쓸 수 있는 기술이다.

누가 가르쳐 주는 것은 아나나 스스로 알 수 있다. 잠자고 일어나는 것처럼 자연스럽게 말이다.

그런데 저 표정.

'쓸 줄 모르나 보군.'

본인이 쓰고도 별 피해를 못 주리라 생각했기에 오히려 이쪽이 기가 막히다. 더해 고맙다.

"길이 보이는군."

"무슨 길?"

"이기는 길이."

휘익!

또다시 사라진 일호의 신형. 전과 같이 유정의 옆에서 나타났다. 그 순간 그의 좌장이 모아졌다 퍼졌고 극히 짧은 시간이었다.

쐐액! 쩡! 퍼퍼퍼펑!

여지없이 이전 상황이 연출되었고 이번엔 유정의 좌측 소매 끝이 팔꿈치 부분에서 나풀대고 있었다.

"거 고놈 참! 귀찮은 기술이네."

그렇다고 내버려 두었다간 치명적이니 짜증나기까지 한다.

그래서일까?

"어떻게 쓰는 거야?"

적에게 물어보는 추태를 보이는 유정이었다.

"……."

잠시 멍해진 일호의 입에서 어이없다는 광소가 터져 나왔다.

"크큭. 크하하하핫!"

어떻게 저런 놈이 이리도 강할 수가 있는지 정말 궁금해진다.

"생사투를 벌이는 적에게 지체없이 물어본다라… 순진한 건가? 아니면 멍청한 건가?"

"비꼬지 마. 그냥 궁금해서 묻는 거니까."

"대답해야 하나?"

"부탁해도 들어줄 얼굴이 아닌데?"

"잘 봤어. 유일한 길을 스스로 막을 바보는 아니니까."

"그래? 그럼 말고."

"하―"

맥 빠진다. 니름 심각했고 생명의 위협까지 느끼는 이런 상황에 왜 이런 잡소리를 늘어놓고 들어야 하는 걸까.

일호의 두 눈에 전에 없던 분노가 일었다.

"쓸데없는 농담은 이만하지."

"가르쳐 주기 싫대서 됐다는데 그걸 농담이라니, 거 섭섭하네."

움푹!

"싸우기나 해!"

파팟!

준 거 없이 얄미운 유정을 향해 일호의 신형이 또다시 폭사되었다.

그렇게 다시 공방에 들어간 둘의 격전은 초반과 반대로 일호의 일방적인 공격과 유정의 수비가 이어졌다.

"짜증나!"

쩌정! 퍼퍼퍼펑!

"이런 제길!"

퍼퍼퍼펑! 쩌정!

어찌 이리도 적응력이 없는 걸까. 무형기의 변환 공격과 검격에 순서만 바꾸는 일호의 이중 공격에 유정의 수비는 판에 박힌 듯 똑같았다.

'이긴다!'

이길 수 있다는 생각이 일호를 지배한 것도 그 순간이었다.

'일격참!'

일검에 본신 내력의 절반을 사용하는 최강의 공격기. 상대는 이전의 공격처럼 아무 생각 없이 막을 것이다. 그 뒤는 천검 진인과 다르지 않을 것이다. 지금의 어려움은 줄지언정 승리를 가져올 수 없는 이 상황을 자신 쪽의 확실한 우세로 바꿔줄 것이라 믿어 의심치 않는다.

'죽이진 못해도 남은 내력으로 충분히 승리할 수 있다.'

그 시기를 놓고 저울질하는 일호의 눈에 주위 풍경이 사라지며 오직 유정만이 들어차기 시작했다.

집중! 이 순간 승리로 가는 발판이다.

'…지금이다!'

쐐애애액!

전과 동일한 일호의 공격 형태에 자연스럽게 검을 막아가던 유정의 눈에 한순간 이채가 일었다.

'응?'

다르다. 역사에 전무후무할 정도로 단기간에 명성을 쌓아 올린 유정. 그만큼 누구도 따라올 수 없는 실전을 한순간에 경험했다. 개중에는 초절정고수만 네 명이나 있었다. 누가 있어 평생에라도 이런 실전을 벌일 수 있을까. 그 경천동지할 격전에 유정의 무위는 계속 진보를 거듭했고 그때마다 그의 감각 또한 늘어났다. 그 실전 감각이 최고조에 오른 지금. 유정의 감(感)이 경종을 울린다.

이번 일검은 전과 동일한 형태지만 실린 내용이 다르다고!

쩌저저정! 쿠와와와왕!

전에 없는 파공음이 평원을 뒤흔들었다.

투투투투툭.

비산하는 흙먼지가 장맛비처럼 사람들 머리 위로 쏟아졌고 그 중심에 믿을 수 없는 표정의 일호가 서 있었다.

"어, 어떻게!"

흘렸다. 검을 막지 않고 흘린 유정의 방어에 자신의 절반 공력이 대지를 갈랐다.

그 결과 이 장 거리를 두고 서 있는 두 사람을 중심으로 끝을 알 수 없는 깊이와 길이의 구덩이가 만들어져 있었다.

'휘유― 저걸 정면으로 막았다간.'

치명상은 고사하고 그 엄청난 검력에 밀려 자신의 검이 주인의 몸을 자르고 들어왔을지도 모른다.

'이놈아, 주인을 죽인 사검이 되지 않은 걸 천만다행인 줄 알아라.'

묵검을 바라보며 듣지도 못할 감사를 강요하던 유정의 시선이 일호에게 옮겨졌다.

“아, 어떻게라고 했나?”

“…….”

“음… 감(感)이라고 하면 대답이 되려나?”

“……감이라.”

시차를 두고 한마디를 하는 일호의 목소리가 바닥에 깔려서 흐른다. 내력의 급감이라는 강에 유정의 대답이 허무함의 소용돌이를 만든 것이다.

‘겉으로 드러나지 않는 일격참의 위험을 단지 감으로 알았단 말인가! 아니, 그것을 알았다 해도 그 생사가 갈리는 촌각의 순간 일격참을 흘려낸 그의 능력이 더 대단한 거겠지.’

인정하기 싫지만 인정해야 한다. 자신보다 강하고 아마도…….

‘그가 있는 한 교의 중원일통 계획은 요원한 일이겠군.’

일호의 검이 다시 들렸다. 싸우기 위해서가 아닌, 등을 향해서.

그 모습에 유정이 묵검을 삐딱하게 들어올리며 말했다.

“포기한다는 뜻이야?”

“듣고 싶나?”

“쩝, 딱히 듣고 싶은 것은 아니지만, 오늘따라 진 사람들이 너무 당당한 것 같아서 말이야.”

저 멀리 누군가의 어깨가 움찔했고 그쪽으로 몸을 돌리는 일호였다.

“…진 것은 인정하지. 하나.”

“하나?”

“너보다 내가 낫다!”

“잉? 뭐가 나보다 낫다는 거야?”

“이것만은 평생 이길 수 없을 거다. 훗!”

"평생 이기지 못하다니? 그보다 뭔 웃음이 그래? 어이, 어이!"

아까와 같다. 멀어져 가는 등을 향해 손 들고 서서 이겨도 진 것 같은 기분이 드는 것이. 거기다 일호의 빈정 상하게 만드는 뜻 모를 웃음까지 더해지자 유정의 기분이 바닥을 쳤다.

第七章

우리는 강하다

경 천동지가 무색할 정도의 충격이 강호를 휩쓴 지 이틀이 지났다.

발 없는 말이 강호 구석구석까지 퍼지기에 그 시간은 결코 짧은 시간이 아니었다. 그사이 새로운 일천(一天)의 하늘을 연 유정의 명성은 이제 영웅에서 신격화되는 현상에 이르렀다.

그리고 한 다리 건너면 두 배로 부풀어지는 것이 소문의 특성이라 했던가. 그중 가장 부풀려진 경우는 이럴 정도였다.

마교의 사대장로이며 절대십사천의 초절정고수 두 명과 그에 버금가는 천마대주. 이렇게 총 세 명의 합공도 묵혼신검의 검 아래 패퇴. 본인들 스스로 상대의 무위에 감복, 무릎을 꿇고 고개를 숙여 극상의 경의를 표했다. 그에 격분, 천마대 이백의 마인들이 유정을 에워쌌지만 그의 일초에 오십 명이 생을 마감하자 기절초풍, 정신 혼미, 상황 파악의 수순을 거쳐 결국에는 뭐 빠지게 도망치기에 바빴다더라 하는 경우였다.

거참, 유정과 함께 산서대전에 참가한 무인들이 듣기에도 민망할 정도로 터무니없이 부풀려진 소문이었다. 그러나 아무도 그 소문에 대해 그건 아니다 진짜는 이랬다 하는 변명이나 설명을 하지는 않았다.

자신들이 본 것만으로도 유정의 활약은 경외를 넘어 신격화되기에 충분한 무위를 선보였기 때문이다. 또한 그런 인물이 지금 시기에 자신들과 같은 편에 서 있다는 광고 효과를 굳이 깎아낼 필요가 전혀 없었기 때문이기도 했다.

그래서 막지 않았다. 그 주인공의 코가 구름을 뚫고 하늘에 닿든 말든 말이다.

"일처언… 풋! 일처언… 풋! 일천이라……. 풋!"

"그만 좀 하지. 그리고 그 풋! 하는 것도."

"어허, 왜 그러실까? 자기 남자가 유명해지면 우리 설화 낭자는 배가 아파지는 그런 여자였던가아? 풋! 일처언."

"후— 그래, 아주 죽을 때까지 일처언만 하고 살아라. 살아."

왜 아침부터 이놈 방에 온 것일까? 이제 와 후회하며 자리에서 일어나는 당설화였다.

"가려고?"

"그럼, 나보다 일처언이 더 좋아서 입에 달고 사는 놈, 뭐가 예쁘다고 옆에서 보고 있겠어? 흥!"

입술 툭! 고개가 팽! 돌아가는 것이 삐친 티 확 난다.

그러자 뒷머리를 긁적이며 일어나 그녀와 눈을 맞추는 유정이었다.

"에이, 그렇다고 가긴 어딜 간다는 거야?"

"어디긴, 내 방에 가는 거지."

"네 방? 여기가 네 방 아니고?"

"왜 여기가 네 방이야? 니 방이지."

"아아, 난 또 눈 뜨면 너밖에 보이지 않으니까 여기가 우.리. 방인 줄 알았지."

"칫, 하여간 그 주둥이는 침이나 바르고 그런 소리를 하는 건지."

혀를 쌜쭉 내미는 당설화. 이미 유정의 우리 방이라는 표현과 눈 뜨면 너밖에 보이지 않는다는 말에 방금 전까지 삐쳤던 기분은 어느 정도 가라앉은 표정이다.

유정이 그녀의 어깨에 한 손을 올렸다.

"침이라면 지금이라도 바르면 되는 거고, 아까 주둥이에 일처언을 달고 사는 놈이 뭐가 예쁘냐고 했지?"

"그런데?"

반문하는 숨소리가 약간 거칠어진 당설화. 둘 간의 거리가 너무 가까워서였고, 살짝 옆으로 돌린 그녀의 얼굴에 홍조가 깃들었다.

아는지 모르는지 계속 느끼한 눈으로 그녀를 바라보는 유정이었다.

"그럼 내 주둥이에 뭘 달고 살아야 우리 설화가 예뻐해 줄까?"

"뭐?"

"방금 그랬잖아. 일처언을 달고 사는 놈이 뭐가 예뻐서 옆에 있겠냐고. 그러니까 물어보는 거야. 뭘 달면 예뻐해 줄 거냐고."

"그, 그거야."

생각해 보지 않고 한 말이다. 그래서 우물쭈물하는 당설화의 입술. 그걸 바라보는 유정의 눈매가 반달을 그렸다.

"뭘 달면 예뻐해 줄지 잘 생각이 안 나?"

"뭐? 아… 응."

"난 아는데."

"뭘?"

자기가 물어보고 뭘 알아? 하는 눈빛이 되어 유정을 바라보는 당설화였다.

그러자니 자연스레 마주하게 되는 두 사람. 거리는 지척. 각자의 숨결이 얼굴에 와 닿을 정도다.

콩닥콩닥.

이렇게 뛰다 터지는 것 아닐까 하는 생각이 당설화의 머리에 드는 순간, 그녀의 눈이 튀어나올 듯 커져 버렸다.

"흡!"

연풍을 동반한 단말마가 포개어지는 두 사람의 입술에 잠겼다.

당설화의 눈이 혼미해지는 정신에 본인도 모르게 감긴다. 두 손은 어찌할 줄 모른다며 힘없이 늘어져 바닥을 향했다.

"……."

그렇게 얼마나 지났을까. 두 사람의 입술이 서서히 떨어지자, 유정의 눈에 붉어진 얼굴로 눈을 감은 채 가는 숨을 가쁘게 몰아쉬는 당설화가 들어왔다.

전에도 예뻤지만 이 순간만큼은 아니었으리라.

다시 그녀의 뺨에 가볍게 입술을 스치자 몸을 가늘게 떠는 당설화였고, 그녀의 얼굴을 자신의 가슴 쪽으로 끌어당기는 유정이었다.

"이거 맞지?"

"……."

다리에 힘이 풀리는 것을 간신히 지탱하고 있는 그녀에게 대답할 기력이 있을까? 다만 여자의 침묵은 긍정이라 했다. 유정이 내놓은 답이 생각지도 못한 답이라 해도 말이다. 더불어 감격이 전해진다.

유정이 그녀의 등을 토닥이며 조용히 속삭였다.

"울어? 바보. 울지 마. 그리고 말했던가?"

"……."

"유정이 설화를 아—주 좋아한다고. 그러니까 울지 마."

"……응. 흑흑."

왜, 눈물이 나는지는 모르겠지만, 이런 행복한 눈물이라면 멈추고 싶지 않은 당설화였다.

더불어 점입가경.

여난의 회오리는 이제 마지막 남은 대상의 입술 접촉 성공으로 그 세를 급격히 확장, 태풍의 전조를 보이기 시작하며 현재 호북성을 지나고 있었다.

"크—음!"

제갈진천의 깔깔한 기침 소리에 남궁휘의 양쪽 눈매가 가늘어졌다.

"거 사람하고는. 왜, 목에 가래라도 끼었는가?"

"끄음. 가래는 무슨."

침을 삼키듯 목울대를 한번 울적이고는 제갈진천의 눈매도 살짝 얇아졌다.

'선수를 치시겠다?'

산서대전의 대승 소식이 전해지자 무림맹의 분위기는 후끈 달아올랐다. 일각에서는 이 기세를 몰아 천산으로 무인들을 집결시켜 이번 전쟁을 종결짓자는 의견이 나올 정도로. 그 외에도 수많은 의견들이 난무했다. 그리고 그 중심에는 당연하다는 듯 유정의 이름이 선두에 거론되었다.

마치 이번 전쟁의 성패가 유정 하나에 달린 것처럼 말이다. 언뜻 너무 한쪽으로 치우치는 것이 아닌가 하는 불안감도 들지만, 아무렴 어떠랴. 자신에게 올라오는 의견들을 종합, 분석, 차후에 쓸 만한 것들을 추려내는 제갈진천의 손길은 바쁜 와중에도 흥이 잔뜩 묻어나 있었다.

하긴, 자신의 사위가 될 사람이라 철석같이 믿고 있으니 당연하리라. 그런데 그 좋았던 기분을 아침 댓바람부터 불쑥 찾아와 한 방에 날려 버리는 남궁휘였다.

"유 부단주와 화련이의 혼약을 이곳에서 치러주려 하는데 그래도 되겠는가?"

이런 부탁성 질문을 휘두르며 말이다.

"흐음."

자신을 가늘게 쳐다보는 남궁휘를 마주 보며 차를 한 모금 마시고는 입을 여는 제갈진천이었다.

"본시, 무림맹이란 정파무림의 공동 집합체라 할 수 있네. 다시 말해 그 누구도 사적으로 이곳을 사용해서는 안 된다는 말이기도 하지. 맹주님이나 나를 포함 구대장로의 신분을 가지고 있는 자네라 해도 그건 마찬가지일세."

불가(不可)를 내비치는 제갈진천의 말에 남궁휘는 그의 책상에 한 손을 올렸다.

"그러니 이렇게 부탁을 하는 것이 아닌가?"

그 큰 얼굴에 사뭇 애원조의 눈빛이 더해졌지만 들어줄 제갈진천이 아니다.

"이미 말하지 않았는가? 이곳은 공동…….."

"허, 이 사람 참. 몰라서 그러는 것도 아니고, 아니까 이리 부탁하는 것을 그렇게 원리 원칙만 내세울 필요 뭐 있는가? 아닌 말로 자네가 허락하면 맹주도 거절을 안 할 것이고 다른 장로들도 이해를 할 것인데 그 누가 뭐라고 하겠는가?"

솔직히 그렇다. 하나 제갈진천이 그러고 싶지 않다니까!

"자네가 아무리 뭐라 해도 안 되는 것은 안 되는 것이네. 그리고 말이 나와서 하는 얘기네만, 혼인이란 인륜지대사라 하였는데 자네 지금 유 부단주의 의견은 듣고서 이리 말하는 건가? 유 부단주는 나의 명을 받고 봄부터 맹을 나서 강호 전역을 누비고 있다는 것을 모르는 사람이 없는데 그사이 이곳에서 나간 적이 없는 자네가 언제 물어보았는가?"

꼬물!

남궁휘의 손가락이 꼼지락거리는 것만 봐도 물어봤을 턱이 없다.

이에 여유를 두지 않고 말을 잇는 제갈진천이었다.

"게다가 이제 와 우리 사이에 숨길 것도 없지 않은가? 유 부단주가 자네 여식과 내 딸아이 둘 모두 좋아하고, 두 아이 역시 유 부단주를 놓고 절대 물러설 생각도 없다는 것을 말일세. 그건 우리 두 사람도 마찬가지 아닌가?"

"크음!"

괜스레 자신 앞에 놓인 찻잔 둘레만 만지작거리는 남궁휘였다. 너무 대놓고 말하니 마땅히 할 말이 생각나지 않는 것이었다.

제갈진천이 가벼운 한숨을 쉬고는 주전자를 들어 남궁휘의 잔으로 가져갔다.

"괜히 애꿎은 잔만 만지작거리지 말고 자, 한잔 받게."

"거, 만지작거리긴 무슨."

남궁휘가 어색하게 잔을 들자 차를 따라주며 말을 하는 제갈진천이었다.

"유 부단주… 분명 탐나는 사람일세. 요즘 강호에 그만한 인재 없고 분명 앞으로의 강호는 그의 손에 좌우될 공산이 크지. 이건 나도 알고 자네도 아는 사실이며 이제 모든 강호인들이 알아가는 사실이기도 하네. 그래서 놓치기 싫고 뺏기기 싫은 마음 나라고 왜 자네와 다르겠는가? 하나, 그 문제만은 당사자들이 선택할 그 아이들만의 몫일세. 아무리 부모라 해도 그 선택과 결정에 나설 수 있는 문제가 아니라는 말이네. 물론 이런 말을 하는 나 역시 방금 전까지 나설 생각만으로 가득차 있었네만 자네와 이렇게 말하다 보니 그게 아니야."

"……."

"그래서 하는 말이네만, 가만히 있어보세."

"나서지 말자는 말인가?"

"사람 마음이 누가 막는다 해서 막히고 흘러가라 해서 흘러가는가? 그저 자연스럽게 흘러가는 대로 가다 보면 어느 한곳에서 막히겠지. 그 흐름을 막지 말고 가만히 보기나 하자는 걸세. 그리고……."

말을 흐리며 열린 창문으로 시선을 가져가는 제갈진천이었다.

"그 마음이 어디에서 막히든 흐르는 동안에는 행복할 아이들이니 우린 옆에서 그 행복을 지켜보는 것만으로 만족하세나."

"…만족해하자라. 그것이 자식의 사랑에 대한 부모의 몫이란 게군."

"어쩌겠는가. 부모가 다 그런 게지."

"허, 거참……."

한숨만 나온다. 반박할 생각도 없다. 부모가 다 그런 거다.

"태풍이라도 오려나."

남궁휘의 시선에도 푸른 하늘… 아니, 거무튀튀한 게 태풍이라도 올 듯한 먹구름이 담겨 있었다.

거의 직각이다 싶게 깎여진 천산의 절벽 한 자락을 일단의 무리들이 능숙하게 이열 종대로 오르고 있었다.

푸슥! 투루루루룩.

그들 중 가장 위쪽, 양옆에서 절벽을 오르는 두 명의 발치에서는 연신 자잘한 가루가 떨어져 내렸다.

뒤이어 그들이 지나간 자리로 올라서는 이들은 윗사람들이 미리 파 놓은 홈을 발판 삼아, 보다 안전하게 절벽을 오르고 있었다.

그렇게 올려다보기가 목이 아플 정도로 높았던 절벽의 꼭대기에 잠시 후 모든 이들이 올라섰다.

누군가의 입에서 낮게 깔린 목소리가 흘러나왔다.

"모두 갈아입도록."

그에 나머지 인원들이 대답을 생략한 채 가슴속에 넣어두었던 흑의를 꺼내 들고 갈아입기 시작했다.

천(天).

옷을 갈아입은 모두의 가슴에 동일하게 쓰여 있는 글자였다. 공옥민의 눈에 그 글자가 달빛에 반사되듯 유난히도 선명하게 들어왔다.

그러던 그의 귓가로 바람 소리가 아닌 다른 소리가 포착됐다.

"모두 조용."

공옥민의 한마디에 벗은 옷을 한곳에 모으던 대원들의 신형이 일시에 멈췄다.

곧 마욱의 입에서 그들에게 익숙한 이름들이 흘러나왔다.

"창경이와 오복, 그리고 상혼이입니다."

공옥민이 고개를 끄덕였다.

"모두 하던 일 계속해라."

그의 말이 끝나고 얼마 안 가 세 명의 인물이 모습을 드러냈다.

그중 금창경이 반 발짝 앞으로 나서며 고개를 숙였다.

"맡기신 임무는 확실히 알아봤습니다."

"음, 수고했다. 모두 저쪽으로 가서 옷을 갈아입도록 해라."

"예."

뒤쪽으로 향하는 세 명의 등 뒤로 마욱의 목소리가 들렸다.

"원태와 교명이는 땅을 파고, 다들 벗은 옷들은 잘 접어서 그곳에 집어넣도록 해라. 아, 미리 말했듯 옷 속에는 자신이 가지고 다니던 물건, 음… 머리카락도 좋다. 아무튼 같이 넣어두는 것 잊지 말도록 하고."

"예."

대답을 하고도 망설이는 눈빛들이 복잡한 감정을 내비치는 대원들이었다. 과연 무엇을 넣을 것인가. 무엇을 넣어 이승에서 자신들이 살았다는 것을 증명할까에 대한 고민이었다.

"……."

공옥민이 뭐라고 말을 하려다 천산의 수많은 능선 한 자락으로 고개를 돌렸다.

지금 부하들이 하고 있는 고민의 무게. 본인들밖에 모르리라.

자신이 지금 해줄 수 있는 일은 그 무게를 짊어질 부하들에게 넉넉한 시간적 배려뿐이었다.

마욱이 그런 공옥민의 반보 뒤에 서며 자신있는 어투로 말했다.

"걱정 마십시오. 저들이 누굽니까? 무적을 자랑하는 천마대입니다. 까짓 목숨에 미련이 남아, 혹은 그 미련이 아쉬워 고민을 할 정도로 저들은 약하지 않습니다. 그런데 뭡니까? 가장 잘 알아주셔야 할 분이 뒤돌아서서 부하들이나 외면하시고."

"……."

대답이 없다. 구구절절 옳은 소리를 하는 마욱의 말에 반박할 여지가 없어서였다.

고개를 돌려보니 약간 오만하다 싶게 턱을 들고 자신을 바라보는 마욱이 보인다. 이때처럼 그가 믿음직스러운 적이 있었나 싶을 정도의 공옥민이었다.

그렇게 바라보던 두 사람의 시선이 자연스럽게 뒤쪽으로 옮겨갔다.

그리고 그곳엔 이미 자신들의 고민을 땅속에 묻고 마주 바라보는 부하들이 있었다.

잠시 후, 모두 모인 자리에서 이곳에 먼저 도착, 교내로 진입하는 새로운 길에 대해 알아본 금창경의 보고가 있었다. 그중에는 옛 부하들이었지만 이제는 가장 걸림돌이 될 천마대와 두 명의 장로가 교내를 비우고 있다는 희소식도 섞여 있었다. 더불어 산서평원의 전투 소식과 그에 따른 부대 정보도 함께…….

"푸핫! 정말 그놈이 독비도마 이 장로님을 이겼단 말이야?"

물이 담겨져 있던 가죽 주머니를 놓치는 마욱이었다. 그만큼 놀랐다는 반증이었고 자신의 발치에 튄 물기에 아랑곳하지 않고 보고를 잇는 금창경이었다.

"그뿐만이 아닙니다. 얼마 전에는 패천마 장 장로님까지도 그와의 대결에서 패하셨습니다. 더 놀라운 건 그 두 대결 모두 호각이 아닌 한쪽으로의 치우침이 극명했다는 것입니다."

"컥!"

사레가 걸릴 정도로 놀란 마욱의 눈이 튀어나올 듯 커졌다. 옆에 서 있던 공옥민의 눈에도 놀람의 기운이 완연했다.

'그 정도로 발전했던가!'

자신과 싸운 것이 불과 일 년 전이다. 비록 지기는 했으나 서로의 실력은 호각이었다. 일 년이 지난 지금, 자신은 조그마한 성취를 이뤘다. 이런 실력이면 패천마 장소와 독비도마 이천상과도 붙어볼 만하다는 것이 본인의 견해였다. 그러나 지금 금창경의 말대로 유정처럼 일방적인 우세를 점하기엔 무리가 따른다. 즉 유정의 실력이 일취월장, 본인보다 앞선다는 증거였다.

'여전히 신기한 놈이군.'

의외로 질투는 나지 않는다. 그저 상대의 발전에 놀람만이 있을 뿐이다. 그 내면에 유정과 자신의 사이는 적이라기보다 무인 대 무인이라는 순수한 호적수 기질이 깔려 있어서인 것 같다.

하나가 발전하면 그것을 발판 삼아 자신도 발전하는…….

자신과 유정의 관계를 정립하면 그 정도가 아닐까 하는 공옥민의 얼굴에 가벼운 미소가 어렸다.

'그러고 보니, 잘 지내고 있는지 모르겠군.'

다시 볼 날이 있을 거라 했다. 그 약조에 그녀는 어떨지 몰라도 본인은 손가락을 걸었다.

‘그 약속을 지키기 위해서라도 이번 일은 꼭 성공한다.’

짧은 상념을 개인적인 다짐으로 마무리하는 공옥민이었다.

뒤이어 그와 마욱을 포함 몇몇 부하들과의 짧은 의견 조율이 오고 갔다. 이내 의견이 조율되자 자신들의 행보에 대한 결정을 부하들에게 공고하는 공옥민이었다.

“현재 교내의 상황은 전시 상황. 저 간악한 음태성이 교도들의 피를 앞세워 전쟁을 일으킨 것에 대해서는 모두 알고 있을 것이다. 더욱이 사막의 천서련이라는 단체와 손을 잡기까지 했다. 이는 강자존을 숭배하며 오롯이 세상에 우뚝 서 있던 신교의 명예에 씻을 수 없는 치욕을 가져온 결과라 아니 할 수 없다. 참으로 통탄할 일이며 바로잡아야 할 의무가 우리에게 있음을 이 공옥민과 그대들이 천명(天命)으로 대신하기 위해 오늘 이 자리에 모였다. 그러니 두려워하지 말라! 멈추지도 말라! 오직 서로의 등을 보며 앞으로 나아가 끝까지 갈 것이다. 그곳에 우리가 있을 것이다. 자, 천마대는 너희들의 대주 공옥민의 명을 들으라!”

“충!”

“우리는 사지를 뚫고 이곳에 다시 돌아왔다!”

“충!”

“우리는 천명을 대신해 음태성을 처단하고 이번 전쟁에 새로운 전기를 마련할 것이다!”

“충!”

“그러기 위해 우리가 해야 할 일은 무엇인가!”

“전진! 오직 전진뿐입니다!”

목숨을 던지길 아까워하지 않는 열혈무인들의 가슴에 폭풍과도 같은 뜨거운 열기가 휘몰아치기 시작했다.

교주전의 분위기는 마치 비가 온 뒤 햇볕에 말리지 않아 눅눅한 곰팡내가 나는 이불을 덮은 듯 칙칙하게 가라앉아 있었다.

“…졌단 말이지.”

가슴이 답답하다. 믿었던 천마대와 그들을 이끌고 간 두 장로가 이름도 듣지 못한 무인 한 명에게 깨지고 패퇴 중이니 왜 아니겠는가. 그 속에는 유정에게 꺾인 천마대주를 으레 광효성으로 짐작하고 묻지 않은 음태성의 오해도 섞여 있었다.

“후—우!”

그의 한숨에 벽면을 밝히던 횃불이 일렁거린다. 태사의 옆에 기대듯 앉아 있는 추성린 역시도 가는 한숨을 보탰다.

“하—아!”

음태성의 이마에 진한 굴곡이 파였다.

“이렇게 믿을 놈이 없단 말인가, 믿을 놈이.”

이럴 때 일호만 곁에 있었더라도 이렇게까지 답답하진 않았을 것이다. 자연스레 음수빈의 못난 얼굴이 떠오르자 이가 갈리는 음태성이었다.

“그 버러지 같은 놈 때문에…….”

“그래도 아직 교에는 저와 마경단, 그리고 흑마대를 비롯해 수많은 교도들이 있습니다. 또 원로원의 전대 장로들도 있고요. 그러니 너무 심려치 마세요.”

나름 위로를 건네며 음태성의 가슴 어림으로 얼굴을 파묻는 추성린이었다. 그러나 받아줄 상황이 아니다. 음태성의 손가락이 매몰차게 그녀의 이마를 밀어냈다.

"천마대와 혈마대가 밀려난 마당에 흑마대와 마경단이라고 다를 게 뭐가 있겠느냐. 또한 원로원의 퇴물들은 본 교의 수성에만 그 힘을 사용한다는 걸 모르고 하는 소리도 아니고. 필요없다. 지금은 있어봐야 필요없는 힘이란 말이다! 끌!"

혀를 차는 것으로 마무리하는 음태성의 목소리엔 짜증이 물씬 풍겨 나왔다.

고개가 모로 돌아간 추성린의 눈매도 활처럼 휘었다.

'누군 몰라서 그러냐!'

답답해하니까 위로 차원에서 빈말이라도 건넨 것인데 그걸 짜증으로 받아들이니 그녀 역시 짜증이 난다.

'흥! 기껏 생각해서 옆에 있어주었더니. 그래! 혼자 어디 한번 실컷 툴툴거려 보아라!'

스윽.

태사의에 기댄 몸을 일으키는 추성린이었다.

"나가보겠습니다."

"……."

손목만 까딱이는 음태성이었다.

교주전을 빠져나가는 추성린의 얼굴에 찬바람이 쌩하다.

그러거나 말거나 현 상황의 돌파구를 찾기 위해 온 정신이 팔려 있는 음태성이었다.

'차라리 모든 교도들을 이끌고 내가 직접 나서?'

그래서 결판이 난다면 당장에라도 그러고 싶다. 하지만 자신과 비슷하거나 조금 더 강한 무위를 지닌 두 명의 장로도 교내의 가장 강한 단체를 이끌고 나가 실패한 상황이다.

'보장이 없어.'

승리한다는 보장이 없다. 오히려 전자에 비해 더 낮은 확률을 가지고 있을 정도니.

'그렇다고 이대로 밀리기만 하다간 이번 전쟁의 책임론이 일어날 것이 분명한데…….'

먼저 일으킨 전쟁이다. 더욱이 전례가 없던 다른 손의 도움까지 구한 상태다. 분명 이대로 시간만 축내다가는 이 부분에 대해 교내에서 거센 비판이 대두될 것이 당연했다. 그 중심에 세 명의 장로들이 있을 것은 불 보듯 뻔했고 아직까지 교내에서 그들의 신망은 두터웠다.

물론 자신의 계획대로 전쟁의 향방이 흘러가고 결국 승리를 한다면야 이 모든 비판과 장로들의 선동을 잠재울 수 있을 것이다. 하지만 돌아가는 상황이 그렇지가 못하니 미치겠…… 덜컹!

"……?"

고민 가득한 음태성의 시선이 정면을 향했다.

"뭐냐!"

아무런 보고나 기척없이 갑자기 열리는 문으로 음태성의 날카로운 목소리가 던져졌다. 현재의 불편한 심기를 대변하는 것이었다. 그곳엔 방금 전 나갔던 추성린이 서 있었다.

"아무리 추 장로라 해도 이렇듯 무례……."

"크, 큰일났습니다!"

자신의 말을 자르며 허겁지겁 몇 걸음 뛰어와 부복하는 추성린의 태도에 음태성의 아미가 좁혀졌다.

"무슨 일이기에 그리 허둥대는 것이냐!"

"교, 교내에 침입자가 들어왔습니다!"

"침입자? 무슨 소리냐? 이곳이 어느 곳인데 침입자가 생겨!"

"저도 방금 흑마대주에게 보고를 받고 이곳으로 오는 길이라 자세한 내막은 잘 모르겠지만, 분명 그리 말했습니다. 침입자들이 교내에 진입했다고."

꽝! 퍼서서석!

음태성의 주먹이 태사의 한쪽을 날려 버렸다. 벌써 몇 개째인지.

"지, 지금 그것이 무슨 망발이냐! 교내에 침입자가 진입했다고!"

추호도 상상해 보지 않았다. 천산의 수백 수천의 봉우리들을 병풍 삼아 이제껏 총단의 위치가 외부로 유출된 적도 없다.

수성불패!

적의 침입을 애초에 불허하는 곳이 바로 이곳이다. 그럴진대 이미 교내에 발을 디뎠다니 황당한 음태성이었나.

그러나 그도 엄연한 한 단체의 수장. 곧 상황 파악에 대한 빠른 정리가 이루어졌다.

'목숨이 아깝지 않다면 이 상황에 거짓을 고할 리는 절대 없다. 그렇다면……!'

음태성의 가슴이 요동치기 시작했다.

"정파의 떨거지들이냐!"

산서평원의 승리로 그 기세를 몰아 이곳으로 쳐들어왔다고 생각한 것이었다.

추성린이 숙였던 머리를 더욱 조아리며 떠듬거렸다.

“그, 그것이… 단지 흑마대주의 보고로는 적들의 수가 오십을 넘지 않는다고 했습니다.”

그들이 정파 측 무인들인지는 듣지 못했다. 그저 적들의 난입 보고만 듣고 이리로 급히 달려온 추성린이었다.

음태성이 가쁜 숨을 진정시키며 중얼거렸다.

“오십이 넘지 않는다고?”

승리의 기세를 몰아 쳐들어왔다고 보기엔 너무하다 싶을 정도로 소극적인 공격에 소극적인 인원수다.

음태성이 정문을 향해 소리쳤다.

“당장 흑마대주를 불러오라!”

흑마대주 상관경이 급히 교주전에 들어섰다.

“부르셨습니까!”

상황의 급박함에 겉치레를 생략하고 추성린의 옆으로 부복을 하는 상관경이었다.

음태성이 그의 정수리를 노려보며 말했다.

“적들이 쳐들어왔다는 것이 사실이더냐? 교내로 이미 진입했다는 말도?”

“예!”

“뭘 한 것이냐? 어째서 교내에 적들이 침입할 때까지 그들의 낌새를 모를 수가 있단 말이냐?”

상관경을 부르고 그가 오기까지의 공백 동안 음태성의 머리를 지배하는 의문이기도 했다.

그 의문에 모호한 대답을 꺼내놓는 상관경이었다.

“정문이 아닌 다른 곳으로 침입한 것 같습니다.”

“……!”

총단이 위치한 봉우리는 정문으로 통하는 길 외엔 모두 기암절벽으로 이루어져 있다. 다른 길이란 있을 수 없다 자부하는 음태성이었다.

“지금 그것이 말이 된다고 보느냐!”

“…믿기진 않으시겠지만, 그 방법이 아니고선 저희들의 이목을 속이고 교내에 침입한 적들의 사정을 이해할 수 없을 듯합니다.”

“이……!”

단순히 책임 회피를 하려고 주워담은 말이 아닐 것이다. 상관경의 말대로 그 방법이 아니면 이해가 안 가는 상황이지 않은가.

어금니를 꽉 깨문 음태성이 숨을 참다 참다 거칠게 뱉어냈다.

“모든 과실은 차후에 논의하기로 하고 우선 흑마대주는 현 상황을 최대한 신속히 수습하도록!”

“예!”

대납과 동시에 교주전을 빠져나가는 상관경이었다.

그러나 너무 황당해서 정작 물어봐야 할 것을 빼먹은 음태성의 제지에 다시 돌아와 부복을 했다.

“적들의 정체는?”

“아직 파악되지 않았습니다. 하지만 천산 주위로 대규모 병력이 집결했다는 보고는 올라오고 있지 않습니다.”

상대의 정체가 무엇이든 간에 그들로 끝이라는 말이었다. 다시 말해 음태성이 걱정하는 정파의 공격이 아닐 가능성이 크다는 말이기도 했다.

“오십 명 내외라는 것은 확실한 것이냐?”

“부하들의 보고로는 그렇습니다.”

“알았다. 빨리 가서 정리하도록 해라.”

“예!”

상관경이 교주전을 빠져나가자 음태성의 얼굴로 일순 여유가 찾아들었다.

‘고작 오십 명?

본 교가 그 정도 인원으로 어찌 될 곳이었다면 이 자리를 탐내지도 않았을 것이다. 우습기도 하다. 한편으론 별 떨거지 같은 것들까지 본 교를 우롱하는 것 같아 자존심이 상한다.

그가 태사의에서 일어나 추성린을 지나치며 말했다.

“어디 한번 그놈들 면상이나 구경하러 가보자.”

“예.”

음태성의 뒤를 따르는 추성린. 그들에게 적들의 침입에 대한 당혹감은 이미 사라져 있었다. 오직 간덩이가 부어 배 밖으로 튀어나온 적들의 면면이 궁금할 뿐이었다.

한편, 적들의 침입에 최일선으로 막아간 흑마대원들의 눈에는 불신의 기운이 역력했다.

자신들이 누군가. 비록 말석을 차지하고는 있지만 상위 두 곳을 제외하고는 그 어느 단체라 할지라도 비교를 불허하는 마교의 삼대전투 부대 중 하나다. 그런 자신들 두셋은 가볍게 쓰러뜨리는 저들. 게다가 쓰러진 동료들 모두 팔과 다리에 상처가 집중되어 있는 것이 당장에 죽을 정도는 아니었다. 마치 부상만 입히려고 일부러 손을 쓰는 느낌이 들 정도였고 확연한 실력의 차이기도 했다. 무엇보다 저 글자. 저 글자가 눈에 익었다.

"크아아악!"

누군가의 상념을 깨우듯 흑마대원 중 한 명의 입에서 고통스런 비명 성이 터져 나왔다.

그때 싸움의 중앙으로 걸어나온 인물의 도(刀)가 번쩍 치켜 올라갔 다.

"모두 싸움을 멈춰라!"

내력이 실린 그의 목소리가 장내를 뒤엎자 거짓말처럼 싸움이 멈췄 다. 싸울 상대의 한쪽이 순식간에 전열에서 이탈했으니 당연한 결과였 다.

중앙에 나선 이의 목소리가 이어졌다.

"이미 알아보는 이들이 있는 것 같으니 단도직입적으로 말하겠다. 우리가 누군가!"

그의 말에 뒤쪽에 도열한 인물들이 동시에 대답했다.

"천마대입니다!"

"그렇다. 우리는 천마대이며 나는 마욱이다!"

"……!"

흑마대원들의 눈빛에 불신과 다른 동요가 일었다. 작금의 상황에 대 한 혼란함이었다. 그도 그럴 것이 지금 자신들 앞에 나타나 혈인도 마 욱을 주장하는 인물. 비록 대는 다르지만 자세히 보니 모를 리가 없는 얼굴이었다. 응당 반가워야 했지만 상황이 그렇지 못하다. 교내의 반 역자로 낙인찍혀 있으니 말이다. 하지만 그 내막을 전혀 모르는 것도 아니다. 묘독문에서 공옥민을 따르지 않고 다시 교로 돌아온 천마대원 들에게 그 속사정을 들었기 때문이다.

이래저래 갈팡질팡하는 흑마대원들이었고, 그들의 귀에 너무도 익숙한 목소리가 이어졌다.

"내가 돌아왔다."

"……!"

웅성웅성.

모두의 시선이 마욱의 곁에 서는 인물로 향했다.

"처, 천마대주님이시다!"

"살아계셨습니까!"

역시 괜히 대주가 아니다. 공옥민의 등장에 흑마대원들의 태도가 마욱이 나섰을 때와는 확연히 다르니 말이다.

"쳇! 내가 나설 때는 우물쭈물하던 놈들이 대주께서 나서시니 그냥 정리가 되나 봅니다."

맨땅이 무슨 죄가 있다고 툭툭 차는 건지 모를 마욱이었다.

공옥민이 그의 시기 어린 말투와 쪼잔한 행동을 가볍게 무시하며 한 걸음 나섰다.

"비록 대는 달랐지만 모두들 다시 만나서 반갑다. 그 회포는 잠시 뒤로 미루고 이곳에 온 목적을 말하겠다."

"……."

"난 단지 하나의 목숨만을 원할 뿐이다."

공옥민의 말에 모두의 눈동자로 긴장감이 감돌았다.

그들도 알고 있는 것이다.

왜 공옥민이 이곳으로 다시 돌아온 것인지를.

웅성웅성……!

그때 흑마대원들이 좌우로 갈리며 공옥민의 눈에 익숙한 인물이 모습을 드러냈다.

공옥민이 자신의 할 말을 잠시 미루고 그에게 고개를 숙였다.

"오랜만에 뵙습니다, 장 장로님."

"음, 일 년 만이로군."

그사이 공옥민의 외견은 별반 변한 것 같지 않다. 저 오만하기까지 한 당당한 눈빛도.

장소의 입가로 보일 듯 말 듯한 미소가 어렸다.

"신색에 변함이 없는 것을 보니 그간 잘살았나 보이."

"염려해 주신 덕분입니다."

"염려는 무슨. 그나저나 상황이 어느 때인데 같은 편끼리 이리들 치고받는 건가? 쯧쯧!"

혀를 차는 장소의 말에 눈을 빛내는 공옥민이었다.

"그 말씀, 저희들의 복귀를 막지 않겠다는 뜻으로 해석해도 되겠습니까?"

분명 같은 편이라고 했다. 혹여 장소를 비롯해서 이 자리에 없는 나머지 두 명의 장로들이 자신들의 복귀를 반대할까, 내심 초조했던 공옥민이었다.

장소가 의미심장한 눈빛을 전했다.

"그 대답을 하기 전에 먼저 한 가지를 물어보겠네."

"하문하십시오."

"자네가 이곳으로 돌아온 목적과 그 결과가 교내의 율법에 부합되는 것인가?"

단순히 음태성의 목숨만을 취하러 왔다면 교주를 죽이러 온 적으로 간주해야 한다. 그러나 그의 목숨을 취하고 교주의 자리에 올라선다면 그것은 강자존의 율법에 포함되기에 적으로 간주하지 않는다.

단순하지만 그 뜻이 명확히 갈리는 장소의 질문이었다.

공옥민의 입술 끝이 살짝 올라갔다.

"강자존. 그 율법에서 밀려난 아버님을 대신해 음 교주에게 그 복수의 화살을 돌리기엔 그의 행동 또한 엄연히 교의 율법에 어긋남이 없는 행동이었습니다."

"그 말은 음 교주를 용서하겠다는 말인가?"

"용서라… 못할 것도 없지요. 하나, 그 용서에 앞서 저 역시 강자존의 율법을 따라 그에게 도전하려 합니다."

"지든 이기든 결과에 따른 책임을 다하겠다는 말인가?"

"예."

"무슨 헛소리냐!"

공옥민의 대답 뒤로 카랑카랑한 목소리가 이어지자 모두가 그 자리에서 부복을 했다.

음태성이 자신을 향해 오연히 서 있는 공옥민과 마욱을 비롯한 천마대원들을 노려보며 주위를 향해 버럭 소리를 질렀다.

"이들이 반역도라는 것을 잊었느냐! 어서 이들을 제압하지 않고 뭣들 하는 것이냐!"

이곳으로 오는 도중 충돌의 소음이 없기에 벌써 정리가 됐나 싶었다. 그런데 난데없이 공옥민의 출현이라니.

목에 걸린 가시가 드디어 목을 뚫고 나와 기어이 상처를 만드는 기분. 어찌 보면 음태성에게는 정파의 침입이 나았으리라.

그의 명령에 흑마대원들이 다시 검병에 손을 가져갔지만 실행에 옮기지는 못했다.

"무엇을 주저하는 것이냐! 너희들 교주의 명이다! 어서 이들을 제압하라!"

교주의 명. 교도들에겐 절대적이다. 그제야 내키지 않는 얼굴로 공옥민의 주위를 압박해 들어가는 흑마대원들이었다.

"모두 검에서 손을 놓아라!"

패천마 장소가 끼어들자 음태성이 황당하면서도 분노 어린 시선으로 그를 노려봤다.

"지금 무슨 소리를 하는 것이오? 저들은 교를 배신한 반역도요!"

"왜 저들이 반역도란 말입니까?"

"그! 그거야."

장소의 반문에 일순 말문이 막힌 음태성이었다.

그러고 보니 공옥민이 왜 반역도인지에 대해서는 생각해 본 적이 없다. 그저 이런 일이 발생할 수 있는 후환 덩어리가 될 가능성이 있기에 반역도라는 낙인을 찍은 것이다. 엄연히 따지고 보면 자신에게만 통하는 개인적인 구실. 교의 입장에서 보면 하등에 반역 사유가 되지 못한다. 그러다 보니 억지가 흘러나오는 음태성이었다.

"그, 그는 지난 일 년간 교내에 연락도 없이 단독으로 천마대원을 이끌고 잠적을 했소. 이는 사사로이 자신의 권한를 이용, 교의 전력을 빼돌려 막대한 피해를 입힌 중죄라 볼 수 있소!"

"허— 그 말에는 어폐가 있어 보입니다, 교주."

"무슨 어폐가 있다는 것이오?"

"천마대주를 비롯한 나머지 이대전투부대의 대주가 되는 그 순간부터 그들은 자신의 대원들에 대한 생사여탈권을 이향받게 되어 있습니다."

“그게 어쨌다는 것이오?”

“어쩌긴요? 그 안에는 전시(戰時)와 같은 경우를 제외하고는 부하들
의 처리에 그 누구보다 각 대주의 단독 권한이 앞선다는 조항도 포함
되어 있다는 겁니다. 그 당시 공 대주가 부하들을 이끌고 나설 때는 지
금과 같은 전시 상황이 아니었습니다. 그러니 대원들을 일 년이고 이
년이고 어디로 데리고 나가든 그것은 대주의 권한에 포함되는 일반적
인 사항이라 볼 수 있습니다. 그것을 교주께서는 모르셨나 봅니다.”

장소의 설명에 공옥민이 감사의 뜻으로 고개를 반쯤 숙이자 음태성
의 얼굴이 완전히 일그러졌다.

“그, 그런 조항이 있었다니… 좋소. 그럼 그것 말고도 저들의 지금
행태를 보시오. 자신의 동료들을 무참히 도륙 내지 않았소?”

“도륙이라니요? 그저 간만에 교로 돌아오니 저희들 얼굴을 까먹고
적으로 오인, 먼저 덤빈 녀석들을 훈계한 것뿐입니다.”

마욱이 팔짱을 낀 채 말하자 음태성의 뒤에 서 있던 추성린이 앞으
로 나섰다.

“하! 훈계라고? 너희들의 눈에는 팔다리에서 피를 흘리는 저들의 모
습이 훈계 정도로 보이느냐!”

“하하! 추 단주, 아니, 이제는 추 장로이신가? 어쨌든 추 장로께서는
모르셨나 봅니다만 저희 천마대에서 저 정도는 훈계 축에도 끼지 못합
니다. 막말로 엇! 하는 순간 팔다리를 잃는 경우가 비일비재하니까요.
그 살 떨리는 훈계 속에 신교 제일의 전투 부대가 된 것인지도 모르지
요. 하하, 어쨌든 저희는 그랬습니다. 다른 부대가 보기에 어떨지 모르
겠습니다만 말입니다. 그리고 엄연히 먼저 도발한 것도 저희 쪽이 아
닙니다. 아, 정당방위. 뭐, 심하다 싶으시면 정당방위라고 생각해 주시

면 감사하겠습니다."

곁눈질로 바라보는 공옥민이 놀랄 정도로 말을 조리있게 잘하는 마 웅이었다.

어찌 되었든 본인들은 그렇게 살아왔다는 데 뭔 할 말이 있겠는가. 게다가 끝에 말한 정당방위라는 말은 꼬투리를 잡을 여건을 완전히 차 단하고 말았다.

그렇듯 더 이상의 꼬투리 재료가 떨어지자 음태성과 추성린의 표정 이 완전히 똥 씹은 표정이 되었다.

장소가 그들 사이로 걸어가 주위를 둘러본 뒤 마지막으로 음태성을 바라봤다.

"이로써 천마대주 공옥민과 그 대원들의 복귀에 아무런 하자가 없는 것으로 봐도 무방하겠습니까?"

"끄응!"

모두의 시선이 자신을 주목하자, 가래 끓는 소리만 내뱉는 음태성이 있다.

장소가 시선을 거두고 다시 공옥민을 바라보았다.

"교주께서도 특별히 반대하지 않으시는 것 같으니 그대들의 복귀를 환영하는 바이네."

장소의 환영 인사에 간간이, 그리고 시간이 조금 더 지나자 주위에 서 너도나도 할 것 없이 축하 인사를 건넸다.

"천마대주의 복귀를 환영합니다!"

"흑마대주 상관경, 천마대주의 복귀를 환영합니다."

어느새 나타난 상관경의 인사에 처음 본다 싶었지만 미소로 반기는 공옥민이었다.

이에 어쩔 수 없이 공옥민의 복귀 문제를 자신의 손에서 떠나보내야 하는 음태성. 착잡하다. 그리고 그 착잡한 늪에 그의 불행이 쌓이기 시작했다.

"교주께 청이 있습니다."

울화통 터지는 마음을 곱씹으며 앞으로의 대비를 준비하려고 발길을 돌리던 음태성을 붙잡는 공옥민이었다. 더해 복귀 시점부터 자신은 음태성의 부하다. 속내는 어떨지 몰라도 존대는 당연했다.

"크음. 무엇인가?"

내키지 않는 음태성의 물음에 공옥민이 그의 정면 이 장 앞으로 걸어갔다.

"전시 상황의 불리함 속에 저와 대원들의 복귀까지. 현재 교내의 더욱 어수선해진 분위기가 있습니다만 미룰 수 없는 일이라 말씀드리겠습니다."

꿀꺽!

무슨 말이 나올지 예상해서일까. 유난히 침 삼키는 소리가 크다 싶은 음태성이었다. 그러나 모두들 보고 있다. 약세를 보일 수 없는 충분한 이유였다.

"무슨 일이 그렇게 바쁜 건지는 모르겠으나 어서 말해보게."

"강자존. 그 율법에 따라 도전하고 싶습니다."

"……!"

공옥민의 말이 끝남과 동시에 조금은 소란스러웠던 장내 분위기가 바늘 떨어지는 소리도 들릴 만큼 적막에 감싸였다.

둘 간의 악연을 알고, 혹은 짐작하는 이들 대부분은 음태성의 대답에 촉각을 곤두세웠다.

그게 영 부담스러운 음태성. 그의 머리가 태어나 가장 빠르게 회전하기 시작했다.

'아직 이 녀석의 복귀가 정식으로 발령난 것은 아니다. 기존의 천마대주인 일호와 임시지만 광효성. 이 둘 중에 한 명이 도착한 뒤에야 서로 간의 이견을 조율, 물론 결정이야 이놈이 되겠지만 어쨌든 절차란 것을 무시하지는 못할 것이다. 그렇다면 현재 이 녀석의 전력은 이전의 천마대원이었던 사십 명 정도가 전부라는 것이니……'

강자존. 분명 교내의 율법이 지정한 최고의 혜택 중 하나이다. 하지만 그 이면에 도사린 위험 또한 만만치 않다. 아무리 본인이 강해도 그를 뒷받침해 주는 세력이 없다면 자리를 보존하기 어렵다는 것이었다. 즉, 일 대 다수든, 다수 대 다수든, 혹은 일 대 일이든, 강자존의 율법에는 그 어느 것 하나 위배되지 않는다는 것으로, 공옥민의 현재 세력에 음태성이 맞춰 싸울 필요는 없다는 뜻이었다.

음태성의 양쪽 눈이 자신의 좌우에 서 있는 추성린과 상관경을 한차례씩 훑었다.

'본좌를 포함한 흑마대와 마경단의 전체 전력이면……'

승산이 있다를 넘어 필승이다. 오히려 이것이 기회라는 생각에 미치자 음태성의 온몸에 묘한 흥분이 일었다.

"도전을 받아주시겠습니까?"

재차 독촉을 하는 공옥민에게 속내를 감추고 잠시 고민을 하는 듯 턱을 주억거리는 음태성이었다.

"음… 좋네! 어차피 자네와 나, 이렇게 둘 간에 꼬인 인연도 풀어낼 겸 그 도전을 받아주지."

웅성웅성.

음태성의 대답에 주위가 전과 달리 묘한 흥분에 싸여 소란스러워지기 시작했다.

그와 상관없이 장소의 양쪽 눈매에 가는 주름이 잡혔다.

'저 늙은 여우가 무슨 생각으로 허락을 하는 거지?'

공옥민이 이곳에 나타났다는 것은 음태성을 꺾을 수 있다는 확신이 들어서일 것이다. 그것을 모를 정도로 멍청하진 않을 텐데 호탕하다 싶게 허락을 하니 그 또한 의뭉스러운 것이었다.

스윽.

음태성이 한 손을 들어 장내를 감돌던 소란스러움을 떨쳐 냈다.

"모두 알다시피 교내의 강자존이란 율법은 그 어떤 상황을 마다하지 않고 도전하는 자가 있으면 응하게 되어 있다. 이에 불응할 시 패배로 간주되어 그때까지 가지고 있던 모든 직위를 해제, 도전자의 처분에 맡겨지게 된다. 그에 본좌는 천마대주 공옥민의 도전을 받아들여 그 율법의 이행에 만전을 기하려 한다. 또한 도전을 받아들이는 쪽에서 결투의 날짜를 정하는 관례를 따라 지금 이 자리에서 기일을 택일, 내일 정오 천마대의 연무장으로 내결 장소를 정하는 바이다."

공옥민이 상관없다는 투로 고개를 끄덕이자 음태성이 그를 바라보며 말을 이었다.

"그럼 그때까지 각자의 전력을 정비하여 만나기로 하지. 아, 그리고 혹 그때 돼서 다른 말이 나올까 봐 미리 말해두겠네. 율법에 따라 전력의 열세에 상관없이 대결에 참가할 전력은 각자의 재능에 달려 있다는 것을 말이야. 또한 자네는 아직 천마대주로 정식 발령이 난 것이 아니란 것도 명심해 두게."

"그 말씀은, 저 혼자 상대해야 된다는 뜻입니까?"

"허허, 설마하니 그렇게까지 본좌의 속이 좁겠는가? 내 말은 자네가
데려온 대원들까지는 그대의 전력이라고 생각해도 무방하다는 말일
세."

대단한 인심이라도 쓰는 양 후한 웃음을 짓는 음태성이었다.

패천마 장소가 한마디 하려 했지만 공옥민의 손짓이 그것을 막았다.

"그렇다면 충분합니다."

이미 최악의 상황까지 염두에 두었다. 이 정도면 불만은커녕 감사할
정도다. 무엇보다 자신들의 전력을 예전 그대로라 생각하는 음태성의
잘못된 계산이 고마울 정도다.

반면 공옥민의 반발이 예상 밖으로 너무 미약하자 괜히 불안해지는
음태성이었다.

'뭘 믿고 까부는 것이냐? 저 뒤에 있는 너의 부하들을 믿는 것이냐?
분명 천미대원들의 무위 수준이 다른 전투 부대원들보다 뛰어나다 해
도 엄연히 한계라는 것이 있다. 더욱이 사백(四百)이 넘는 나의 전력이
라면 너의 전력의 열 배에 달한다. 아무리 뛰어넘으려 해도 넘을 수 없
는 벽이란 말이다!'

말해주고 싶다. 넌 죽은 목숨이라는 것을. 그러나 내일까지 그 맛을
음미하는 것도 나쁘지 않다 생각하는 음태성이었다.

"그럼 내일 보세."

"예. 내일 뵙지요."

모든 결과를 내일로 집약시킨 두 사람. 그들의 오늘의 시간은 여기
서 일단락되었다.

"흐음. 오랜만이어서인지 정겨운 기분이 드는군."

예전 자신의 처소에 들어와 자리에 앉는 공옥민의 눈길이 방 안을 둘러보았다.

"너무 여유 부리시는 것 아닙니까?"

같이 들어와 자리에 털썩 주저앉은 마욱의 퉁명스런 말투에 '뭐가 불만이냐?' 는 표정을 짓는 공옥민이었다.

"뭣 하러 내일까지 저 알량한 파리 목숨 살려두냐 이 말입니다, 제 말은."

"지금 그 말이 더 여유롭다고 생각하지 않나?"

"그거야 힘이 있으니 당연한 거고 대주님의 여유는 힘이 있으면서도 당장 쓰지 않으시니 답—답하다는 거지요."

"답—답? 하긴 그렇게 느낄 수도 있겠지. 그래 봐야 하루다."

"그러니까, 왜 그 하루를 참아야 되냐 이 말입니다."

드르륵.

방문이 열리며 패천마 장소가 방 안으로 들어섰다.

"일어설 것 없네. 그보다 이놈은 왜 여기서 자넬 피곤하게 하는 것인가?"

"그러게 말입니다."

"에잉, 천마대 기강이 많이 흐트러졌나 보군. 감히 대주의 행동에 부대주가 투덜거리며 꼬치꼬치 반박을 하는 것을 보니 말이야."

"지금 저 구박하시는 겁니까?"

자신의 가슴을 가리키는 마욱의 행동에 장소가 그의 뒤통수를 가격하려 한 손을 들었다.

"에에! 지금 치시려는 겁니까?"

"허! 그러면 어쩔 것이냐? 어허, 자세를 보아하니 막고 한 대 칠 것

같구나.”

“주먹에는 눈이 없지요.”

“그 주먹을 휘두르는 눈은 장식품이더냐?”

“절 건드리는 사람에게만 장식품입니다.”

빠각!

“악!”

“거, 녀석 엄살은. 그나저나 무슨 머리가 이리도 단단한 건지 때린 내 손이 더 아프구나.”

“그, 그럼 저도 아파도 될까요?”

“치겠다는 것이냐?”

“…….”

“허허! 너무 해이해졌어, 너무…….”

“찾으신 용건을 말씀하시지요.”

부하와 장로의 답 안 나오는 싸움이 더 이상 보기 싫은지 정색을 하며 묻는 공옥민이었다.

“하긴, 내가 이런 대가리만 단단한 놈과 푸닥거리를 할 나이는 아니지.”

“제 대가리 말씀이십니까?”

“그만.”

공옥민의 제지에 말꼬리를 이어가려던 마욱의 입이 쏙 들어갔다.

장소가 그런 마욱을 못마땅한 듯 일별하고는 공옥민을 주시했다.

“자네를 찾아온 이유야 뻔하지 않겠는가.”

“도움을 주시겠다는 겁니까?”

“안 받겠다는 표정으로 물어보는군.”

“저의 의사와 상관없이 율법에도 어긋납니다.”

분명 율법이 정한 테두리 안에는 강자존의 결투에 나선 이들 중 다른 장로의 힘을 보텔 수 없다는 규칙이 있다.

그 반대로 결투의 한쪽이 현 교주일 때는 그만이 예외로 사대장로의 힘을 빌릴 수 있다. 엄청난 특혜였고, 그로 인해 교주의 직위가 강자존의 율법에 바뀌는 경우는 지금까지 공천혈을 제외하고는 딱 한 번뿐이었다.

내일의 결투에 다른 삼대장로를 신경 쓰지 않아도 된다는 것을 누구보다 잘 알고 있을 음태성이다. 어쩌면 그 배경이 율법을 승낙하는 가장 큰 배경이 되었을지도 몰랐다.

장소가 무릎에 두 손을 올리며 말했다.

“그거야 나도 잘 알고는 있네만 상대는 현 교주일세. 적어도 내일 그가 데리고 나올 전력 속에는 추 장로와 그녀의 직속 부대라 할 수 있는 마경단, 그리고 혈마대는 몰라도 흑마대는 확실히 포함되어 있을 걸세. 인원수만 해도 물경 사백을 넘어가지. 아무리 자네라 해도 한 손이 두 손을 넘어 열 손을 이긴다는 것은 불가능하단 말일세. 그러니 율법에 어긋나더라도 구색은 맞춰야 하지 않겠는가?”

“그렇게 이겨봐야 소용없습니다.”

“왜, 교도들 때문인가? 그들도 이해할 걸세. 아닌 말로 이해 못하면 어쩔 것인가? 자고로 승자에 의해 모든 것이 좌우되는 것이 강호며 강자존을 지켜온 본 교의 전통 역시 그런 승자들에 의해 쓰여진 곳 아닌가?”

장소의 주장에 억지는 있을지언정 내일 결투에 나설 두 세력 간의 차이를 보게 된다면 아무도 그의 주장에 부당함을 탓하지 않을 것이다.

그 정도로 절대적인 열세로 보이고, 보일 공옥민의 전력이었다.

그럼에도 단호한 공옥민이었다.

"그 호의만 가슴 깊이 새기겠습니다."

"허! 이 사람. 정녕 충성을 맹세한 전 교주의 하나밖에 없는 핏줄이 원수의 손에 죽는 꼴을 이 늙은이에게 보여줘야 속이 시원하겠는가?"

찾아오기 전 어느 정도 자신의 불리를 알고 갈등 정도는 할 줄 알았다. 하나 공옥민의 대답은 단호했고 가차없는 축객령까지 보태졌다.

"문을 열어드려라."

"허, 이 사람 정말!"

잔뜩 불만스런 얼굴로 공옥민을 노려보는 장소. 하지만 상대는 미동도 없다. 결국 자리에서 일어나며 방문을 넘는 사이 불편한 심경을 최대한 누르고 마지막 미련을 떠는 장소였다.

"혹여 마음이 바뀐다면 사람을 보내게!"

"걱정 마십시오. 그럴 일은 없을 겁니다."

"커—험!"

발길을 돌리는 장소의 헛기침 소리가 방문을 흔들 정도였다. 그만큼 자신의 호의를 몰라주는 공옥민이 아쉽고 서러운 것이리라.

그가 나간 뒤 방문을 닫으며 은근한 표정을 짓는 마욱이었다.

"기왕지사 도와주시겠다는데 너무 매몰찬 것 아닌지 싶네요."

"너는 우리의 힘이 남의 도움을 필요로 할 정도로 약하다고 생각하느냐?"

"그건 절—대 아니지요."

예전 자신의 성취와 비슷하거나 높은 대원들의 현재 실력. 거기다 벽을 넘어 초절정에 이른 본인. 그리고 이중 최강인 공옥민. 그 누가 있어 이런 세력을 약하다고 할 것인가.

마욱의 대답에는 그런 자부심이 들어 있었다.

"그런데 왜 그런 말을 하느냐. 우리는 강하다. 누구의 도움도 필요 없을 정도로."

"맞습니다. 음… 방금 제가 한 말 취소합니다."

마욱의 간편한 자기 주장 접기에 공옥민의 고개가 좌우로 흔들렸다.

"궁금하구나."

"뭐가 말입니까?"

"어떻게 네가 부대주가 되었는지 말이다."

"어떻게 되긴요. 대주님이 뽑지 않으셨습니까?"

"그래서 더 궁금하다. 그때 내 정신 상태가."

"커—험!"

마욱의 헛기침도 장소와 비견될 만큼 컸다.

第八章

변화를 불러오는 시간

다음날 정오가 되기 한 시진 전부터 천마대의 연무장은 역사적인 대결을 관전하기 위한 교도들로 발 디딜 틈 없이 가득 들이차 있었다.

더 이상 들어오면 대결 공간의 범위에 지장을 줄 수 있다고 판단되자 장소가 사람들의 입장을 통제하라 명했다.

그리고 정오가 되기 반 각 전. 자신의 전력인 흑마대와 마경단을 이끌고 연무장에 들어서는 음태성이었다.

"우와와와— 교주님이시다!"

윗선에 있는 소수의 교도들은 음태성이 어떤 방법으로 교주 자리에 올랐는지를 대부분 알고 있다. 하지만 대다수의 하위 교도들은 그 비열한 내막을 알 리 없었다.

그렇기에 하위 교도들에게 음태성은 강자존의 율법을 통해 교주의

자리를 찬탈한 입지전적인 인물로 비춰질 뿐 엄청난 환호 소리가 터져
나오는 것도 무리는 아니란 말이었다.

"엇! 처, 천마대주다!"

음태성이 연무장에 도착하고 얼마 지나지 않아, 공옥민 역시 자신의
전력인 마욱을 포함 천마대원 서른여덟 명을 이끌고 연무장에 들어섰
다.

이로써 오늘의 역사적인 대결의 주인공들이 모두 도착, 서로 오 장
거리를 두고 마주 서자 떠들썩하던 연무장이 서서히 적막에 감싸이기
시작했다.

저벅저벅.

그 침묵을 가르고 장소가 두 진영의 중심으로 걸어나왔다.

"장 장로가 오늘 대결에 중재인으로 나설 요량인가 보군요."

"누가 나서라고 하지는 않았지만 할 일도 없는 늙은이. 이럴 때 아
니면 언제 몸을 움직여 보겠는가."

추성린을 바라보던 시선을 음태성에게 옮기는 장소였다.

"천하의 장 장로에게 나의 허락이 언제 필요나 있었던가?"

음태성의 이죽거림을 잔잔한 미소로 받아넘기는 장소였다.

"그럼 허락하신 거라 믿고 강자존의 율법에 대한 간단한 규칙 설명
에 들어가겠습니다."

"굳이 들을 필요 있겠는가?"

오만한 표정과 귀찮다는 자세로 묻는 음태성이었다.

장소가 가볍게 고개를 끄덕였다.

"무릇 교주의 자리를 놓고 벌이는 대결입니다. 기본적인 약식을 차리
는 것조차 간과하기에는 자칫 그 의미가 퇴색될 수도 있지 않겠습니까?"

본인들에게는 복수를 위해 또는 후환 덩어리를 제거하기 위한 대결이지만 다른 이들에게는 자신들의 교주가 바뀔 수도, 아닐 수도 있는 대결이다. 들어야 할 의무와 자격이 충분했다.

장소의 되물음은 그런 교도들을 위한 배려라 할 수 있었다.

음태성이 팔짱을 끼고 '네 맘대로 해라' 하는 표정을 짓자 장소가 주위를 둘러보며 규칙 설명에 들어갔다.

"모두 들어라. 오늘의 대결은 교의 율법 중 제일율법인 강자존의 규칙에 의거, 교주의 자리를 놓고 벌이는 역사적인 대결이다. 그 중재자로 나 장소가 나섰고 그대들의 눈이 증인을 대신할 것이다. 이후 벌어지는 대결의 결과에 그 누구도 반론을 거론해서는 아니 될 것이다. 또한 그 결과에 복종해야 함은 본 교의 교도들이 지닌 충성의 발로라 할 수 있을 것이다. 그에 나 장소는 오늘의 대결에 속한 규칙을 고하고자 하니 모든 교도들은 하나도 빠짐없이 듣도록 하라!"

이후 장소의 규칙 설명이 이어졌다. 그 내용을 알고 있든 모르고 있든 연무장에 모인 모든 이들은 침도 삼키지 않고 경청에 여념이 없었다.

"…이로써 규칙 설명을 마무리하며 다시 한 번 말하지만, 그 결과에 불복종할 시 본 교에 대한 충성심을 의심, 내 손으로 직접 응징할 것이다!"

장소의 말에 누구 하나 입을 열어 대답을 하진 않았으나 누구도 반박의 눈빛을 보내지도 않았다.

장소가 자신의 좌우측을 한 번씩 돌아보고는 한 걸음 물러났다.

그걸 신호로 공옥민과 음태성이 서로의 거리를 좁혔다.

"어디 한번 시원하게 놀아보세, 공 대주."

"시원하게라… 바람이라도 되라는 말씀 같군요, 교주."

두 사람의 거리는 삼 장. 고수가 아닌 일반 무인에게도 지척이라 할 수 있다. 그럴 리 없다는 것을 알면서도 절로 긴장이 드는 것은 어쩔 수 없는 두 사람이었다.

공옥민의 등 뒤를 바라보며 살며시 입술 끝을 말아 올리는 음태성이었다.

"자네까지 딱 사십 명이군."

본인의 등 뒤로는 그 열 배에 달하는 사백의 무인이 서 있다.

"이거, 너무 차이가 나는 게 괜히 미안해질 정도구만. 그래서 하는 말이네만 혹 자네가 머리를 숙여 부탁을 한다면 마경단과 흑마대 둘 중 한곳을 뒤로 물려줄 수도 있네."

음태성의 목소리가 연무장에 모인 이들의 귀에 똑똑히 들릴 정도로 크다. 도저히 무너지지 않을 아군의 벽이 선사하는 여유였다.

공옥민이 가만히 고개를 저었다.

"그러실 필요 없습니다."

"끌, 이대로는 힘없는 아이를 핍박하는 것 같아서 영 마음이 내키지가 않아서 그런다네. 정말 필요없겠는가?"

그럴 거면 애초에 왜 데리고 나왔는지 묻고 싶은 장소가 공옥민을 바라봤다.

"교주의 말대로 하지 그러는가?"

그 순간 음태성의 눈빛이 살짝 흔들렸지만 아무도 보지 못했다.

'저 늙은이가 왜 나서고 지랄이야!'

마경단과 흑마대 둘 중 한곳을 물려도 절대 질 리가 없다. 하지만 단시간에 압도적인 힘으로 굴복을 시킬 요량이면 많으면 많을수록 좋다. 공옥민의 성격상 머리를 숙일 리 없기에 마음에도 없는 인심 한번 베

푼 것인데 정말 그러면 피곤해진다.

음태성이 나서지 말라고 말하려는 순간 공옥민이 먼저 입을 열었다.

"제 부하들을 믿고, 그들만으로도 충분합니다."

웅성웅성.

수적 불리는 안중에도 없다는 공옥민의 자신감에 연무장이 수군대기 시작했다.

믿음.

칼과 도가 아닌 또 다른 무기를 지닌 공옥민의 당당한 모습은 음태성의 안면을 일순 움찔하게 만들 정도로 패기가 넘쳐흘렀다.

장소의 눈에 그리움이 묻어 나왔다.

'호부에 견자 없다더니, 예전 교주의 모습 그대로구나.'

그러나 걱정이 앞서는 현실에 다시 한 번 물어보려 했다. 하지만 이번에는 음태성이 먼저였다.

"사십으로 충분하다? 크큭! 광오하기가 하늘을 찌르는구나."

상한 음식을 먹었을 때의 표정이 이러할까? 음태성의 한쪽으로 몰린 안면 근육을 바라보던 공옥민의 시선이 자신의 뒤쪽으로 옮겨갔다.

"이들이 저에게 광오함을 심어주었습니다. 그걸 자랑하는데 주저할 까닭이 없지요."

서로를 바라보는 눈에 열기가 가득하다. 열 배에 달하는 상대를 전혀 두려워하지 않는다. 서로의 믿음이 만들어낼 결과에 한 치의 의심도 없는 눈빛들이었다.

"크크큭! 말은 번지르르하구나. 하나."

음태성도 자신의 뒤쪽을 바라본 뒤 공옥민에게 살기 어린 시선을 고정시켰다.

“넘을 수 없는 벽 앞에서는 한낱 무의미한 오만도 못 되는 객기일 뿐이다.”

“그럼 오늘 직접 보시게 될 겁니다. 객기 앞에 무너지는 벽을.”

뿌득!

말발에서 확실히 밀린다. 섞을수록 손해라는 생각에 어금니를 꽉 깨문 음태성이 ‘획’ 소리가 날 정도로 장소를 노려보았다. 어서 시작을 알리라는 강요를 담고.

장소가 내키지 않는 기분으로 고개를 끄덕인 뒤 한 손을 들어올려 모두의 이목을 집중시켰다.

“율법을 시행한다!”

저벅저벅.

동시에 뒤로 물러서는 장소의 발걸음 소리만이 연무장을 메웠다.

“…….”

적막. 그렇게 찰나의 시간이 흐르고……

살랑!

정해진 시간을 광풍처럼 살아갈 삼십팔 인의 폭발할 듯한 기세가 음태성의 진영 속으로 쏟아졌다.

우와아아아!

변화. 그것을 알리는 시간이 흐르기 시작했다.

“어, 어찌 저럴 수가!”

불과 일각이 지나지 않았다. 그럼에도 삼십팔 인의 압도적인 무력 앞에 먼저 투입된 마경단의 절반에 이르는 백여 명의 부하들이 전투 불능 상태가 되어버렸다.

백이고 이백이고 하는 것은 숫자에 불과하다는 것을 여실히 보여주
는 참담한 결과. 그 앞에 음태성의 놀람은 경악으로 바뀐 지 오래였다.

"흑, 흑마대를 투입하라!"

너무 과소평가했다. 누가 뭐라 해도 저들은 신교 최강의 전투 부대
인 천마대. 이곳에 다시 돌아온 이상 예전 실력을 상회하는 무력을 지
녔을 것이다. 그 격차에 대해 너무 과소평가했다. 마경단만으로 충분
하리라 생각했던 것이 창피할 정도로 말이다.

하지만 흑마대의 투입으로 바뀔 것이다.

팔십 명의 절정고수와 이백 명의 일류고수로 이루어진 전투 부대.
마경단과는 그 격을 달리하는 부하들이다.

음태성의 눈자위가 떨림을 멈추고 다시 잔잔해졌다.

그리고 다시 떨리기 시작한 것은 정확히 반 각이 지나서부터였다.

"대, 대체 저놈들은 뭐야!"

마경단이야 그렇다 쳐도 흑마대마저 추풍낙엽. 바람에 날리는 낙엽
처럼 쓰러지는 광경에 디 이상 확장될 수 없는 동공의 크기를 자랑하
는 음태성이었다.

스윽.

그의 눈에 전장의 중심에서 고군분투… 라고 보기엔 무리가 있어 보
이는 흑마대주 상관경이 들어왔다.

"허허!"

밀린다. 그것도 상대는 한 명. 천마대원 한 명에게 흑마대주가 밀리
니 한숨이 절로 나오는 음태성이었다.

"모두들 저 정도란 말인가……!"

공옥민과 눈이 마주친 음태성.

‘비웃는 것이냐!’

그렇게 보인다. 자신의 놀람에 대한 답 역시 거기에 있음을 직감한 음태성이었다.

‘하나같이 절정의 끝에 도달한 수준들. 각 대의 부단주를 넘어 대주를 맡기에 부족함이 없는… 그런 이들이 서른여덟 명이라니!’

충분하다!

공옥민이 했던 그 말의 의미가 가슴을 찌르는 음태성이었다.

그렇게 시간이 흐를수록 광풍은 낙엽들을 날려 버리며 서서히 고목을 흔들기 시작했다.

“상당히 놀란 눈친데요?”

마욱의 등 뒤로 공옥민의 고개가 끄덕여졌다.

“나도 놀라는 중이다.”

금왕대와의 결전 때도 그랬지만 부하들의 강함은 그 대장에게도 섬뜩할 정도다. 그러니 상대는 오죽하겠는가.

초라해 보인다. 놀라고 있는 음태성이…….

공옥민의 시선이 다시 전장을 주시했다.

‘너희들은 강하다. 그래서… 아프구나.’

강함을 얻기 위해 시한부 인생을 선택했다. 누구를 위해서인가. 본인들이 아닌 대장을 위해서다.

그래서 아프다. 부하들의 강함이 도드라질수록 살점이 떨어져 나가는 아픔도 동시에 느끼는 공옥민이었다.

쉬리릭! 챠앙!

“크아아악!”

그리고 그 아픔이 극에 달할수록 전장의 상황은 자신에게 유리한 쪽으로 흘러가는 모순…….

뚜벅!

공옥민의 걸음이 전장을 향하기 시작했다.

마욱이 그를 따라 걸음을 옮기려 했지만 곧 그 자리에 멈춰 섰다.

"대기해라."

공옥민의 제지 때문이었다.

마욱의 입술이 툭 튀어나왔다. 나서지 말라는 말로 들렸기 때문이다.

'대주님이 나서면 그걸로 끝일 텐데 기다리긴 뭘 기다립니까?'

고로 자신의 빛나는 활약을 뽐낼 기회가 사라지게 될 것이 불만인 것이다.

그사이에도 음태성 진영의 피해는 깊어지고 있었다.

시간이 지날수록 회복 불능의 상황으로 몰리는 것은 불 보듯 뻔해 보일 정도였다.

모두의 예상을 뒤엎는 이 충격적인 진행 상황에 정신이 나간 듯 멍하던 교도들 중 누군가의 입에서 탄성이 흘러나왔다.

"아! 처, 천마대주가 직접 나선다!"

연무장의 기압이 일시에 팽창되는 느낌. 초절정고수의 몸에서 자연스레 흘러나오는 무형기가 주변 모든 것을 압도하는 가운데 공옥민이 전장의 중심에 모습을 드러냈다.

그가 주위를 돌아보며 말했다.

"모두 물러나라!"

스스스슥—

일사불란. 그 표본을 보여주듯 싸움을 멈추고 뒤로 물러나는 천마대. 개중에는 한 치만 더 찌르면 상대를 죽음으로 몰 수 있었음에도 과감히 검을 거두고 물러나는 경우도 있었다.

적에게 소름 끼치는 공포를 심어주기에 충분한 단호함이었다.

반대로 상대가 물러나자 허둥지둥 갈피를 못 잡고 음태성의 눈치만 보는 마경단과 흑마대원들. 짧은 격전이 믿기지 않을 정도로 그들의 얼굴 가득 피로함이 묻어 나왔다.

'버러지 같은 것들!'

음태성이 못마땅한 표정으로 한 손을 휘저었다.

"물러나라!"

스스스슥—

이 또한 일사불란하다. 다만 전자와 달리 과감성은 전혀 보이지 않는다. 어서 이 자리를 피하고 보자는 패배의식만이 가득 차 있었다.

연무장 중앙에 서 있는 공옥민을 바라보며 천천히 걸음을 옮기는 음태성이었다.

"결국 본좌의 손으로 결정을 지어야 할 때가 되었군."

이 한판에 모든 것이 걸려 있음에도 그의 목소리에는 자신감이 충만했다. 같은 절대십사천을 제외하고 자신의 적수가 없다는 것에 대한 자부심이기도 했다.

'네놈이 비록 벽을 넘었고, 일 년의 시간을 어찌 보냈을지는 몰라도 부하들과 같은 급성장은 절대 이루지 못했을 것이다!'

자신이 겪어봐서 잘 안다.

초절정에 올라 그 수준이 한 단계 올라가는 것이 얼마나 힘든 것인지를. 그래서 확신한다. 자신의 승리를……

반면 자신의 삼 장 앞에 멈추는 음태성의 자부심을 무표정하게 받아

넘기는 공옥민이었다.

"이미 결정이 난 것처럼 말하시는군요."

"그럼 설마 자네가 나를 이기리라 생각했는가?!"

피식.

웃었다. 처음으로 보이는 공옥민의 웃음이 대답을 대신했다.

그러자 음태성의 허리가 꺾일 듯이 뒤로 넘어갔다.

"크하하하핫! 좋아! 그 정도 배포는 되어야 내가 이 자리에 나온 체면이 서지. 하나 그 배포는 만용일 뿐이다. 내 손에 무참히 찢겨질 만용!"

스륵!

음태성의 신형이 착시 현상을 일으키듯 희미한 잔영을 만들며 공옥민에게 폭사되었다.

피벙! 쓰이이악!

장력의 충돌이 일으키는 진동에 연무장의 공기가 일시에 뒤로 밀리며 기괴한 파동을 만들어냈다.

퍼벙! 팍! 파파팍!

이어지는 공방은 마치 박투의 전형을 보는 듯했다. 서로의 숨결이 느껴지는 좁은 틈 사이사이 수없이 엇갈리는 손속. 순식간에 십여 합이 폭풍처럼 지나갔다.

쿵!

공옥민의 진각에 연무장 바닥이 울렁거렸고 그의 좌장이 열화의 성질을 띠고 음태성의 허리를 갈라갔다.

"핫!"

음태성의 몸이 기이하게 휘며 서로 간의 거리를 반 발짝 넓혔다. 그

사이로 공옥민의 좌장은 흘러갔고, 음태성이 소맷자락을 흔들었다.

쉬리릭! 카캉!

"……!"

손아귀에 느껴지는 쩌릿함에 공옥민의 눈에 이채가 흘렀다.

"장공(掌功)이 전문이 아니었던가?"

직접 음태성의 실력을 본 적이 없다. 막연히 그의 몸에 무기가 보이지 않았기에 패천마 장소와 같이 장(掌)을 주공으로 하겠지 짐작한 공옥민이었다. 그리고 존대가 사라졌다. 대결 순간부터 상대는 교주가 아니라 적이라는 명백한 반증이었다.

그의 눈에 기이한 모양새의 단창을 흔드는 음태성의 오른손이 들어왔다.

"단창을 사용했던가?"

"궁금한 것도 많군, 곧 죽을 놈이."

그래서 반말도 상관없는 음태성이었다.

쐐애액!

공기를 가르는 단창의 예리함이 예사롭지 않다. 그보다.

'늘어나기까지!'

이 장을 건너뛴 한 자 길이의 단창이 반 장의 거리를 위협했다.

카캉! 캉!

막고 치고 휘두르는 접근전이 지속된다. 거리를 벌릴 생각이 없는 음태성의 눈매가 가늘어졌다.

"천옥수를 익혔었군."

단창의 예리함을 정면으로 막고 있는 공옥민의 양손이 하얀 기운에 감싸여 있었다.

공옥민의 입가에 비릿한 조소가 그려졌다.

"그것뿐이 아니지."

후우웅!

부드러움 속의 무거움. 태산을 밀어내듯 웅장한 기운을 담은 공옥민의 주먹에 단창의 촉이 밀려나며 울부짖었다.

쩌어엉! 터턱!

"호! 천유장까지."

뒤로 물러나는 음태성의 입술이 동그랗게 말리자 두 번째 웃음을 보여주는 공옥민이었다.

"거리가 벌어졌군."

"……?!"

스르륵!

사라졌다. 빠르게 움직인 것이 아니라 말 그대로 공옥민의 신형이 눈앞에서 자취를 감춰 버린 것이다.

'이건!'

급히 숨을 들이마시는 음태성. 그의 머리에 역대 교주만이 익힐 수 있는 천마보가 스쳐 지나갔다.

'어디냐?'

기감을 활짝 열었다. 하지만 공간의 틈. 그 틈의 흐름에 자신의 기운마저 숨기는 절세의 보법 앞에 공옥민의 기척을 찾는 것은 불가능한 일이었다.

'과연 본 교 최강의 보법이라 할 만하군. 하지만!'

스르륵!

음태성의 신형도 사라졌다. 그에게도 천마보는 낯설지가 않았다. 교주의 자리에 올라 천마관에서 가장 먼저 익힌 것이 천마보였다.

그렇게 사람들의 시야에서 두 사람이 사라졌다.

"허! 동시에 펼치는 천마보라니!"

장소의 탄성이 절로 흘러나왔고 연무장에 모인 교도들은 황당할 뿐이었다. 눈앞에서 갑자기 사람이 사라졌다. 기척 또한 느껴지지 않으니 당연한 반응이었다.

반면 틈새의 흐름을 밟아가는 음태성의 한쪽 눈매가 아래쪽으로 치우쳐졌다.

'이것도 은근히 고역이군!'

서로의 기척을 숨기고 어디 있는지도 모를 상대를 향해 긴장을 늦출 수가 없다. 출구를 알고 있는 미로에 빠져 어쩔 수 없이 헤매는 기분이 이러할까.

'그렇다고 먼저 모습을 드러냈다간 그 순간 덮쳐 올 것이 뻔하니.'

참는 방법밖에 없다. 상대도 마찬가지. 그것을 위안 삼는……!

음태성의 고개가 급격히 치켜 올라갔다.

"어, 어떻게!"

공옥민이 내세울 수 있는 절기 중 가장 파괴력이 강한 장법이 음태성의 머리를 쪼갤 듯 폭발적으로 방사되었다.

천마강!

피하기에는 늦었다. 급히 양손을 머리 위로 밀어 올리며 내력을 방출하는 음태성이었다.

퍼버버버벙! 쿠우우우웅―

"피, 피해라!"

천지를 가를 듯한 충격파에 연무장 일대에 난리가 났다.

얼핏 내력이 약한 이들이 각혈을 하는 모습까지 보일 정도로 이번 충돌의 여파는 상상을 초월했다.

후두두두둑—

연무장 중심으로 반경 십 장이 움푹 파였고 멈추지 않을 것만 같은 흙비와 먼지가 자욱했다.

"……."

잠시 후 먼지가 가라앉자 그 속에서 두 사람의 신형이 드러났다.

"고작 일 년을 익혀서인가? 어색해서 봐줄 수가 없더군."

"뭐, 뭐라! 쿨럭!"

목을 타고 넘어오는 비릿한 혈향을 세상 밖으로 내보이는 음태성. 한쪽 어깨도 축 늘어진 모양새가 탈골의 부상을 입은 듯 보였다.

공옥민의 비웃음이 이어졌다.

"십 년을 몸에 익히고 그 뒤 완벽히 소화하는 데 오 년의 시간이 걸렸다. 그것이 본 교 최강의 보법 천마보가 가진 오의라는 것이다. 어설픈 일 년이 애초에 그 오의를 깨닫는다는 것은… 마욱."

"예!"

"이럴 때 너희들 말로 뭐라고 하지?"

"벗기지도 않고 날로 먹으려는 도둑놈 심보라고 합니다."

"그렇다는군."

"이이! 쿨럭!"

또다시 토혈을 하는 음태성. 상세가 심상치 않음을 보여주는 대목이었으나 싸우지 못할 정도는 아니었다.

"작은 이득을 취했다고 마치 이 대결이 결정난 듯이 말하는구나! 내 오늘 그 오만한 입을 찢어버리고 말겠다!"

뚜두둑!

몸서리쳐지는 소리가 음태성의 왼팔을 타고 오르자 곧 원래의 기능을 회복했다.

공옥민의 눈매가 찌푸려졌다.

"억지로 뼈를 맞추다니… 아플 텐데."

걱정이라고 보기엔 너무 속 보인다. 게다가……

"마욱, 앞으로 나오도록!"

"……?"

영문은 모르지만 상관의 명령에 절대충성. 잽싸게 공옥민의 옆으로 나서는 마욱이었다.

"마욱 대령했습니다!"

"너에게 임무를 부여하겠다."

"명령만 내려주십시오!"

"상대해라."

"예! 에?"

마욱이 의이함을 담고 공옥민을 쳐나보았으나 그의 시선은 음태성을 향해 있었다.

"지친 늙은이를 상대로 내가 계속 나서야겠느냐."

"뭐, 뭣이라!"

"바락바락 소리까지 치는구나. 마욱, 정리해라."

대신 싸우라는 말이 분명하다. 비록 부상을 당했지만 상대는 초절정 고수. 싸울 맛이 안 날 수가 없다.

"알겠습니다! 제대로 정리하겠습니다!"

마욱의 대답에 이런 개무시를 당한 적이 없으니 머리가 곤두서는 음태성이었다.

"오냐, 이놈들! 둘 다 한꺼번에 죽여주마!"

순식간에 그의 단창에 공력이 모였다가 희뿌연 강기로 변환, 그대로 마욱과 공옥민을 향해 폭사되었다.

마주한 마욱의 도에서도 줄기줄기 시뻘건 도강이 뻗어나갔다.

혈광도법.

그 파괴력에 음태성의 강기가 접하는 순간 또 한 번의 엄청난 충격파가 연무장 전체에 그 여파를 쏟아냈다.

쿠우우우웅—

걷히는 먼지에 드러나는 연무장 바닥은 또다시 파인 상태. 그 안에 서 있는 두 사람의 어깨까지 그 깊이가 더해져 있었다.

"크하하하핫! 좋아, 온몸이 쩌릿쩌릿하구나!"

뭐가 이리도 신이 날까. 마욱의 광소에 기가 질린 표정으로 일갈을 내뱉는 음태성이었다.

"오냐! 그렇게 좋다면 죽어라!"

"와라! 어디 한번 죽어보자!"

쩌저정! 파팟! 쩌엉!

사방에 불꽃이 튀고 천지가 진동한다.

이미 멀찍이 물러나 두 사람의 대결을 바라보는 공옥민의 눈에도 불빛이 번쩍인다.

'이 녀석도 역시 단순히 벽을 넘은 수준이 아니었군.'

부하들도 마욱도, 모두 자신의 예상보다 발전된 무위를 보여준다.

그래서 보기가 싫지만 봐야 할 책임이 있기에 한시도 눈을 떼지 않는 공옥민이었다.

　반면 추성린의 입에서 생각지도 못한 상황에 대한 답답한 탄성이 연신 흘러나왔다.

　"저, 저런! 아!"

　마욱의 예전 무위로는 음태성의 두 팔이 잘렸더라도 감히 상대를 할 수 없다. 그러나 지금 보이는 것은 무엇인가.

　밀어붙인다. 특별한 기교도 없이 검영 따윈 배제한 패도. 그 자체가 집약된 도강으로 연신 음태성을 핍박하는 마욱이었다.

　'저 정도였다니!'

　생각이나 해보았던가.

　'이대로는…….'

　최악의 상황이 머리를 스치자 추성린의 양손이 소매춤으로 들어갔다 나왔다.

　그리고 양손 엄지와 검지 사이에 끼워진 반짝이는 물체. 바늘 모양이었고 그 끝에 붉은 기운이 감돌았다.

　'제아무리 초절정고수라도 이 사혼초(死魂草)의 독이 몸에 닿기만 하면 그 순간 넌 끝장이다.'

　막아도 소용없을 정도로 그 독성이 너무 강해서일까? 손에 잡은 두 개의 바늘 모양의 암기에 사용한 양이 지금껏 모아온 전부다. 아깝지만, 더 이상 상황이 악화되면.

　'내 목숨도 끝이다!'

　직접적이진 않으나 구명절초라 여긴 암기를 사용할 적당한 시점.

　추성린의 시야가 한곳에 집중되었다.

　'조금만 더! 그래, 조금만……!'

　기회를 엿보던 추성린의 눈이 갑자기 화등잔만 해졌다.

“또 무슨 수를 쓰려고 그렇게 표독스러운 눈을 하고 있느냐?”

언제인지 등 뒤를 점한 장소의 목소리가 목을 타고 전해지자 석상처럼 몸이 굳어버린 추성린이었다.

“저번 일도 있고 해서 지켜보고 있었다. 예상대로 네년의 악독함은 치를 떨게 만드는구나. 어서 손에 잡은 것을 바닥에 떨어뜨리도록 해라. 아니면.”

“흭!”

등가죽을 찢어발길 듯한 엄청난 압박감에 저도 모르게 암기를 떨어뜨리는 추성린이었다.

장소가 이가 갈린다는 듯 독기를 내뿜었다.

“이제 곧 결판이 날 것이다. 어느 쪽인지는 너도 알고 있으니 그런 짓을 하려 했겠지. 그러니 앞으로 남은 짧은 시간을 소중히 생각해라. 잠시 후 너의 목을 이 노부가 직접 거둘 것이니 말이다.”

털썩!

추성린의 신형이 힘없이 허물어졌다.

“끼아아아악!”

음태성의 신형이 괴성을 지르며 앞으로 쏘아지자 마욱도 정면으로 돌진했다.

“이야아야야!”

쩌저저정! 투캉!

“크윽!”

“커억!”

충돌 지점에서 주르륵 밀리는 두 사람의 입에서 저마다 고통스런 통음이 터져 나왔다.

막상막하.

누가 낫다 할 수 없는 격전이 삼십 초가 지난 시점. 두 사람의 내력이 급속히 바닥을 치달았다.

"허억, 허억."

거친 숨결을 내뱉는 음태성. 여기저기 찢겨진 옷자락과 산발한 머리가 그의 옛 모습이 어땠는지를 가물거리게 만든다.

그에 반해 마욱은…….

"미친놈 같군."

뒤편에서 들리는 품평 소리에 마욱의 고개가 휙 돌아갔으나 곧 원상복귀되었다.

'대주님도 너무하시네. 힘없다고 대신 싸워주는 부하한테 미친놈이라니.'

힘없다? 언제 그런 소리를 했냐고 물어보면 들었다고 우길 마욱이다. 그의 혈선 가득한 눈동자가 음태성을 노려보았다.

"이봐, 늙은이. 이쯤 해서 끝내는 게 어때?"

"……."

뭐라 할 기력도 아끼려는 듯 마욱을 노려보기만 하는 음태성이었다.

꽈악!

두 사람의 단전에서 팔을 타고 손아귀에 남은 내력이 모두 모이기 시작했다.

우우우우웅─

진신진력까지 끌어올리자 연무장 중앙으로부터 경력의 회오리가 일기 시작, 이번 일격에 모든 힘을 폭발시킬 기세다.

번쩍!

두 사람의 눈이 마주쳤다.

"끼야야야—"

"이야야야—"

서로 간의 순식간에 겹치는 신형들. 그 중심에서 거대한 소용돌이가 일어났다.

후아아아악!

그렇게 모든 것을 빨아들일 듯 휘몰아치던 경력이 일순간 외부에서 압축된 경기의 여파를 사방천지로 터뜨려 버렸다.

파아아아악! 콰콰콰콰쾅!

울컥! 턱!

한쪽 무릎이 꺾인 마욱의 입에서 검붉은 피가 쏟아져 나왔다.

"크으으, 진하게 강한 누인네군."

내뱉는 말투로 보아 심각한 내상을 입은 것 같지는 않다.

공옥민이 한 발짝 나시려다 마욱의 반대편을 바라보았다.

"끄으으으… 커억!"

음태성의 입에서도 검붉은 피가 뒤늦게 흘러나왔고 그의 안색은 백지장처럼 창백했다. 신형 또한 바닥에 힘없이 널브러져 있었다.

"끄으으으… 끄윽!"

일어나려 해보지만 몸이 말을 듣지 않는다. 마욱에 비해 심각한 내상을 입은 것이 분명해 보이는 음태성이었다.

저벅저벅.

공옥민이 마욱을 거쳐 음태성 앞에서 걸음을 멈춰 섰다.

"당신이 진 것 같군."

“지, 지긴… 누가 졌다는… 쿨럭!”

핏물이 공옥민의 발치를 붉게 물들였다.

“……”

가만히 그것을 내려다보던 공옥민이 자신의 검을 들었다.

“강자존의 율법에 의거, 교주와의 결전시 그의 목숨까지 뺏을 순 없다고 했다. 그러나… 그 율법을 먼저 어긴 것은 당신이지.”

이 자리에서 음태성을 죽일 각오를 검끝에 실어 보내는 공옥민이었다.

음태성이 힘겹게 한 손을 들어올렸다.

“그, 그는… 마옥에 있… 다.”

살려달라는 뜻으로 들린다.

그러나 그럴 수가 없다. 그러고 싶지도 않고.

“장 장로가 그러더군. 차라리 죽음이 더 나을 정도로 심각한 상태라고. 그래서 나는 너에게 내리겠다.”

“……”

“더 나은… 죽음을.”

샤악!

“……!”

가차없이 내리그어지는 서릿발 같은 살기에 음태성의 눈동자가 점점 초점을 잃어갔다.

꽈직!

동시에 저편에서도 목뼈 부러지는 소리가 흘러나왔다.

일남일녀의 죽음.

오늘 대결에 종지부가 되었고 잠시 상황 파악이 안 되던 교도들의 입에서 엄청난 함성이 터져 나왔다.

"우와와아! 새로운 교주가 탄생했다!"

철컹!

철문이 빛을 받아들이자 쾨쾨한 어둠이 순식간에 물러간다. 그 앞으
로 빛을 등진 인물의 입에서 들릴 듯 말 듯한 중얼거림이 흘러나왔다.

"돌아왔습니다… 아버지."

第九章

욕심 많고 치사한 두 남자

더위가 마지막 기승을 부리던 여름의 끝물이 지나간 시점.

보름 전 무림맹으로 복귀한 유정의 처소로 시원한 가을비가 상쾌함을 전해주는 오후 무렵. 그의 처소로 청룡단원이 찾아왔다.

"장로전으로 오라고?"

"예. 그리 전하라 하셨습니다."

방문 밖으로 제갈진천의 전갈을 가져온 청룡단원을 보며 유정이 '뭔 일이래?' 하며 고개를 갸웃거렸다.

"가보면 알겠지요."

유정의 처소다. 제갈서린의 목소리가 낯설지가 않아, 라면 무리일까? 아무튼 '그렇겠지' 하며 청룡단원을 바라보는 유정이었다.

"그럼 방 단주님도 같이, 아차차! 지금 안 계시지."

다 늙어 늦둥이를 본, 아니, 지금은 봤을 방천욱. 남자가 쓰기에는 애매한 출산 휴가라는 명목으로 열흘 전 맹을 나선 상태다.

유정이 한 손을 까닥였다.

"곧 갈 테니 자네는 돌아가게."

"예."

청룡단원이 물러나고 이내 자리에서 일어나는 유정이었다.

제갈서린이 같이 일어나며 방문을 넘는 유정의 소매를 잡았다.

"비 오는데 그냥 가게요?"

우비라도 가져가라는 그녀의 말에 눈동자만 하늘로 향하는 유정이었다.

"많이 오는 것도 아니고, 이 정도라면 기분도 좋을 것 같고."

"그러다 감기라도……."

말을 흐리는 제갈서린이었다. 유정이 감기에 걸린다는 게 뭔가 아귀가 맞지 않는다는 느낌이 들어서였다.

스윽.

그녀의 머리 위로 유정의 손바닥이 부드럽게 쓸고 지나갔다.

"걱정해 줘서 고미워. 그래도 그냥 맞고 갈게."

"그래도……."

"으챠."

대답을 들을 새도 없이 빗속으로 총총히 발걸음을 옮기는 유정이었다. 그런 그의 등이 보이지 않을 때쯤 제갈서린의 입술이 조그맣게 움직였다.

"답답해서 그러는 거죠… 우리 때문에."

내리는 비를 맞는다고 씻겨질 성질이 아니다. 본인도 잘 알 테지만 잠깐이라도 시원하게 만들어주겠지 하고 맞는 비[雨]. 그 마음이 너무 잘 보여서 안타까운 제갈서린이었다.

　찰팍. 찰팍.
　발바닥에서 느껴지는 차가운 기운을 뛰어넘으며 어느새 회현각 문 앞에 도착한 유정이었다.
　'예의가 있는데 말리고 들어가야겠지?'
　생각과 동시에 그의 몸에서 허연 수증기가 발산되었다. 그리고 문 안으로 들어서 몇 걸음 옮기지 않아 장로전 방문 앞에 서자 대기하고 있던 무사가 그의 도착을 알렸다.
　"사룡단 소속 청룡단 유 부단주께서 도착하셨습니다."
　"들어오시라 해라."
　제갈진천의 목소리에 안으로 들어서는 유정의 눈에 개인적인 사유로 사문으로 돌아가 자월 도장을 제외한 다른 장로들이 들어왔다.
　제갈진천이 손으로 안내한 자리에 착석하기 전 그들에게 고개를 숙여 인사를 전하는 유정이었다.
　맞은편에 앉은 남궁휘가 입가에 서글서글한 미소를 지으며 말했다.
　"그동안 노고가 많았네."
　"노고라니요. 응당 해야 할 일을 했을 뿐입니다."
　자리에 앉는 유정의 말에 제갈진천이 그의 앞에 차가 따라진 찻잔을 내려놓았다.
　"응당 해야 할 일로 치부하기엔 자네의 고생이 이만저만이 아니었을 게야."
　지난 산서전투를 마지막으로 마교의 활동이 전면 중단되었다.
　생각지도 못했던 교주의 교체 때문이었고 기존의 내부 체제를 수습하기에 바쁜 그들이었다.

그때를 기점으로 전쟁의 양상은 지난 두 달 동안 지루한 국지전 형태를 보였다. 그 와중에 죽어나는 것은 사파의 무인들이었고 그들을 하나하나 찾아다니며 정리에 들어간 유정이었다.

거짓말 조금 보태서 중원 지도를 그리라고 해도 그릴 수 있을 정도로 대륙 방방곡곡을 돌아다닌 유정이었다. 게다가 여름. 그 땡볕에서 살가죽 다 태워가며 말이다.

보름 전 유정이 맹에 도착했을 때 처음 들은 말이 '까만 몽고족이다!' 였으니 그 고생 두말하면 잔소리요, 말로 표현하자면 서러운 눈물이 먼저다.

제갈진천의 위로에 지난 고생들이 주마등처럼 스쳐 가자 유정의 주둥이가 툭 튀어나왔다.

'말 한마디로 때우지 마시고 그에 걸맞는 뭔가를 해주세요. 예?'

솔직히 맹에 돌아오면 무슨 보상이라도 해줄 줄 알았다.

아닌 말로 자신의 활약도가 좀 컸던가. 대놓고 말할 필요도 없다.

들리는 소문만 해도 '자기 없었으면 이번 전쟁 어떻게 흘렀을지 몰라' 가 주류를 이루고 있었다.

그래서 바랐다.

직위 상승? 올라갈수록 할 일만 많아진다.

명예? 더 이상 올라갈 곳도 없다.

오직 돈. 돈. 돈. 돈이 최고요. 웬일로 맹에 다 모인 세 명의 여자들을 먹여 살리기 위해서라도 그게 최고다.

그러나 여기 사람들은 '수고' 에 백 냥 정도, '노고' 에 이백 냥 정도? 뭐 이런 식으로 말로써 돈을 대신한다.

아— 답답하다. 그래서 비 맞았지만 다시 그 생각이 나니 또 답답해지는 유정이었다.

"자네 어디 불편한가?"

"예? 아, 아닙니다."

제갈진천의 목소리에 우울한 표정을 지우며 손사래를 치는 유정이었다.

"음, 그러면 다행이지만 어째 안색이 안 좋아 보이는군."

그 이유, 말하고 싶으나 차마 내뱉지 못하고 괜찮다는 말로 대신하는 유정이었다.

제갈진천이 더는 묻지 않고 주위를 둘러보며 말했다.

"이렇게 다들 모이시라고 한 것은, 어제 맹으로 도착한 한 장의 서신 때문입니다."

"무슨 내용인지 궁금하군요."

팽철우가 찻잔을 내려놓자 제갈진천이 가슴속에서 한 장의 서신을 꺼내 들었다.

그가 탁자 위에 서신을 내려놓으며 다시 한 번 좌중을 훑어보았다.

"우선, 도착한 서신의 겉면에는 마교의 인장이 찍혀 있었습니다."

"으음."

누군가의 입에서 탁한 한숨이 흘러나오자 말을 잇는 제갈진천이었다.

"그 내용인즉, 간단히 말해 협정문을 주고받자는 것이었습니다."

"협정문이요?"

아미파의 허진 사태가 눈을 똥그랗게 뜨자 제갈진천이 고개를 끄덕였다.

"예. 이번 전쟁을 여기서 끝내자는 협정문입니다."

"허허!"

"허! 전쟁을 여기서 끝내자고?"

남궁휘의 언성이 약간 올라가 있었다.

어쩌면 중원 지도상에 마교라는 단체를 지울 수도 있다 싶을 정도로
이번 전쟁의 양상은 정파 쪽으로 기울어져 있었다.

그래서 아깝다. 그 우세가. 먼저 머리를 숙이고 들어오니 더 아까운
것이었다.

다른 장로들 역시 다르지 않았다. 다만 유정만이 다를 뿐이었다.

'끝내자는데 뭐 저리 아쉬운 표정들이실까?'

많은 생각은 하지 않는다. 당장 편해지면 그걸로 만족이다.

"험험!"

제갈진천이 가벼운 기침을 흘리자 모두들 그를 주목했다.

"하고 싶은 말씀들이 많으실 테고 무슨 생각들을 하시는지 저 또한
다르지 않기에 알 수 있습니다. 하나, 잠시만 참으시고 한발만 더 나가
보셨으면 좋겠습니다."

"한발만 더 나가보라니요?"

팽철우를 바라보는 제갈진천의 눈매가 부드러운 곡선을 그렸다.

"말 그대로입니다. 이번 전쟁에서 과연 우리에게 중요한 것이 무엇
인지, 그보다 더 중요한 것은 없는지. 한발 더 나아가 보자는 것은 좀
더 신중히 생각해 보자는 말입니다."

"……"

적막에 감싸이는 장로전. 각자 생각에 빠져들었고 유정도 마찬가지
였다.

'무엇이 중요하냐고? 좀 더 신중히? 음… 돈?'

다른 사람의 생각을 읽어보기로 하자.

마침 팽철우가 제갈진천을 바라본다.

"군사의 말씀은 이번 전쟁의 진정한 의미를 되짚어보자 이런 말씀이십니까?"

"허허, 제 말이 그리 들렸다면 제대로 전달된 것 같군요. 맞습니다. 그 진정한 의미를 되짚어보자는 말이었습니다."

"그거야 승리를 얻어 평화로운 세상을 만드는 것이 아닙니까?"

허진 사태를 바라보는 제갈진천의 고개가 살며시 끄덕여졌다.

"그렇지요. 평화를 얻기 위해 우리는 전쟁을 합니다. 그리고 지금 그 평화가 우리들 눈앞에 있습니다. 게다가 저들이 먼저 머리를 숙이는 격이니, 승리를 얻었다고 해도 무방한 감투가 더해진 평화로 볼 수 있지요."

"하지만 협정문이라는 것은 시한부 평화라는 말이기도 합니다."

"그렇지요. 분명 저들은 언제고 다시 도발을 헤올 것입니다. 하지만 지금 당장 평화가 있고 그것을 버릴 필요가 있을까요? 게다가 저들을 완전히 멸하지 않는 한 시한부 평화란 언제고 지속되는 것입니다. 자, 그럼 묻겠습니다. 과연 저들을 모두 멸할 자신이 있습니까?"

"……."

"……."

제갈진천의 질문에 모두의 얼굴로 침묵 어린 고민이 찾아왔다.

'과연 하나도 남김없이 멸할 수 있을까?'

괜히 이제껏 단 한 번도 외세의 침략을 받아본 적이 없는 마교가 아니다. 더욱이 수천 수백의 봉우리 그 어디에 총단이 위치해 있는지도 모른다. 먼저 나서지 않는 한 백만의 대군도 막을 수 있다는 말이 공공연히 나도는 것이 무리가 아니다.

'섣부른 판단이었군.'

남궁휘의 입술이 굳게 다물어졌다. 조금 전 우세를 점했다 하여 눈앞에 놓인 평화를 밟고 그 기세로 천산을 넘으려 했던 자신의 생각이 짧았던 것이다. 더불어 수비적으로 나올 저들과의 충돌에 또다시 흘리게 될 숭고한 피. 그 아까움이 더해지니 창피하기까지 하다.

"……"

장내 분위기가 자신의 뜻대로 정리가 되어가자 유정에게 시선을 옮기는 제갈진천이었다.

"유 부단주의 생각은 어떠신가?"

"에? 저, 저야… 군사님과 다르지 않습니다."

생각해 볼 리 없는 유정의 어설픈 대답에 제갈진천이 남궁휘를 바라보았다.

그에 고개를 끄덕이는 남궁휘였고, 나머지 장로들도 별말없이 고개를 끄덕였다. 협정문을 받아들이는 데 반대하지 않겠다는 뜻이었다.

반면 어설픈 대답 뒤 고개를 숙이고 있는 유정의 주둥이가 또다시 툭 튀어나와 있었다.

'쳇! 갑자기 물어보실 건 뭐람. 그나저나 왜 여기에 있는 거야?'

협정문 때문이라면 장로들이 결정할 일이다. 거기에 의견을 달 생각도 권한도 없는 자신이 굳이 이곳에 있을 이유가 없다 싶은 유정이었다. 하지만 자신의 생각이 섣부른 판단이었음을 알게 되는 데는 그리 시간이 걸리지 않았다.

"모든 분들의 의견이 일치되었다 생각하고 협정문에 대한 얘기를 계속하겠습니다."

탁자에 놓인 서신을 펼치는 제갈진천이었다.

"여기에 쓰여 있기로 전쟁을 끝내자는 협정문은 각자 서로의 대표가 보름 후 직접 만나서 교환하자고 되어 있습니다. 그 협정문에 대한 약관은 저희 쪽에서 정하라는 말도 쓰여 있습니다. 단, 대표자들 간에 만날 장소는 자신들이 정하는 곳으로 했으면 한다는군요."

"그 장소도 써져 있습니까?"

"예. 청해의 난주(蘭州) 지역에서 남쪽 기련산맥이 위치한 곳 중간으로 정해져 있습니다. 정학한 약도는 곧 보낸다고 합니다."

"청해라……."

협정문을 교환하기에는 너무 한쪽으로 치우친 곳이다. 관례대로라면 두 세력 간의 중간 지역으로 교환 장소를 정하는 것이 마땅했다. 하나 상대의 봐주기 싫은 처지를 억지로 생각하면 굳이 이해 못할 것도 아니었다.

세갈진천이 무인의 동의를 표했고 반대하는 이 없자 자리에서 일어났다.

"그럼 협정문을 보낸 저들의 의견에 동의, 그에 따른 준비를 하도록 하겠습니다. 그리고 청해에 갈 대표자로 이 자리에 있는 유 부단주를 보내려 하는데 어떠십니까?"

"……!"

유정이 급히 고개를 치커들자 남궁휘의 호탕한 웃음이 이어졌다.

"하하하하! 전 강호의 이목이 집중되는 사안에 정파의 대표자로 유 부단주를 보내시겠다? 하하하! 반대할 이유가 없지요."

"저, 저기……."

“그럼요. 이미 유 부단주는 정파의 영웅 아닙니까? 강호의 동도들 그 누가 일천의 대표 자격에 반대를 하겠습니까? 하하하하!”

팽철우도 이렇게 호탕하게 웃을 수 있었고, 허진 사태를 포함한 다른 장로들도 마찬가지였다.

“저, 저기…….”

“그럼, 이 부분은 그렇게 정하도록 하겠습니다.”

“두말하면 잔소리지요. 암!”

“저, 저기…….”

“그럼 중요하진 않지만 이왕 모이신 거 다음 사안으로…….”

일사천리. 아― 주 중요하고 누구나가 욕심낼 만한 ‘대표’ 자리다. 그럼에도 하나같이 구렁이 담 넘어가는 부드러움을 보여준다. 그 속에 세 번이나 손 들고 다시 내리는 유정이었고.

“이만 가보도록 하게.”

“…예.”

제갈진천의 축객령에 힘없이 장로전을 나섰다.

그리고 회현각 처마 밑에서 비 내리는 하늘을 올려다보고 한탄한다.

“전생에 돌아다니지 못해 죽은 귀신이라도 붙었나?”

맹으로 돌아온 지 얼마나 됐다고 또다시 멀고 먼 청해로 가야 한단 말인가. 본인 스스로 생각해도 너무 불쌍하다.

“하― 우비라도 가져올 걸 그랬나?”

이 상황에 비까지 맞으면 너무 처량하지 않을……?

저기 바닥에 고인 빗물 위로 연꽃이 자신 쪽으로 폴짝폴짝? 뛰어오는 광경에 유정의 눈이 몽롱해졌다.

“뭘 그렇게 빤히 쳐다봐요?”

우비를 받쳐 들고 유정 앞으로 다가서는 남궁화련이었다.

"어? 어. 정말 예뻐서어."

여전히 빤히 쳐다보는 유정이었고 남궁화련의 얼굴이 발그레해졌다.

"치, 너무 뻔뻔해 보이는데요?"

"뻔뻔? 나 그런 거 몰라."

그럼 누가 알까마는 헤— 하고 웃는 유정이었다.

남궁화련이 귀엽게 눈살을 찌푸리며 그의 머리 위로 우비를 가져갔다.

"어련하시려고요. 그런데 여기서 뭐 하는 거예요?"

"응? 아, 장로전에 갔다가 지금 나오는 길이야."

"왜요?"

"왜요는, 일이 있으니까 온 거지. 하—"

그 일이 다시 생각나니 우울해지는 유정이었다.

남궁화련이 얼굴을 가까이 가져가며 물었다.

"안 좋은 일이에요?"

"안 좋지, 안 좋아. 아— 주 안 좋아."

"뭔데 그렇게 안 좋아요?"

남궁화련의 커다란 눈동자에 이리저리 고개를 흔들다 멈추는 유정이 들어왔다.

"가라시네."

"예?"

"군사께서 나보고 청해로 가라시네."

"청해요? 아니, 맹에 돌아온 지 얼마나 됐다고 또 나간단 말이에요?"

누가 보면 가출하는 줄 알겠다.

유정이 남궁화련의 가려린 어깨를 감싸며 걸음을 옮겼다.

"내 말이 그 말이야. 화련이 얼굴 본 지 얼마나 됐다고 또 생이별을 시키시니. 하—"

유정의 한숨에 언뜻 하얀 김이 서리는 것을 보니 가을은 가을인가 보다.

남궁화련이 한 손을 가슴께에 올리며 말했다.

"제가 아버님께 말씀드려서 다른 사람으로 보내달라고 할까요?"

올려다보는 눈빛이 초롱초롱하다. 어떻게 그런 얼굴에 이런 딸이 나왔을까 하는 생각으로 잠시 샛길로 빠졌다가 고개를 젓는 유정이었다.

"에비, 안 그래도 어르신이 가장 환영하시던데 뭐. 아, 웃다가 넘어가시는 줄 알았어."

유정의 말에 남궁화련의 어깨가 처진다.

"……."

스윽.

"비 맞잖아. 이쪽으로 더 붙어."

우비를 남궁화련 쪽으로 기울이며 다른 손으로 그녀의 어깨를 바싹 끌어당기는 유정이었다.

"미안해요."

"뜬금없이 웬 미안?"

"아무런 도움도 주지 못해서."

"그건 정말 에비. 이렇게 비 오는 날 이런 미인이 나 좋다고 같이 걸어주는 것만 해도 대대손손 삼대가 감사해야 할 판에 미안하단 소리까지 들으면 어? 돌 날아온다. 휙— 휙."

진짜로 피하는 흉내까지 내는 유정이었다.

“풋!”

이러니 안 웃을 수 있나. 안 좋아할 수 있나.

남궁화련의 양팔이 유정의 한 팔을 사이에 두고 엮어졌다.

그러다 뭔가 스치는 생각에 그녀의 눈동자가 갑자기 얼굴의 반을 차지하며 유정을 올려다보았다.

“왜?”

“저기… 같이 가도 되나요?”

“응?”

“청해요. 청해에 저도 같이 가도 되냐고요?”

사뭇 도전적이기까지 한 그녀의 물음에 잠시 머릿속을 정리하는 유정이었다.

‘같이 가는 거야 좋지만…….’

이 사실이 유포될 시 남은 두 여자의 보복이 두렵다. 하지만.

‘둘만 입 다물면.’

누가 없음에도 목소리가 낮아지는 유정이었다.

“출발은 보름 후. 그때까지… 알지?”

자신이 말하기는 좀 뭐한 ‘두 여자에게 비밀로 해’를 생략한 유정이었다. 남궁화련도 그 부분은 언급하기 싫은지라 가볍게 무시하며 고개를 끄덕였다.

“알았어요. 아, 그리고 아버님에게는?”

“절, 절― 대 말하지 마.”

반년 전 남궁휘와의 한 번의 술자리가 가져온 뒤탈은 바로 다음날 제갈서린의 싸늘함으로 경험했다. 가타부타 설명은 필요없었고 남궁화련에게 단단히 주의시키는 유정이었다.

"그냥 집에 갔다 온다고 그래. 알았지? 꼭!"

"네. 꼭 그럴게요!"

어이? 이유 정도는 물어보는 게 부모에 대한 도리가 아닐까 싶었지만 저 반짝이는 눈동자… 지 남자밖에 안 보이는 남궁화련이었다.

보름 후 오시(午時:11—13시) 무렵. 성대한 환영 인파 속에 협정문 교환의 사신 임무를 맡은 일행이 무림맹을 벗어났다.

그 선두로 이번 임무에 맞게 준비된 복장을 차려입고 말을 모는 유정이 있었다. 그리고 반 시진 후, 어제 아침에 본가를 다녀오겠다고 맹을 나선 남궁화련 일행이 그의 눈에 들어왔다. 오늘 아침에 떠난다고 하면 혹시나 눈치 챌까 봐 하루 먼저 떠나라는 유정의 제안에 무림맹 외곽에서 하루를 보낸 남궁화련이었다.

유정이 서둘러 그녀 앞으로 다가간 뒤 자신의 일행 쪽으로 손짓을 했다. 미리 준비해 놓은 마차를 끌고 오라는 뜻이었다.

유정이 말에서 내려 남궁화련 앞으로 다가갔다.

"잠은 잘 잤어?"

"네."

"에이, 아닌 것 같은데? 잠자리가 바뀌어서 그런가, 우리 곱디고운 화련이 얼굴이 좀 푸석해졌네."

유정의 손길이 얼굴을 쓰다듬자 금세 붉어지는 남궁화련이었다.

그사이 마차가 대령되자 자신의 말을 팽개치고 남궁화련과 같이 마차로 들어가는 유정이었다.

같이 있던 시비들은 당연하게 말에 올라탔다. 자신들 주인의 행복을 방해할 만큼 눈치가 없지 않은 그녀들이었다.

　그렇게 다시 출발하는 사신 일행의 시선이 간간이 마차를 스쳐 지나
갔다. 젊은 남녀가 단둘이서만 마차 안에 있으니 궁금한 것이다.

　더욱이 두 사람이 누군가. 하나는 일천의 명성을 얻어 강호에 우뚝
선 젊은 영웅이요, 다른 하나는 그녀와의 꿈같은 연애를 상상하고 있을
젊은이들이 부지기수인 남궁일미 남궁화련이다. 궁금증은 당연했고
관심은 마차 지붕을 뚫을 정도로 지대했다.

　하나 남녀 사이 뭐 있겠냐는 정설처럼 '유치해서 재미있고 그래서
같이 있으면 행복하다'에 순응. 별반 다르지 않은 두 사람이었다.

　"킥킥킥… 아이 거, 거긴……."

　들린다. 유치해서 재있다는 웃음… 가만. 거, 거긴?

　아무튼 행복한 시간이 흘러 어느덧 맹을 나선 지 열흘이 지났다. 그리
고 삼 일이 더 흘러서야 청해에 들어선 뒤 하루를 더 소비하고 신시(申
時:오후3─5시) 말경에 난주로 입성한 유정 일행이었다.

　"햐! 이쪽 동네는 주변이 온통 산맥으로 이어져 있어서 그런지 공기
가 그만이네."

　마차에서 내려 두 팔을 쭉 뻗어 올린 유정의 등 뒤로 청룡단 이조장
자두길이 다가왔다.

　"잠시 이곳에 계십시오. 전 일행이 머물 숙소를 알아보고 오겠습니
다."

　유정이 돌아보며 팔을 내렸다.

　"부하들을 시키시지 굳이 이조장님께서 가실 필요야."

　"아닙니다. 난주에 들어온 이상, 어디에선가 저희 일행을 감시하는

눈들이 있을 가능성이 높습니다. 만에 하나 생길지도 모를 불상사를 미연에 방지하기 위해서라도 제가 직접 움직이는 게 나을 것 같습니다."

유정이 어깨를 으쓱거리며 말했다.

"정히 그리 말씀하신다면야."

"그럼, 허락하신 걸로 알고 다녀오겠습니다."

자두길이 고개를 숙인 뒤 곧 청룡단원 두 명을 불러 어디론가 사라지자 마차로 들어가는 유정이었다.

마차 안에는 그간의 여행길에 조금은 홀쭉해진 얼굴로 곤히 잠들어 있는 남궁화련이 누워 있었다.

깨울까 싶었지만 그냥 놔두기로 하고 맞은편에 앉는 유정이었다.

"그 아가씨, 세상모르고 주무시네요."

문득 낯선 길 자기만 믿고 따라온 그녀가 안쓰럽게 느껴진다.

'하― 어쩌냐, 유정아. 이 아가씨도, 맹에 있을 두 아가씨도 다 너 좋다 하는데 넌 대체 어쩌려고 그 사랑 다 받아주는 거냔 말이다.'

생각 같아서는 다 데리고 살고 싶지만.

'나 좋자고 그러기엔 세 여자한테 너무 미안하잖아.'

결국 끝에 가서는 누군가를 웃게 하고 두 명의 누군가를 울려야 한다. 그러지 않기 위해 간만에 고민에 들어가 보지만 한참을 고심하고 생각해 봐도 결론이 나지 않는다.

"후― 답답하다, 답답해."

"우웅. 뭐가 그렇게 답답해요?"

"어? 아, 일어났어?"

놀랐다. 속으로 생각하길 잘했다 싶은 유정이었다.

남궁화련이 눈을 비비며 일어나 맞은편에 앉은 유정 옆으로 자리를 옮겼다.

"답답하다니, 그게 무슨 소리예요?"

"아, 그냥. 아무것도 아니야."

"뭔데 아무것도 아니에요."

"아무것도 아니니까 아무것도 아니지."

"피."

뽀로통해진 입술이… 탐스럽다.

'이그! 유정아. 이런 마당에 무슨 생각을 하는 거냐 아우우……!'

쪽!

이성을 뛰어넘는 육체의 본능 앞에 본인도 놀라고 상대도 놀랐으며, 때마침 마차문을 연 자두길도 놀랐다.

"……."

어색한 침묵이 잠시 흐르고 역시 연륜(?)이 앞선 자두길이 분위기 전환에 나섰다.

"흠흠. 묵으실 곳을 알아봤습니다."

"그, 그러십니까! 아, 알겠습니다."

목소리의 고저가 따로 노는 유정. 역시 아직은 연륜이 부족하지 싶다.

자두길이 입을 가리며 웃음을 숨기자 괜히 기침을 하며 마차를 나서는 유정이었고 그 뒤로 조용히 머리를 땅에 묻고 따르는 남궁화련이었다.

자두길이 물색한 객점은 총 사층으로 이루어져 있었다. 뒤편으론 기련산맥의 광활함을 한눈에 볼 수 있는 아담한 전각까지 갖추어져 있었다.

일행은 각자의 객방에 자신들의 짐을 푼 뒤 식당으로 내려와 그간의 피로를 풀 겸 간단한 식사와 술을 주문했다.

자두길이 긴장을 풀지 말라는 뜻으로 술은 삼가하라고 했지만, 유정이 괜찮다며 그를 말렸다. 단, 이곳에 온 목적 이행에 지장이 없을 정도로만 마시라는 당부는 잊지 않았다.

그 후 객점 뒤편에 마련된 전각에서 남궁화련과 둘만의 저녁을 먹은 뒤 그녀를 먼저 보내고 아까 하다 만 생각을 이어가는 유정이었다.

'어떻게 해야 가장 최선의 방법일까?

결론이 없다면 그에 가장 근접한 해답이라도 찾아봐야지 싶다.

'일 년씩 한 명 한 명하고 살아? 그도 아니면 집을 세 채 구해서 아침 점심 저녁으로 각자 순번을 정해서 살아? 음, 아니지. 밤이 남잖아 가장 중요한 잠자리가. 그것도 돌아가면서 할래?

모든 생각이 자기 위주로 돌아간다.

사아아아—

얼굴로 스치는 시원한 바람에 생각을 멈추고 허공을 바라보는 유정이었다.

"깜깜해지니까 아무것도 안 보이네."

저 앞에 윤곽은 보이는데 그 광활함을 느끼기엔 너무 희미하다. 그걸 보고 있자니 다시.

"답답하구나."

"뭐가 그렇게 답답하지?"

"답답하니까 답답……!"

유정의 몸에 소름이 쫘악! 돋으며 원래 그 방향으로 있었던 것처럼 신형이 돌아갔다.

"그냥 죽일 걸 그랬나?"

"어허, 농담을 그렇게 무섭게 하면 안 되지."

정말 무섭다. 도대체 언제 나타난 것인가?

"그나저나 살아 있었네."

"걱정이라면 고맙게 받아주지. 아, 앉아도 되겠지?"

"어이, 이미 앉아놓고 묻는 건 뭔데?"

고리눈을 하고 정면에 앉은 공옥민을 바라보며 자신도 자리에 앉는 유정이었다.

공옥민이 아직 치워지지 않은 식탁에서 남궁화련이 마시던 찻잔을 들었다.

"차가 남아 있는데 그냥 마셔도 되겠지?"

"이이, 이미 마셔놓고 묻는 건 뭐냐니까?"

유정의 목소리에 짜증이 묻어 나왔다. 비단 남궁화련의 찻잔을 서슴없이 자신의 입에 가져가는 공옥민의 행동 때문이 아니다.

그가 자신의 뒤에 나타날 때까지 그 기척을 못 느낀 자신 때문이었다. 공옥민이 찻잔을 내려놓으며 말했다.

"너무 그렇게 자책할 필요는 없어. 전에도 한번 당해본 수법 또 당한다고 누가 욕할 것도 아니고, 안 당해주면 도리어 내가 속상하니까."

"그 말, 그 귀신같은 보법을 사용했다는 거야?"

"훗, 귀신같은 보법이라. 정확한 명칭은 천마보라고 하지."

"호— 천마보……."

당문에서 겪어본 바 그 보법이라면 자신이 기척을 못 느낀 것도 이해가 안 가는 것은 아니다 싶은 유정이었다.

공옥민이 자신의 빈 잔에 차를 따르며 실소를 머금었다.

'굳이 천마보를 쓸 필요도 없었겠군.'

지금도 적을 앞에다 두고 그때처럼 혼자 생각에 빠져 있으니 말이다.

"그런데 아까 답답하다고 한 건 뭐지?"

"알면 어디다 팔게?"

"여자 문젠가?"

"그렇다면."

"그것도 하나가 아닌 셋이나 되겠군."

"……!"

유정의 눈동자에 작은 파문이 일었다.

"뒷조사도 하고 다니시나?"

"필요하다면. 게다가 그 상대가 천하의 묵혼신검이라면 필수라고 할 수 있지."

원래 마교에는 특별한 정보 조직이 없었다. 마경단이 있었지만 무슨 일이 생겼을 시 수동적인 자세로 정보를 취합하는 정도였다. 아마도 힘으로 정면 돌파를 한다는 마교의 전통이 능동적인 정보 수집에 중요도를 낮게 측정하게 만든 것 같다.

그러나 이번 전쟁에서 듣도 보도 못한 유정 하나에 의해 마교의 피해는 극심하다 할 수 있었다. 그 점에 착안하여 공옥민은 교주에 오르자마자 추혼대를 창설, 정파의 중요 인물에 대한 세세한 정보를 모으기 시작했다.

그중 특급에 분류되는 유정이다. 이미 그의 정보는 시골에 있는 가

족 사항까지 파악된 상태로 여자 관계는 기본이었다.

"정 답답하면 나눠 가질 의향도 있는데."

"무슨 뜻이지?"

"말 그대로야."

"한 명 정도 소개시켜 달라는 말?"

유정의 눈이 가늘어지자 슬며시 시선을 피하는 공옥민이었다.

그가 이제 희미해져 윤곽도 사라진 기련산맥을 바라보며 말했다.

"반대할 생각은 없어. 기왕이면."

"기왕이면?"

"가까운 쪽이 낫겠지."

"……."

뜻풀이에 잠시 시차를 두는 유정이었다.

"…설화를 말하는 건가?"

"……."

무언의 긍성을 표하는 공옥민이었고 고개를 갸웃거리는 유정이었다.

"달라고 줄 수도 있는 것도 아니지만, 그래도 물어보고 싶게 만드네. 셋 중 그쪽과의 관계가 가장 껄끄러울 설화 쪽에 관심을 두는 이유를."

유정의 질문에 옅은 미소를 짓는 공옥민이었다.

"본 교에서 지내다 보면 자연스레 강함을 동경하게 되지. 같은 무인인 이상 그쪽 사정도 다르다고 할 순 없지만 원초적인 것으로 따지면 그 차이는 같지만 다르다고 볼 수도 있지."

"그런데?"

"그래서 강한 것을 좋아한다는 말이야. 강함. 그리고… 보았지. 자

신보다 강한 적을 상대로 한 치의 물러섬 없이 종래에는 적을 쓰러뜨
리는… 여인의 치욕이 될 수도 있는 공격을 피하지 않고 말이야. 그때
느꼈네, 여자의 등이 저렇게 멋있을 수가 있다는 것을.
　중경의 만선객잔에서 벌였던 안성필과의 대결에서 승리한 당설화.
그녀의 당당했던 모습이 다시 생각나자 입가에 저절로 미소가 그려지
는 공옥민이었다.

　당문을 무시하지 마라!

　그녀가 등을 보이기 직전에 내뱉은 말이 아직도 귀에 생생하다.
　그렇듯 공옥민의 얼굴에 담긴 아련함 때문에 차마 농담조가 나오지
않는 유정이었다.
　"하긴 설화가 예쁘기도 하지만 강하기도 하지. 그래도 절.대. 줄 수
있는 물건도 아니고, 준다고 갈 녀석도 아니야."
　당연한 걸 강조하는데 이상하게 어색한 기분이 드는 유정이었다.
　공옥민이 그를 바라보며 가벼운 한숨을 내쉬었다.
　"그것도 수하들이 알아본 너의 정보에 포함되어 있더군. 늦게 시작
했으면서도 그 마음이 지금은 두 여자에게 뒤지지 않는다고. 훗, 어쩌
면 그게 그녀의 진정한 강함일지도 모르지."
　"어째 기분이 슬슬 나빠지네."
　"……?"
　"나보다 네가 설화를 더 잘 아는 것 같아서 말이야."
　"그래서 줄 건가?"
　"황하 강이 마른다면."

절대 안 준다는 비유다. 공옥민의 입술이 한쪽으로 쏠렸다.

"욕심 많은 놈."

"들어오는 욕심 나가는 욕심 따로 있다는 소리 못 들어봤나? 난 그저 들어오는 욕심 받아먹은 죄밖에 없어."

"뻔뻔하기까지 한 놈."

"자주 듣는 말이야."

"쳇!"

말해봤자 소 귀에 경 읽기다. 잔에 담긴 차를 한숨에 해결하는 공옥민이었다.

그 모습을 히죽거리며 바라보던 유정의 눈에 이채가 흘렀다.

"아… 그러고 보니, 여긴 왜 왔어?"

"빨리도 물어보는군."

온 지가 언젠데 이제 물어보는지, 스스로도 까먹고 있었던 공옥민이 고소를 지으며 말했다.

"굳이 번거롭게 모여봤자 서로 못 잡아먹어서 으르렁댈 것이 뻔해서 그냥 간단하게 해결하려고 왔지."

"앞뒤 뚝 잘라서 말하지 말고 제대로 엮어봐."

공옥민이 비스듬히 몸을 돌리며 자신의 가슴속에서 무언가를 꺼냈다.

"가져온 협정문이나 꺼내봐."

"그건 왜?"

"그래야 인장을 찍지."

가슴속에서 꺼낸 것을 유정의 눈앞에서 흔드는 공옥민이었다.

유정이 시야를 한곳으로 모았다.

“그게 인장이라면 그걸 왜 네가 가지고 있어?”

공옥민이 혀를 차며 고개를 흔들었다.

“이래서 정보가 중요하다니까. 아직 감이 안 오나?”

“앞뒤 자르지 말라고 그랬지.”

“이것이 본 교의 인장이다. 그리고 소지할 수 있는 사람은 오직…

교주뿐이지.”

유정이 시야가 급격하게 넓어졌다.

“이제야 감이 오나?”

“그, 그럼 네가 교주의 인장을 가져온 대표야?”

“쯧쯧쯧. 이런 놈을 왜들 좋아하는 건지. 잘 들어라. 두 번 말하는

성격은 아니지만 이번만 특별히 다시 말해줄 테니. 이 인장을 소지할

수 있는 사람은 오직 교.주.뿐이라고 했다.”

“그러니까, 네가 그 인장을 교주에게……!”

이래도 모르면 욕먹어도 싸다 싶은 순간 유정의 무릎이 쭉 펴졌다.

“그, 그럼 네가 교, 교주야!”

“더듬지도, 그렇게 크게 말하지도 마라. 적지에서 푸닥거리하고 싶

은 생각은 없으니까.”

이보다 더 확실한 대답이 있을까. 무릎에 들어간 힘을 서서히 빼며

자리에 앉는 유정이었다.

공옥민이 그를 한번 쳐다본 뒤 손 안에 쥐고 있던 인장을 다시 흔들

었다.

“어떻게 그렇게 됐냐고 묻지는 마라. 사연이 좀 기니까. 그보단 어

서 꺼내기나 해.”

“어? …어.”

너무 놀라서 순해진 유정이 가슴속에서 붉은 천에 감싸인 한 통의 두루마리를 꺼냈다. 그리고는 천을 벗겨 통 안에서 두 장의 협정문을 꺼내 공옥민 앞으로 내밀었다.

"같은 건가?"

유정이 고개를 끄덕이자 내용 확인 없이 두 장의 협정문 하단의 표시된 곳에 인장을 찍는 공옥민이었다.

"그쪽도 찍어야지?"

"그, 그래야지."

유정도 소매 속에서 가져온 인장을 꺼내 공옥민이 찍은 곳 바로 옆에 인장을 찍었다.

공옥민이 두 장 중 한 장을 자신의 가슴속으로 집어넣었다.

"이걸로 굳이 내일 만나는 번거로움을 감수할 필요는 없겠지?"

"그, 그렇지."

아직도 충격에서 헤어 나오지 못한 유정의 말투에 공옥민이 실소를 머금고는 유정의 빈 잔에 차를 따랐다.

"냉수가 없으니 이거라도 마시고 그만 정신 좀 차려라."

그러자 잔을 잡자마자 한입에 털어 넣는 유정이었다.

"한 잔 더."

공옥민이 참 재밌는 놈이라며 한 잔 더 따라주자 그 역시 한입에 들이킨 유정. 그제야 정신이 드는 표정이었다.

"후— 하. 잘 놀라는 성격이 아닌데 이번 건 좀 세네."

"세겠지. 단순히 교체만 있고 누군지는 알려져 있지 않을 테니. 아마 처음일 거다."

"네가 교주라는 사실을 안 정파인이?"

"확실히 정신이 돌아온 것 같군."

"그런데 말이야. 기분이 또 나빠지네?"

공옥민이 눈짓으로 뭐가? 하고 물어보자 말을 잇는 유정이었다.

"네 말대로라면 고작 번거로움을 피하고자 이곳에 왔다는 소린데, 그러기엔 여긴 너무 위험한 곳 아닌가? 당장 나도 있고 소리만 지르면 눈 깜짝할 사이에 사람들이 몰려들 텐데 말이지. 설마 다 이길 수 있다고 생각하는 건 아니겠지?"

"그 정도로 내 실력을 높이 평가할 정도로 어리석진 않으니까 걱정하지 마."

"어이, 걱정하는 게 아니란 건 잘 알잖아."

"잘 알지."

"그럼 뭐야? 진짜 이곳에 온 목적이."

유정의 질문에 목을 빙 돌리는 공옥민이었다.

뚜둑! 뚝!

상황에 따라 감동이 다른 뼈 소리가 전각 주변으로 시원스레 울려 퍼졌다.

공옥민이 자신의 목뒤로 한 손을 올리며 말했다.

"진짜 목적… 들어줄 용의는 있나?"

"두 귀로만."

"그 정도면 충분하지. 음, 내가 이곳에 온 목적은 그쪽이 말한 대로 귀찮음을 감수하자는 취지보단 두 가지 제안을 하려고 온 비중이 더 크다고 할 수 있지."

"두 가지 제안?"

뭐길래 한 가지도 아니고 두 가지나 되나 싶은 유정이었다.

공옥민이 목을 주무르던 손을 유정 앞으로 가져가 한 손가락을 폈다.

"우선 그 첫 번째는 이번 협정문의 체결을 통해 서로가 한시적으로나마 충돌할 일이 없어진 것에서 기인한 건데……."

"그게 뭔데 말을 하다 말아?"

유정의 채근에 펼친 손가락을 접는 공옥민이었다.

"너희들이 말하는 정과 마. 두 성격이 가진 적대감 때문에라도 우린 언제고 다시 싸우게 될 거다. 그거야 너도 알고 나도 아는 사실이니 두말할 것도 없고, 어쨌든 그때를 대비해 서로 간에 아무런 잡음 없이 시원한 한판 승부를 벌이고 싶은 게 솔직한 내 심정이야."

"그래서?"

"두 세력 간의 일 대 일 승부에 누가 될 소지가 있는 것에 대해서는 애초에 정리하자는 소리지. 가령."

"천서련인가 뭔가 하는 단체를 말하려는 거야?"

"우리 두 사람 은근히 살 통하는 것 같지 않아?"

"이이, 그런 눈빛 하고 그렇게 말하지 마. 조금 전 먹은 내용물 확인하고 싶지 않으니까."

유정의 말에 큭큭거리는 공옥민이었다.

"어쨌든 내 첫 제의는 그거야. 물론 한쪽이 아닌 공동전선을 펼치는 건 당연한 거고."

"흐음! 뭐, 개인적으로는 반대할 생각은 없지만 나에겐 그쪽 제의를 결정할 만한 권한이 없는 게 문제랄까. 누구처럼 십만 부하들의 왕도 아니고."

"크큭, 왕이라. 듣기 나쁘진 않네. 그냥 넌 그저 내 제의를 전해주기만 하면 돼. 그 결론이 찬성으로 나오면 서신을 띄우고 차후 그 수순에 관해서는 그때 다시 논의하면 되니까.”

“만약 반대한다면?”

“반대는 생각해 보지 않았는데? 그쪽은 천서련 측에 응징할 명분도 있으니 말이야.”

곤륜파의 봉문과 천의검성의 부상이 그것이다. 천서련에 대한 복수의 명분이 충분한 정파. 오히려 마교와의 공동전선을 떠나 가만히 있어주기만 해도 감사할 상황이다.

유정이 ‘그렇겠군’ 하며 고개를 끄덕인 뒤 두 번째 제의를 묻자 정색을 하는 공옥민이었다.

“두 번째는 네가 결정할 수 있는 제의다.”

“그게 뭐지?”

“너와 나. 이렇게 둘 간의 승부를 다시 냈으면 하는데.”

자신에게 첫 패배를 안겨준 유정이다. 다시 한 번 그와의 결전을 바라는 공옥민의 마음은 간절했고 그것은 최강을 바라보는 무인들이 짊어지고 있는 업(業)이기도 했다. 지금 공옥민의 업은 유정과의 대결에서 승리하는 것이었다.

그러나 그 업, 코웃음으로 치부하는 유정이었다.

이제 싸움이라면 신물이 날 지경이다. 거기다 확실하지도 않은 승패가 걸린 싸움이라면 더욱 피하고 싶다.

자연스레 그의 말투가 퉁명스러워졌다.

“내가 들어줘야 할 의무는 없는 거지?”

“의무는 없지. 다만 오늘 내가 찾아온 것으로 인해 하루의 여유가 생긴 것에 대한 보답이라고 생각해 주면 고맙겠군.”

"아이고, 두 번 고마우면 살안나겠는데?"

"거절인가?"

"응! 절―대 거절!"

단호한 유정의 대답에 순간 실망한 기색이 감돈 공옥민의 눈동자가 다시 빛을 되살렸다.

"그렇다면 어쩔 수 없지."

"접는 거야?"

"좀 치사하긴 하지만… 부하들의 보고로는 몰래 왔다고 하더군."

"뭐, 뭐가."

본인도 모르게 말을 더듬는 유정이었고, 공옥민의 목소리가 이어졌다.

"그러고 보니 호북성에 아직 부하들이 있겠군."

"……!"

"글 잘 쓰는 놈으로 말이야. 오해하기 딱 좋게."

크릉!

의자가 거칠게 뒤로 밀리며 벌떡 일어난 유정의 한 팔이 공옥민을 향해 쭉 뻗어졌다.

"너, 너! 그러고도 교주야!"

"왜, 교주는 이러면 안 되나?"

"체면이라는 게 있잖아!"

"나 그런 거 몰라."

"야!"

"허, 분명 푸닥거리할 생각은 없다고 했을 텐데. 아니, 절이 싫으면 중이 떠나라고 했던가? 이만 일어나야겠군."

자리에서 일어나는 공옥민. 그가 유정에게서 등을 돌리며 말했다.

"협정문을 교환하기로 한 장소에서 기다리지. 뭐 안 나와도 상관은 없지만, 알지? 나 체면 같은 것 모르는 교주라는 거."

"혀, 협박이냐?"

"설마? 제의라니까. 누이 좋고 매부 좋은 제.의."

그 말을 끝으로 걸음을 옮기는 공옥민이었고 한껏 여유가 묻어 나오는 뒷모습이었다.

사아아아—

밤바람이 차다. 그래서 떨고 있는 건지 아닌지 모르겠지만 두 주먹 움켜쥐고 서 있는 유정의 등 뒤로 광활한 기련산맥이… 안 보이는 밤이 깊어가고 있었다.

*　　　*　　　*

두 명의 초절정고수. 그들의 경천동지할 대결의 결과는 오직 당사자만이 알 수 있었나.

그럼에도 보는 눈은 없어도 떠도는 입은 있다고 했던가.

누군가의 입에서 시작된 그 소문으로 한동안 강호가 들썩거렸다.

그리고 얼마 지나지 않아 그 소문을 잠재우는 새로운 소문이 강호를 진동시키기 시작했다.

세외무림을 장악한 천서련을 멸하기 위해 사상 초유의 공동전선이 펼쳐진다는 소문이었다.

무림맹과 마교. 정과 마를 대표하는 두 세력이 손을 잡는다는 것이었다. 그 중심에는 당연히 유정이 서 있었다.

"싸우기 싫어 죽겠는데 그 치사한 놈하고 같이라니… 제길!"

…글 잘 쓰는 놈.
…그놈은 정말 글을 잘 썼다.

大尾

무한 상상 · 공상 세계, 청어람 신무협&판타지

「표사」, 「소환전기」를 뛰어넘는
참신한 재미와 쾌감을 선사한다!

청바지와 박스티 같은 무협 소설!
쉽고 재미있는, 편한 무협을 즐겨라!

『잠룡전설』
(潛龍傳說)

잠룡전설(潛龍傳說) / 황규영 지음

"주유성?
영웅이지. 하늘이 내린 사람이야.
그 사람 게으르다고?
에이, 난 그런 소문 안 믿어.
게으름뱅이가 어떻게 그런 엄청난 일들을 해?"

강호에 내린 희대의 겁난.
하늘은 엄청 센 놈을 영웅이랍시고 내린다.
하지만…….
젠장! 엄청난 게으름뱅이다!!